学びを深めるヒントシリーズ

枕草子

早稲田久喜の会　編著

明治書院

この本を手にとってくださった皆様へ

『枕草子』が読まれなくなるXデーは近いのか―そんな日は来ない、と言い切れるだろうか。歴史上、読み継がれなくなることで消えていった古典は少なくない。このため、今できることのひとつが本書を世に問い、個人に、教室に、『枕草子』の魅力を届けることであろう。

魅力のある章段の筆頭は「春はあけぼの」（初段12ページ）であろうか。この一節は小学生も暗記をしているほど有名で、その描写からはイメージもわきやすい。とはいえ、夜明けの闇から立ち上がる曙光や、グラデーションの色彩に満ち、時の流れを的確にとらえた書きざまは、容易に真似のできるレベルではない（もちろん四季の代表となるものを児童・生徒が考えることはよい学習活動だ）。では一体読者はどう向きあえばよいのだろうか。そのためにはさまざまな読み方のなかに、ぜひとも一つひとつの叙述に立ち止まり、筆者は何をどのように書いたのか、こんな問いかけをしてほしい。

以下、本書に掲載していない章段を紹介し、読むことを深めるきっかけのほんの一部をお伝えしよう。場面は大きなイベント、祭りの場である（「なほめでたきこと」百三十六段）。一筋の「庭火の煙」が細く上がっていく。賀茂の臨時の祭りのシーンに筆者はこの煙を捉えずにはいられなかった。そこは言葉にはしないが、煙のくすぶった香りも漂っていたに違いない。そんなことを行間から想像する。ちなみにこの場面の前半には「火焼屋《ひたきや》」（火をたく小屋）があらわれ、後半には筆者が里にいたころの「松の煙」（松明《たいまつ》の煙）の叙述もある。何か意味ありげな

「煙」ではないか。このとき煙に導かれるように神楽《かぐら》の笛の音や歌声が聞こえてくる。ここに視覚、聴覚、さらに嗅覚が補われて厚みや奥行きのある場面が立ち上がる。筆者はこれを「おもしろし」と評したのだ。それを単に辞書の意味を調べて当てはめるだけではつまらない。そこは文字から仮想空間へと想像力を働かせた読者が、重層的な世界をふまえて初めて筆者の感懐に近づけるのである。

また、往来で目撃した人々も筆者には叙述の絶好のターゲットであった。たとえば、今日なかなか見ることのない田植えも当時はどうだったのか。筆者は女が「折敷《をしき》のやうなる物」（折敷は檜《ひのき》の薄い板）を笠にかぶり、歌を歌い、後ろへ進む田植えならではの動きをとらえる（「賀茂へ詣る道に」第二百十段）。一方、男は赤い稲の、青い根本の部分を刈り取っていく（「八月つごもり、太秦に詣づとて」第二百十一段）。『枕草子』には細やかな稲刈りの動作や色彩とともに、生きる人間の姿が女男問わず描かれている。やはり読者は表現を想像によって補い、この世界を追体験してほしい。生きること、働くことの日々の営みに向けられた一言一言は一千年を乗り越えてきた言葉であり、ときにペーソスの漂う笑いとともに表れてくる。他にも、職を探す老人、願い通りに事が進まない人など、現代の社会問題にも通じる悲哀も、どこかユーモアとウィットに包まれる。『枕草子』は一千年を隔てた過去のこととはいえ、無関心で無意識に他者を傷つける言動が蔓延しがちな今を生きる現代人が見習うべき〈温故知新〉の一書なのである。

そういえば「春はあけぼの」を恩師・上野理は中国の古典『白氏文集《はくしぶんしゅう》』の「夜明けの霞の色は火よりも赤い（霞の光は曙《あ》けて後《のち》火よりも殷《あか》し）」に典拠があると説いた。大学院生の当時にこれを知ったときの衝撃は大きかった。あの著名な一節はオリジナルではなかったのか。物事の表面をかいなでするだけでは足りないことを学んだのである。

さて、本書は若い教員の方や将来教職に就こうとする学生諸子、あるいは学びを深めたい生徒諸子にも古典の魅力を感じてほしい思いから、同シリーズの『伊勢物語』に続き執筆された。各章段を担当した早稲田久喜の会は上代・

中古文学を研究領域とし、中学校、高等学校、専門学校、短期大学、大学、大学院をはじめ、予備校や社会人講座などでの教育経験を有し、教員養成や教員免許更新講習、教科書教授資料の執筆にも携わる研究者集団である。

教師からの一方通行的な指導から、児童・生徒の「主体的・対話的で深い学び」への転換に加え、学習指導要領の改訂に伴って古典不要論まで喧しい昨今である。それでも『枕草子』は日本の代表的な古典の座を守っている。今では小学校から中学校、高等学校とほぼすべての教科書に採用され、知名度が高く、読者層も年々増えている。ここに、Xデーの足音が聞こえてはならない。古典は現代の読者が作品と向き合って魅力を見出し、読み継がれて初めて次の世代へ伝わる。このことを忘れたくはない。歴史に「もしも」が許されるならば、中宮定子から貴重な紙が下賜されたとき「枕でございましょう」と提言しなかったら、清少納言に紙は渡されなかっただろう。この一言が『枕草子』の未来を開き、長い歴史を越え、人々の人生の基盤となる教育を支えてきた。

本来ならば二〇二〇年はオリンピック・パラリンピックが日本で開催され、それに先立って二〇一一年の「3.11」東日本大震災からの復興の象徴となる聖火が福島県をスタートする予定であった。しかし、新型コロナウイルス感染症（COVID-19）により常識が崩れ、たとえば学校現場では対面式授業に代わる新たな常識の構築が切実に求められるようになった。人とのふれあいの幸せを感じる今こそ新学習指導要領の実践にとどまらず、国語、古典の学びとは何かを考えたい。その答えが本書と向き合うことで見出せることを願っている。

世の中の数ある『枕草子』関連の書物から本書を手にしてくださったことに心から感謝を申し上げる。

なお、本書の出版に当たっては、明治書院の今岡友紀子氏、真珠書院の佐伯正美氏をはじめ明治書院の皆様に大変お世話になりました。記して感謝申し上げます。

（二〇二〇年四月　中田幸司）

学びを深めるヒントシリーズ

枕草子

目次

こんにちは、まくらです。
むずかしいことばを
イラストで説明するよ。
まくらちゃんと呼んでね。

まくらちゃん

たいへんよくできました

コラム

付録

『枕草子』について

『枕草子』の成立は、藤原道隆・道長兄弟が一条天皇を支えながら実権を握った、摂関政治の盛んな平安時代中期ころである。「心に思うことを書き集めた」（跋文229ページ）と書き残しており、後に「随筆」として有名になった。

筆者は清少納言（「せい・しょうなごん」）。本名や詳しい生没年はわかっていない。ただし清は天武天皇の皇子、舎人《とねり》親王（『日本書紀』の編纂者）の子孫、清原氏を示し、少納言は中宮定子による命名であろう（215ページ）。家系には曾祖父に深養父《ふかやぶ》、父は元輔《もとすけ》と勅撰和歌集に和歌を残す一流の歌人が並ぶ。父や兄の致信《むねのぶ》・宗高《むねたか》、夫の橘則光や息子の則長の事跡から、康保三（九六六）年の生まれと推測される。定子への初出仕は宮仕えの体験の上限を正暦四（九九三）年とするのが通説であり、定子が二十四歳で崩御した七〜八年間が出仕期間となる（152ページ）。

章段数は約三百。章段の区切り方は研究者によって異なり「第○段」の表記には気をつけたい。とはいえ、各章段は独立していてどこの章段からでも読むことができる。ただし章段間に類似した表現や、同じ人物・場所・出来事などの共通性もある。章段の配列は部分的に古代中国の類書（百科事典の類）に通じる構想があることや（上野一九七三）、異なる章段間も連想によってつながるとの指摘もある（萩谷一九八一ほか）。

また、全体を通して池田亀鑑《いけだきかん》が三分類し、今日では類聚的章段・随想的章段・日記的章段などと呼ばれる。類聚的章段―類聚とは同じ種類の事柄を集め（聚は集に通じる）一括りにすること―は、一つの題目の下に複数の項目が続く型をいう。その型には二種類あり「木の花は」（48ページ）のような「は」型は当時の知識や常識を、「すさまじきもの」（24ページ）のような「もの」型は当時の人々の心情が生じる場や折などが並ぶ。このとき、筆者が選んだ項目は常に題目に関連する内容となるため、表現の範囲には制約があると考えられ、その制約から抜き出て発展したところに随想的章段が位置づけられる（三田村一九九五）。一例として「春はあけぼの」（初段）は一見、類聚的章段の「は」型にみえるが、「夏は〜」以下にも連なるため随想的章段に近い。

随想的章段は『枕草子』が「心に思うことを書き集めた」ことからも重要である。「木・草・鳥・虫」（跋文）に象徴される自然や季節のなかで、日常生活から特別な日までの一場面を厳選された言葉と構成によって表す（120ページほか）。ただし、宮廷圏内の出来事は随想的章段にも日記的章段にもみられ、明確に分けにくい章段もある。

日記的章段は、清少納言が出仕以前の一条帝の祖父（村上天皇）や父（円融院）のことを聞かされて書いた内容――「村上の先帝の御時に」（百七十五段）や「円融院の御果ての年」（百三十二段）など――が早い時期のものとなる。以後、出仕した後を叙述した章段は中関白道隆の生没前後によって分かれ、生前の「前期章段」は行事や出来事が豊かに再現されるが、没後の「後期章段」はその豊かさに陰りがあり、定子らを讃美する叙述の質も変わる（田畑一九八六）。この道隆の逝去は定子らには支えを失った点で一大事でありながら、エピソードの中には筆者が褒められたことを述べ、つとめて悲哀は抑えられる。この事実と表現のずれは一族の没落を繁栄のさまへと転化させた叙述の手法として『枕草子』の大きな魅力となっている。

今日、筆者の書いたオリジナル版は現存しないが、後世に写されきた本（写本）が四系統二種類伝わる（池田一九二八）。二種類は章段の配列が雑然とし、なぜ次にこの章段が来るのか、と思わされるような雑纂本《ざっさんぼん》系統（三巻本《さんがんぼん》、能因《のういん》本《ぼん》）と、分類にしっかりと規準があるようにみえる類纂本《るいさんぼん》系統（前田家本、堺本）といわれる。

三巻本は安貞《あんてい》二（一二二八）年三月に「耄及《もうぎゅう》愚翁《ぐおう》」（藤原定家とされる）が書写した三巻。ただし現在伝わる写本（伝《でん》本《ぼん》）が巻物・巻子本《かんすぼん》（巻）よりも冊子本《さっしぼん》（冊）の形態が多く、『枕草子』の「草子」も「巻子」ではなく「冊子」に通じるため「三巻本」の呼称を「定家本」の呼称に改めることが主張された（佐々木二〇一二）。今日の入手しやすい『枕草子』は三巻本が多く、教科書ならびに本書もこれによる。

能因本は古い写本に「能因が本」とあり平安時代の歌人・能因法師が所持したイメージとともに伝わる。江戸初期には北村季吟《きぎん》がこの能因本を用いて『枕草子春曙抄《しゅんしょしょう》』（延宝二（一六七四）年）を著し、注釈書の基盤となったため、昭和二十（一九四五）年ころまで『枕草子』を読むとは『春曙抄』（能因本）を読むことであった（島内二〇一七）。

前田家本は今日では最古となる鎌倉中期に書き写され、前田旧侯爵《こうしゃく》家尊経閣《そんけいかく》に伝わる。他に同系統の本がなく（田中一九七一ほか）、「〜系統」とは呼びにくいが、「は」型・「もの」型・随想的・日記的の四冊に分類されて実用性がある。

堺本は奥州堺の道巴《どうは》が所持した本を書写したもので、日記的章段がないことが特徴である。前田家本との編纂方式の相違が示され、これまでの「類纂本」を「再構成本」として区別する主張もある（山中二〇一六）。

なお、『枕草子』は和歌との関係も深い（片桐二〇〇六）。清少納言が詠歌の機会を避けて定子から注意を受けた姿は和歌の不得意さを表すが（106ページ）、歌枕への関心の高さは勅撰集をはじめ『古今六帖』などの和歌集を学んだ成果であり、歌ことばを取り入れて豊かな文章にした章段からは、当時の人々にも評価された漢詩文の能力の高さに比べ、和歌の能力が必ずしも劣るとは言い切れない。

最後に、『枕草子』には、定子からの要求に応じようとする思いが反映されていることも忘れてはならない。それは定子を満足させることを念頭に置いた書物でもある。跋文には「人やは見む」と記しながら、読者への意識も一方では存在する。最後まで一筋縄ではいかないのが『枕草子』なのである。

（中田幸司）

凡例（この本の使い方）

主体的・対話的で深い学びを実現するためには、問題を発見し、テクストに根拠を求めつつ、論理的な思考を駆使しながら、読み手同士で対話し、協働して解決していくことが何よりも重要である。しかし、古典学習指導に関する参考図書のなかで、そうした新しい学習に対応したものはあまりない。本書は、これから求められる主体的・対話的で深い学びを、古典学習でも実現したいと考える指導者のために執筆した。

◆各章段の構成

本書は『枕草子』のうち、現行の高等学校国語科検定教科書に掲載され、授業によく扱われる章段を特に選び出し、**原文**・**現代語訳**・**語注**・**鑑賞のヒント**・**鑑賞**・**探究のために**・**資料**の構成で学びを深めるヒントをまとめたものである。学習者が親しみをもてるように、各章段冒頭に現代の言葉・語感で表したキャッチフレーズを付している。

【原文】 複数の教科書が引用する『新編日本古典文学全集　枕草子』（松尾聰、永井和子校注・訳、小学館）を参照し、適宜改めた。

【現代語訳】 各執筆者が現代語訳としてのわかりやすさを重視して訳した。原文にない言葉を補った場合は（　）に入れて示した。

【語注】 原文の解釈に必要な最低限の語について、解説した。

【鑑賞のヒント】 学習者同士の話し合い活動が行われることを意識して、解釈のポイントを発問形式で示した。

【鑑賞】 **鑑賞のヒント**の解答例にあたる内容を解説し、対応する部分に番号を付した。その際、テクストに根拠を求めつつ、論理的な思考を駆使して解決していく学習者の姿をイメージしながら、できるだけわかりやすく記述した。

【探究のために】 **鑑賞**の内容をより深めて詳細に解説した。指導者の発展的解説素材として、あるいは学習者の探究的学習素材として、利用してもらいたい。

【資料】 複数の素材を比較検討して読み深めることができるように、読み比べ用の古文および漢文書き下し文のテクストと、その現代語訳を掲げた。

◆その他

・**コラム**として、今日的な視点からの研究テーマや、現代生活に引きつけた話題を取り上げた。

・**付録**として、**参考文献**、**人物関係図**、**年表**を掲げ、章段内に図を入れた。

・『枕草子』以外の作品の引用は、原則として、『新編日本古典文学全集』（小学館）および『新釈漢文大系』（明治書院）、『新編国歌大観』（角川学芸出版）、『新編私家集大成』（エムワイ企画）等に則った。また、表記ならびに現代語訳等、右記以外のテクストの選択は各執筆者による。

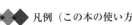

わたしに見える四季の風景

春はあけぼの・初段

春は①あけぼの。やうやう②しろくなりゆく③山ぎは、すこし④あかりて、⑤紫だちたる雲のほそくたなびきたる。
夏は夜《よる》。月のころはさらなり。⑥闇《やみ》もなほ、⑦蛍《ほたる》のおほく飛びちがひたる、また、ただ一つ二つなど、ほのかにうち光りて行くも⑧をかし。雨など降るもをかし。
秋は夕暮《ゆふぐれ》。夕日のさして⑨山の端いと近うなりたるに、⑩烏《からす》のねどころへ行くとて、三つ四つ、二つ三つなど飛びいそぐさへ⑪あはれなり。まいて⑫雁《かり》などのつらねたるが、いと小さく見ゆるは、いとをかし。日入《い》り果てて、⑬風の音《おと》、虫の音《ね》など、⑭はた言ふべきにもあらず。
冬は⑮つとめて。雪の降りたるは言ふべきにもあらず。霜のいと白きも、またさらでもいと寒きに、⑯火などいそぎおこして、炭持《すみも》てわたるも、いとつきづきし。昼になりて、ぬるくゆるびもていけば、火桶《ひをけ》の火も、白き灰《はひ》がちになりてわろし。

【現代語訳】

春は曙《あけぼの》　だんだん（東の方から）白んでゆく山の輪郭辺りの空が、少し赤みを帯びて、紫がかった雲がほそくたなびいているの。

夏は夜　月のある頃は言うまでもない。月の出ない闇の夜もやはり（よくて）、蛍が多く飛び交っているの、また、ただ一つ、二つなんかがほのかに光って飛んで行くのにも、心が惹きつけられる。

雨なんかが降るのも惹きつけられる。
秋は夕暮　夕日が射して（山に映り、その夕日が）山の稜線にたいそう近くなっているところに、烏が塒《ねぐら》へ行くということで、三、四羽、二、三羽なんかが飛び急いでいるのまで、しみじみした気持ちにさせる。まして雁なんかが列を連ねたのがとても小さく見えるのは（しみじみとして）、たいそう心が惹きつけられる。日がすっかり沈み終わって、風の音、虫の声なんか（が聞こえてくるの）は、また、なんとも言い表しようがない。
冬は早朝　雪が降った朝は言うまでもない。霜がとても白いのも、またそうでなくてもとても寒い朝に、火などを急いで起こして、炭火を持って（廊下を）渡ってゆくのも、とても似つかわしい。昼になって寒さがゆるんでいくと、火桶の火も白い灰が多くなってよくない。

【語注】

①あけぼの…夜がほのぼのと明け始める空の状態。物がほのかに見え始める頃のこと。夜明けの「あけ」と仄《ほの》かの「ほの」が語源。
②しろく…（1）白い、（2）明るい・白んでいる（以上「白し」）、（3）はっきりしている（「著し」）の意味がある。あけぼのの空を捉えるにはどの意味も重要。
③山ぎは…山際。空が山の稜線に接する部分。「山の端」とは別で、山と空との境目の、空を主体として言う語。
④あかりて…（1）明るくなって（「明りて」）、（2）赤くなって（「赤りて」）の意味がある。「霞の光は曙《あ》けて後《のち》火よりも殷《あか》し」（『和漢朗詠集』七五・霞・白居易）の影響があるか。この「霞」には「赤くかがやく雲」という意味がある。
⑤紫だちたる雲…紫がかった色の雲。白んできた空の青さと、山の稜線にまだ姿を見せない太陽の赤い光とを受けて、雲が色を変えてゆく様子をとらえた表現。
⑥闇…夜、月の出ない時間帯。平安時代の夏（旧暦四〜六月）は、現代の五月中旬〜七月中旬前後にあたる。夏は日の出が早く日の入りが遅いため、月の見える時間はほかの季節より短い。
⑦蛍…日本では蛍は旧暦五月下旬の盛夏の頃によく飛ぶが、中国では晩夏から初秋の景物とされ、和歌では秋の季節感を伴う景物として意識されている。
⑧をかし…対象に対し、心がうきうきするような明るい気分、晴れやかな気分を表す。**探究のために**参照。
⑨山の端…山の輪郭・稜線。「山際」と異なり、山と空との境目で、主として山の方を指す。
⑩烏…和歌では「朝烏《あさがらす》早くな鳴きそ我が背子が朝明《あさけ》の姿見れば悲しも（朝烏よ、そんなに朝早く鳴かないで。私の夫が私の家から朝出かけてゆく姿を見ると悲しいから）」（『万葉集』12・三〇九五）のように、恋人との別れを促す夜から朝にかけての鳴き声が注目された。本章段のように夕暮時の烏が注目されるのは異例。
⑪あはれなり…深い感動を感じたときに発する感動詞「あはれ」をもととする語で、しみじみと深く心に受け止められた感動を表す。**探究のために**参照。
⑫雁…秋に飛来し、春に去ってゆく渡り鳥。

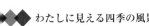

⑬風の音《おと》、虫の音《ね》…一般に、「音《おと》」は風や鐘のように大きな音響に、「音《ね》」は楽器や人の泣く声、鳥虫の鳴き声などに用いられた。

⑭はた…副詞。ここでは、先に述べたもの・ことと並列する意。これもまたやはり。**鑑賞**参照。

⑮つとめて…早朝のこと。曙よりも遅く、人々が起き出し、日常生活が始まる時間。

⑯火などいそぎおこして…主殿司《とのもづかさ》（殿司、主殿寮）の女官の行為。主殿司の女官は、天皇の乗り物、庭の清掃、湯浴み、薪炭、灯火などを行った。ここでは暖をとるための炭を起こしている。

これが火桶。木製で円筒形の暖房器具です。表面は木地のままか、漆を塗って蒔絵《まきえ》等を施します。

◆◇鑑賞のヒント◇◆

❶清少納言は四季の景物を列挙しているが、それらの何に興味を持っているのだろうか。

❷「やうやうしろくなりゆく」を文法的に説明してみよう。

❸「さらなり」「はたいふべきにもあらず」「いふべきにもあらず」にはどんな意味があるのだろうか。

❹副詞「さへ」「まいて」によって、何が強調されているのだろうか。

◆◇鑑賞◇◆

春と聞いて何をまっさきに思い浮かべるだろうか。卒業式や入学式だろうか。お花見だろうか。花粉症という人もいるかもしれない。平安貴族にとって、春は花、とりわけ桜だった。

九〇五年、最初の勅撰和歌集である『古今和歌集』（以下『古今集』）が成立した。勅撰和歌集とは天皇の命令によって編纂された和歌集で、完成品は天皇に献上される。いわばその時代の和歌の傑作集、平安貴族なら誰もが読むべき和歌の参考書である。その序文（仮名序）には、「春の花の朝《あした》、秋の月の夜」が和歌に詠むべき理想的なテーマとして示されている。春の部の和歌に最も多く詠まれた花は桜であった。この『古今集』の季節感は、後代に規範として受け継がれ共有されていたはずだから、「春はあけぼの」という書き出しはちょっと不思議な感じを与える。春と朝（あけぼの）だけを示し、花（桜）が抜け落ちているからである。

「あけぼの」とはどんな時間帯なのだろう。平安人は夜明け前後を表すことばをいくつも持っていた。夜明け前の、まだ空が暗い頃を指す「暁《あかつき》」、夜明け直前の、東の空がわずかに明るくなる頃を指す「東雲《しののめ》」、東の空が薄明るくなる頃を指す「曙《あけぼの》」、ほのぼのと明るくなった頃を指す「朝朗《あさぼらけ》」、そして夜が完全に明けきる頃を指す「朝《あした》」。現代人が「夜明け」の一言ですませてしまう空の情景を平安人はもっと細かく捉えていた。だが「曙」という一言で表されるごく短い間にさえ、さまざまな段階・様相がある。清少納言はその微妙な移り変わりに興味を持っている❶。

萩谷朴によれば、春の夜の空は、とくに天候に問題がない限り、日の出の一時間半ばかり前から明るくなり始めるという。濃紺の闇は東の方から透けるような濃縹色《こきはなだいろ》になり、徐々に縹色《はなだいろ》から浅縹色《あさはなだいろ》へと変化する。日の出の三〜四十分前になると、空は一面白っぽくなる。この時点が「やうやう白くなりゆく」曙の始まりだろうか。日の出の十分前になると、東の空は透明な淡青色《たんせいしょく》に変わり、その空の色を映した低い雲の下半分が、東の山の稜線にまだ姿を見せていない朝日の光を受けて赤く染まって、ゆっくりと上半分の淡青色と交じり合う。「すこしあかりて、紫立ちたる雲」とは、このわずかな時間の空の推移を表しているのだろう。かすかに風があるのか、その雲は細くたなびいている。そのうち瞬く間に朝日が空高くのぼり、日の出の朝となる。

教科書によっては「しろくなりゆく」のあとに句点を打つこともあるが、「しろくなりゆく」を終止形と捉えると、少しずつ明るくなってくる曙の空と山の稜線に接する空の連続性は弱くなる。両者は一続きだからこそ、時間の推移とともにゆっくりと様相を変えてゆく夜明け前の空を捉えることができる。「しろくなりゆく」は「山際」にかかる連体形と捉えたほうがよいだろう。「紫だちたる」と同様、次のことばに連続することで、曙というごく短い時間の春の空の微細な変化を、スローモーションのように丁寧に描く方法と考えることが大切だ❷。

夏は夜だという。暑さの和らぐ時間である。夏の月には、「月は平沙《へいさ》を照らす　夏の夜の霜　能《よ》く江楼《かうろう》に就《つ》きて暑《しょ》を銷《け》すや否や（月は砂一面を真っ白に照らす。まるで夏の夜に霜が降りたみたいだ。君もこの楼閣《ろうかく》に来てともに涼まないか。）」（『白《はく》氏文集《しぶんしゅう》』巻二十・一三七四・江楼夕望《かうろうのゆうばうに》客を招く）のように、美しく涼しげなイメージがあった。「夏の夜《よ》の霜やおけると見るまでに荒れたる宿を照らす月影（夏の夜、霜が降りたと見紛うばかりに荒廃した家を寒々と白く照らす月の光よ。）」（『古今六帖』二八六・夏の月）にも、月の美と涼感が表れている。夏の月の出る時間は短いから、よけいに月への思慕は増すだろう。「月のころはさらなり」は、自分が言うまでもなく、誰もが夏の夜はそんな月を想うという平安貴族の共通認識を示していよう。春については平安貴族が共感しにくい曙を選んだ清少納言は、ここではまず貴族の一般的な季節感を示し、読み手の心を摑《つか》み、その上で、独自のものの見方を示してゆく❸。

暗闇にたくさんの蛍が飛ぶ様子を想像してみよう。こちらで光ったかと思うと、すぐにそれは消えて、別のところでまた光り始める。光の移動に目が吸い寄せられる。蛍の活動時間はおよそ夜七時頃から午前四時頃まで、その間に活動のピーク時が三回あるらしい。また、ピーク時とピーク時の間は草木に止まって時折弱く発光するという。ぽつりぽつりと少なくなった蛍の光があたりを漂うように光るのを見る清少納言は、やはり時間の推移を捉えている。ひとつは蛍の光があちらにもこちらにも交互に輝く活動ピークの時間帯、もうひとつはピーク時前後の、数匹の蛍が飛ぶ時間帯である。

そして雨である。その時間の推移を感じさせるものが「をかし」と評されるのである❶。雨は、降り始め、降り終わりなど、音で時間の推移を感じさせてくれるが、それだけではない。『古今集』には「五月雨《さみだれ》の空もとどろに郭公《ほととぎす》なにを憂しとか夜ただなくらむ（五月雨の夜空に鳴り響くように、ホトトギスは何をつらいと思って夜中ずっと鳴いているのだろうか。）」（夏・一六〇、紀貫之）という歌がある。夏の夜の雨は、ホトトギスの鳴き声と共鳴するものだった。清少納言は敢えて書かないが、夏の夜の雨とともにホトトギスの音を聞いているのかもしれない。闇のなかで視覚に訴える蛍と、聴覚に訴えてくるホトトギスの声を対比的に読み取ってもおもしろい（186ページ）。

次は秋だ。清少納言は秋を「夕暮」と「日入り果て」た時間というふたつの時間で捉えた。はじめに、夕日が山の面《おも》に赤く照り映え、それからだんだんと山の稜線に近づいてゆく短い時間の推移が切り取られている。やがて山の稜線に沈み切ってしまう夕日が、これが最後とばかりに強烈に光輝くはかない情景だ。しかし『古今集』『後撰集』『拾遺集』（三代集）の秋の部で夕暮を詠んだ和歌は一〇首に満たない。しかも夕暮と烏の取り合わせは当時としてはかなり斬新である。平安貴族は、中国・後漢時代の詩人・宗玉の漢詩「悲しい哉《かな》、秋の気たるや」（『楚辞』「九弁」などに収載）に由来する「悲秋」の発想を知っていた。秋は秋というだけでわけもなく悲しい。だからこそ「烏さへあはれ（烏までもがしみじみとした気持ちにさせる）」なのである❹。清少納言が夕暮を敢えて切り取ったのは、その短い時間帯のなかで、刻々と微妙に変化してゆく空の様子に興味を持っていたからだろう❶。

その興味は雁へのまなざしのなかにも表れている。清少納言は烏の次に、夕暮の空に雁が連なって飛んでゆく様子を、「まいて（ましてのイ音便）をかし」と記す。「まして」は先行するものよりも程度の甚だしいさまを表す副詞である❹。雁は烏と違い『万葉集』以来、秋の代表的景物だ。漢詩の影響で遠地から飛来する姿は遠くからやってくる恋人や、恋人の文を携えた使者に例えられることもある。そういう雁だからこそ、烏でさえ「あはれ」に感じる秋においては、よけいに「あはれ」で、「をかし」だという。この景色は、雁の群行を描写した『白氏文集』（巻二十・一三七八）の次の詩を意識していると指摘されている。

　江楼にて晩に景物の鮮奇なるを眺め、吟翫《ぎんぐわん》して篇《へん》を成し、水部《すゐぶ》張員外《ちやうゐんぐわい》に寄す

澹煙《たんえん》疎《そ》雨《う》斜陽《しやよう》に間《まじは》り、江色《かうしよく》鮮明《せんめい》にして 海《かい》気《き》涼《すず》し。
蜃散《しんさん》じ 雲収《くもおさ》まりて 楼閣《ろうかく》を破り、虹《こう》残《くづ》れ 水照らして 橋梁《けいりやう》を断つ。
風は白浪を翻して 花千片《はなせんぺん》、雁は青天《せいてん》に点《てん》じて字一行《じいつかう》。
好《よ》し 丹青《たんせい》を著《もつ》て図写《づしや》し取り、詩を題して 寄せ与へん 水曹郎《すいそうろう》。

（水辺の楼閣で、夕暮れ時に、鮮やかですばらしい景色を眺め、それを詩に吟じて味わっていると、詩篇ができあがったので、水部員外郎（唐の中央政府土木事業部である尚書省工部の属官）の張籍《ちやうせき》に寄せる。
淡い靄《もや》と疎《まば》らな雨の中に夕日の光が射し、湖面の景色が鮮明になって、海上の空気は涼しい。蜃気楼が散り失せて雲がなくなり、それまで空中に見えていた蜃気楼の楼閣も壊れ、虹が崩れ夕日が水面を照らし、それまで空中に掛かっていた虹の橋もズタズタになった。風が吹いて湖面には白波が飛び千片の花びらが舞っているかのよう、雁は青空に点々と連なって一筋の文字のようだ。よし、赤や青の絵の具でこの絶景を写し取り、詩を題して水部員外郎の張籍君に贈ってあげよう。）

傍線部は、夕焼けの赤さが入り混じる青い空に列なる雁を絵に写し取り、詩をつけて水部員外郎張籍に与えようという意味である。完全には夕焼け色にならず、空の青さも残した微妙な夕暮れの時間の推移を切り取っている❶。清少納言はこうした詩を踏まえて描いたのだろう。

夕日が沈み果て、視覚が閉ざされると、興味の対象は風の音《おと》・虫の音《ね》に移る。視覚から聴覚による美の追求が始まる。が、清少納言はそれを「はたいふべきにあらず」というひとことで片付けてしまう。風の音《おと》・虫の音《ね》は、「秋来《き》ぬと目にはさやかに見えねども風の音《おと》にぞおどろかれぬる（目にははっきりとわからないが、風の音で秋が来たのだとはっと気づくことだ。）」（『古今集』秋上・一六九、藤原敏行《ふじわらのとしゆき》）、「わがためにくる秋にしもならなくに虫の音《ね》聞けばまづぞ悲しき（私のためだけに来る秋ではないのに、虫の音を聞くと、それが秋の始めとして悲しいと思うことだ。）」（『古今集』秋上・一八六、よみ人知らず）のように、雁と同じく秋の訪れを実感させる景物として平安貴族に浸透していた。風はもちろん、草叢《くさむら》にひそむ虫は、その音《おと》、その音《ね》が心を揺さぶるのである。夕焼け空に美しく見える烏や雁は、声の魅力という点では風や虫にはかなわない。「はた」（烏や雁と同様、当然）「言ふべきにあらず」（言い表せない［ほど素晴らしい］）とは、心揺さぶる風の音や虫の音を、目に見える美しさに劣らぬものとして評価することばである❸。

最後は冬の早朝である。雪や霜は「あさぼらけ有明の月と見るまでに吉野《よしの》の里に降れる白雪《しらゆき》（夜の白々と明ける頃、有明の月がまだ照っているのかと見紛うほどに、吉野の里には、静かに、白銀色に輝きながら降っている白雪よ。）」（『古今集』冬・三二三、坂上是則《さかのうえのこれのり》）、「夜を寒み寝覚《ねざ》めて聞けば鴛鴦《をし》ぞ鳴く払《はら》ひもあへず霜や置くらん（夜が寒いので、眠りから覚めて聞いてみると、鴛鴦《おしどり》が鳴いている。払うこともできないほどに、その背には霜が置いているのだろう。）」（『後撰集』冬・四七八、よみ人知らず）のように、冬の典型的美として多く和歌に詠まれてきた。しかし清少納言は、ここでその雪を「言ふべきにもあらず」とあっさり言い切る。誰もが雪のすばらしさをことばに尽くしているから、自分が別のことばを添えて言い表すことはしないということだ❸。

そうやって読み手の共感を得たうえで、清少納言は、雪も霜もいいけれど、それらがなくても「寒い朝」であればいい、というのである。そして寒い朝に急いで火をおこし、暖を取るための火桶を持ってやってくる主殿司の官女たちが似つかわしい姿として良しとされる。雲のたなびき、蛍や烏、雁の動きなど、動くものに興味をもってきた清少納言の目は、ここでも動くものの姿を捉えたのだった。このとき「いそぎ火をおこ」す女たちは、やはり急いで、速足で「炭持てわたる」のだろう。宮中の女性は基本的に膝行《しっこう》する（膝をついて歩く）ものだから、それは異常な姿ではある。しかし、寒い朝だけはふさわしいものとして好意の目で捉えられる。寒い冬が来たのだということが屋内にいながらにして実感される躍動感のある場面である。雪や霜があろうとなかろうと、ともかくとても寒い早朝のほんのわずかなひとときのうちに、暖を取ろうとするために人々が一斉に動く❶。春・夏・秋と、自然の景物のほんのわずかな違いに注視して時間の推移を捉えてきた清少納言は、今度は動く人々によって、微細な時間の推移を捉えている。

そして昼になり寒さが緩めば、「白き灰がち」になった炭が「わろし」と評価される。火桶の炭火は灰のかけ具合によって暖かさを調整する。早朝から時間が経ち、だんだんと気温が上がると、部屋にいる女房たちは炭火に灰をかけ、結果、これ以上かける意味もないくらいに全体が灰で白くなる。それが「白き灰がち」な炭である。火も、人も動かない。動くものの魅力を捉えてきた清少納言の目には、時間の推移を感じさせることのなくなった景色は、もう魅力ないものとして映るのだった❶。

◆◇探究のために◇◆

▼初段の構成に影響を与えたもの　初段は四季を話題にするが、それは四季部をはじめに持つ『古今集』の方法と同じである。だが、清少納言は『古今集』と同じ美意識をそのまま継承することはなかった。清少納言はこの段で、春は桜という『古今集』の美意識を共有しつつ描かない。そればかりではない。夏の代表的景物であるホトトギスも描かないし、秋の代表的景物の萩や女郎花、紅葉も描かない。冬の代表的景物である雪には触れるが、それを「言ふべきにもあらず」として多く語らない。こういう描写の方法を、書かないことによって逆にそれを強調する方法だとする指摘もある。

なぜ清少納言はそれぞれの季節の代表的景物を記さないのだろうか。それは時間の微細な推移を描くことに興味を持っていたからなのだろう。『古今集』四季歌をいくつか挙げてみよう。

㋐春霞なに隠すらむ桜花散る間をだにも見るべきものを　（春下・七九、紀貫之）
（春霞はなぜ隠すのだろう。桜の花はせめて散る間だけでも見たいものなのに。）

㋑我が宿の池の藤波咲きにけり山郭公いつか来《き》鳴かむ　（夏・一三五、よみ人知らず）
（我が家の池に藤が咲いたなあ。山郭公はいつ来て鳴くだろうか。）

㋒秋風の吹きにし日より音羽山峰の梢《こずゑ》も色づきにけり　（秋下・二五六、紀貫之）
（秋風が吹いた日から、音羽山の峰の梢もすっかり色づいたことだ。）

㋓雪降れば木毎《ごと》に花ぞ咲きにけるいづれを梅とわきて折らまし　（冬・三三七、紀友則）
（雪が降るので木毎《ごと》に花が咲くことだ。どれを梅だと見分けて折ったものか。）

㋐は、桜を覆い隠す春霞への恨みに、桜への思慕を託した歌、㋑は、自邸の藤が咲いたことに気づき、夏の到来を予感する歌、㋒は、秋風と山の色づきによって秋の到来に気づいた感動を表した歌、㋓は、降る雪を白梅に見立て、その美しさに感動し、春の到来を待ちわびる歌である。春の霞と桜、夏の藤とホトトギス、秋の風と紅葉、冬の雪と白梅、どれも四季それぞれの典型美であり、どの歌も季節の美しい情景のなかに、移り変わる季節への予感や、移り変わりへの気づきが込められている。だが、散りゆく桜の花びらの行方、夏の藤が咲ききる瞬間、山が赤や黄色に変化してゆく過程、木々に積もる雪が梅花のような形に成ってゆく様子までは表されていない。それは、景物の定型的な取り合わせや、韻律、音数など、「型」を大切にする和歌には無理なのだ。

清少納言は和歌の季節の移ろいを表す「型」を共有しつつも、さらに微細な時間の変化を捉え、変化してゆく対象そのものの美しさやおもしろさを散文によって捉えようとした。和歌の「型」から自由になることで、これまで表現されてこなかった美のありようを表現したのである。

▼ものを「をかし」と見る態度　本章段には、夏の闇夜に蛍が飛ぶ様子や、夏の夜の雨、秋の夕暮れに雁が列をなして飛ぶ様子に「をかし」という価値判断を示す形容詞が使われている。平安時代の代表的な女流文学として、『枕草子』はしばしば『源氏物語』と比較される。それぞれに多用される「をかし」と「あはれ」によって、両者の文学的資質の違いが説明されることも多い。受験古文等では、「をかし」を「趣がある」、「あはれ」を「しみじみとして趣深い」と訳すことがあるが、「趣」とは心が動くことを意味するから、じつはその点で「をかし」と「あはれ」の意味は近い。違いは、どのような心の動きかということにある。

「をかし」の語源は、（1）「手もとに招き寄せる」を意味する動詞「ヲク〈招く〉」であるとする説と、（2）「滑稽」を意味する名詞「烏滸《をこ》」が形容詞化したものであるとする説があり、（1）からは「興味深い」「趣がある」「風情がある」「すばらしい」、（2）からは「笑える」「滑稽だ」といった意味が生じたと言われている。『枕草子』が成立した平安時代中期は（1）の意味で用いられることが多いが、（1）（2）のどちらにせよ明るい気分を有していることが特徴だ。この明るい気分は、「をかし」が持つ対象との距離感、客観性に由来する。

「をかし」の語源に目を戻してみよう。（1）の場合、「をかし」にはその根底に対象を手元に引き寄せて賞美したいという意味があることになる。つまり対象と主体の間には心的距離があるということだ。距離があるからこそ、主体は対象を客観的に見ることができるのだ。（2）の場合も心的距離のあることは明らかだろう。相手を自分と距離のあるもの・別のものと考えなければ、対象を滑稽だと突き放して笑うことはできない。「をかし」はこのように、対象と距離を取り、客観的にそれを見つめる立場―俯瞰的な視点《ハイポジション》―から発せられる価値判断である。

一方、「あはれ」はしみじみとした趣きや感動、具体的には感嘆や嘆息、愛着や思慕、同情や哀憐の意を表すが、こうした感情は、対象に寄り添い心的距離を近くすることで生まれうる。対象に同化し、対象と同じ地点―つまり低い視点《ローポジション》―からものを見るからこそ、愛情や同情が生まれるのであり、それは和歌的な抒情に通じている。そういう対象に寄り添って心的距離を近くする立場から離れ、いわば対象を少し離れた距離から客観的に、スローモーションを見るようにその動的な変化を見つめるというところに、清少納言の「をかし」がある。

景色の微細な動きを細やかに観察し、そこに新しい美を発見し、表現しえたのは、清少納言が「あはれ」ではなく、「をかし」という俯瞰的な視点《ハイポジション》を手にしたからなのだろう。だからこそ私たちは、和歌の型（美意識）や抒情からときに解き放たれて、初段の世界を豊かに読み解くことができる。

（咲本英恵）

がっかりするもの、あれこれ

すさまじきもの・二十三段

①すさまじきもの。②昼ほゆる犬。③春の網代《あじろ》。④三、四月の紅梅の衣《きぬ》。牛死《し》にたる牛飼《うしかひ》。⑤ちご亡《な》くなりたる産屋《うぶや》。⑥火おこさぬ炭櫃《すびつ》、地火炉《ぢくわろ》。⑦博士《はかせ》のうち続き女子《をんなご》生《む》ませたる。⑧方違《かたたが》へに行《い》きたるに、あるじせぬ所。⑨まいて節分《せちぶん》などは、いとすさまじ。⑩人の国よりおこせたる文《ふみ》の物なき。京《きやう》のをもさこそ思ふらめ、されど、それはゆかしき事どもをも書きあつめ、世にある事などをも聞けばいとよし。⑪人のもとにわざと清《きよ》げに書きてやりつる文の返事《かへりごと》、今はもて来《き》ぬらむかし、あやしうおそきと、待つほどに、ありつる文、⑫立《た》て文《ぶみ》をも⑬結びたるをも、いときたなげに取りなし、⑭ふくだめて、⑮上《うへ》に引きたりつる墨など消えて、「おはしまさざりけり」、もしは、「⑯御物忌《ものいみ》とて取り入れず」と言ひて、持て帰りたる、⑰いとわびしくすさまじ。また、かならず来《く》べき人のもとに車をやりて⑱待つに、来《く》る音《おと》すれば、⑲さななりと、人々出《い》でて見るに、⑳車宿《くるまやど》りにさらに引き入れて、㉑轅《ながえ》㉒ほうとうちおろすを、「いかにぞ」と問へば、「今日《けふ》は外《ほか》へおはしますとて、わたりたまはず」などうち言ひて、㉓牛のかざり引き出でていぬる。また、㉔家の内なる男君《をとこぎみ》の来《こ》ずなりぬる、いとすさまじ。㉕さるべき人の宮仕へするがりやりて、㉖はづかしと思ひゐたるも、㉗いとあいなし。

ちごの㉘乳母《めのと》の、㉙ただあからさまにとて出でぬるほど、とかくなぐさめて、「とく来《こ》」と言ひやりたるに、

「今宵《こよひ》はえまゐるまじ」とて、返しおこせたるは、㉚すさまじきのみならず、いとにくくわりなし。女《をんな》迎ふる男、㉛まいていかならむ。待つ人ある所に、㉜夜《よ》すこしふけて、しのびやかに門《かど》たたけば、㉝胸すこしつぶれて、人出だして問はするに、㉞あらぬよしなき者の名のりして来たるも、かへすがへすもすさまじといふは㉟おろかなり。

㊱験者《げむざ》の、㊲物《もの》の怪《け》㊳調《てう》ずとて、いみじうしたり顔に、独鈷《とこ》や数珠《ずず》など持たせ、㊴せみの声しぼり出だしてよみゐたれど、いささか㊵去りげもなく、㊶護法《ごほふ》もつかねば、あつまりゐ念じたるに、㊷男も女もあやしと思ふに、㊸時のかはるまでよみ困《こう》じて、「さらにつかず。立ちね」とて、数珠取り返して、「あないと験《げん》なしや」とうち言ひて、㊹額《ひたひ》より上《かみ》ざまに、さくり上げ、欠伸《あくび》おのれよりうちして、寄り臥しぬる。いみじうねぶたしと思ふに、いとしもおぼえぬ人の、おし起こして㊺せめて物言ふこそ、いみじうすさまじけれ。

㊻除目《ぢもく》に司《つかさ》得ぬ人の家《いへ》。今年《ことし》はかならずと聞きて、㊼はやうありし者どもの、ほかほかなりつる、田舎《ゐなか》だちたる所に住む者どもなど、みなあつまり来て、㊽出で入る車の轅《ながえ》にひまなく見え、㊾物詣《ものまう》でする供《とも》に、われもわれもとまゐりつかうまつり、㊿物食ひ酒飲み、ののしり合へるに、(51)果つる暁《あかつき》まで門《かど》たたく音《おと》もせず。あやしうなど、耳立てて聞けば、さき追ふ声々《こゑごゑ》などして(52)上達部《かんだちめ》などみな出でたまひぬ。(53)物聞きに夜《よる》より寒がりわななきをりける下衆男《げすをとこ》、いと物憂《ものう》げに歩《あゆ》み来《く》るを、見る者どもはえ問ひにだにも問はず。(54)外《ほか》より来たる者などぞ、「殿は何《なに》にかならせたまひたる」など問ふに、いらへには、(55)「何《なに》の前司《ぜんじ》にこそは」などぞ、かならずいらふる。まことにたのみける者は、いと嘆かしと思へり。つとめてになりて、ひまなくをりつる者ども、一人《ひとり》二人《ふたり》すべり出でていぬ。(56)ふるき者どもの、さもえ行《い》き離《はな》るまじきは、来年《らいねん》の国々手を折りてうちかぞへなどして、(57)ゆるぎありきたるも、いとをかし。(58)すさまじげなり。（以下、**資料A**参照）

【現代語訳】

がっかりするもの。昼、ほえる犬。春の網代。三、四月の紅梅襲の衣。牛が死んでしまった牛飼。赤ん坊が亡くなった産屋。火を起こさない炭櫃や囲炉裏。博士の家が、うち続いて女の子を生ませたの。方違えに行ったのに、ご馳走しない家。まして、節分の日などは、（ご馳走がなかったら）本当にがっかりする。地方から送ってきた手紙で、土産物が添えてないの。京からの手紙でも、そのように思うだろう。そうだけれどその場合は、知りたい話などをも書き集め、世間の出来事などをも聞くのだから、（土産物がなくても）とても良い。ある人のところに、特別きれいに書いて送った手紙の返事を、「もう持って来そうだわねえ。不思議なほど遅いわ」と、待っていると、さっきの手紙を、立て文でも結び文でも、すっかり汚く扱って、（紙が）けばだって、上に封として引いた墨などが消えて、（使者が）「ご不在でした」もしくは「御物忌とおっしゃって、（先方が）受け取りません」と言って、持って帰ったのは、実に情けなくてがっかりする。また、必ず来るはずの人のところに、牛車を迎えにやって待っていると、（車が）来る音がするので、「来たのだろう」と人々が迎えに出て見ると、車庫にもう一度入れて、轅をぽんとおろすのを、「どうしたのか」と尋ねると、「今日は、他の所へいらっしゃるということで、こちらにはお越しになりません」など言って、牛の装具を引き出して行ってしまったの。また、家の人となった婿君が、来なくなったのは実にがっかりする。しかるべき身分の人で、宮仕えする女性のところへ（婿を）とられて、「恥ずかしい」と思っているのも、本当に訳がわからない。

赤ん坊の乳母が、ただちょっとだけ、といって出かけたときに、（赤ん坊を）あれこれあやして、（乳母へ）「早くかえっておいで」と言わせたところ、「今夜は、参上できません」といって、返事をよこしたのは、がっかりするだけではなく、本当に憎くて耐えがたい。（同じ境遇になったとしたら）女を迎える男は、ましてどんな気持ちになるだろうか。待つ人がいるところに、夜が少し更けて、（誰かが）そっと門をたたくので、胸が少しどきりとして、召使いをやって尋ねさせると、違うつまらない男が名前を告げてきたのも、どう考えてもがっかりするという言葉では言い表せないくらいである。

修験者が、物の怪を調伏するといって、ひどく自信ありそうな顔で（よりましに）独鈷や数珠などを持たせ、蟬のような声をしぼり出して（経を）誦んでいるけれども、すこしも（物の怪が）去りそうな様子もなく、護法童子さえ寄りつかないので、（家族が）集まり、祈っているけれども、（効果がないので）、男も女も変だと思っていると、刻限が変わるまで誦みくたびれて、「全然（護法が）つかない。立ちなさい」といって（よりましから）数珠を取り返して、「ああ、まったく効き目がないねえ」とぶつぶつ言って、おでこから上の方へ（手を）かきあげて、欠伸を自分から先にして、何かに寄りかかって寝てしまったの。ひどくねむたいと思っている時に、それほど好意も抱いていない人が、ゆり起こして強いて話しかけるのは、心底おもしろくない感じがする。

除目に任官がない人の家。今年は必ず（どこかに任官される）、と聞いて、以前仕えていた者などで他の家へ行っていた者、田舎じみたところに住む者たちが皆集まり来て、出入りする牛車の轅（がならんでいるの）もぎっしり見えて、（任官祈願のために）物詣でする供として我も我もと参上し仕え、何かを食べたりお酒を飲んだりして、大騒ぎしているけれども、（除目が）終わる日の明け方まで門を叩く音もせず、「変だ」など耳をすまして聞いていると、先払いをする声が次々として、上達部などは皆（内裏から）退出なさった（のが聞こえる）。情報を聞きに、夜から（でかけて）寒がりぶるぶるふるえている下男が、たいそう憂鬱そうに歩みよってくるのを、（それを）見る者たちは、（除目の結果がどうであったか）尋ねることさえできない。外から来た者などが、「ご主人は、どこの何の官におなりになりましたか」など尋ねると、返事には「どこそこの前の国守に（なりまして）」など、必ず答える。本当に頼みにしていた者は、じつに嘆かわしいと思っている。早朝になって、ぎっしりと詰めかけていた者たちが、一人、二人そっと抜け出して帰っていった。昔から仕えている者で、そう気軽に出てゆけない者は、来年の（除目の可能性のある）国々を、手を折って数えなどして、体をゆらしながら歩いているのも、たいそうおかしい。（除目に任官がない人の家は）寒々とした気持ちがする。

【語注】

①すさまじきもの…興ざめなもの。おもしろくなく感じるもの。「すさまじ」とは、「すさむ」の形容詞化した語。『枕草子』「すさまじきもの」の段には、周囲の状況とは不調和なもの、時期を逸脱したもの、本来の存在意義や目的を失ったもの、期待を裏切る状態にあるものなどが列挙されている（**資料B**参照）。

②昼ほゆる犬…犬は「夜」吠えるもの、ということが念頭にある。「夜はいたく更けゆくに、このもの咎めする犬の声絶えず……（夜はひどく更けてゆくが、このもの咎めをする犬の声が絶えず……）」（『源氏物語』「浮舟」）と、「夜」、浮舟のもとに忍んできた匂宮一行が、警護の「犬」に吠えられる場面がある。「にくきもの」（二十六段）に「忍びて来る人、見知りてほゆる犬（こっそり来る人を知っていて吠える犬）」とある。「上に候ふ御猫は」（七段）の犬の翁丸、「大納言殿まゐりたまひて」（二百九十三段）で鶏を追い掛け回した犬など、『枕草子』には犬に関する描写が目立つ。86ページ**コラム**参照。

③春の網代…「網代」は、氷魚などを捕るために、川に網をはったように竹や木を編み並べる仕掛けのこと。陰暦九月（秋）から十二月（冬）まで行われた。和歌でも多く詠まれる。春の網代は季節外れ（遅れ）。

④三、四月の紅梅の衣…紅梅は襲の色目の名。表紅、裏紫。陰暦十一月（冬）から二月（春）まで着る服飾。晩春から初夏に着用するのは季節外れ（遅れ）。

⑤ちご…乳児。乳を飲む年頃の子どもをいうが、ここでは赤ん坊のこと。

⑥火おこさぬ炭櫃、地火炉…炭櫃は、角火鉢。主として暖房用。215ページ参照。「春はあけぼの」（初段）冬の項に「……火など急ぎおこして、炭持てわたるも、いとつきづきし」、「火桶の火も、白き灰がちになりてわろし」とある。地火炉は、囲炉裏のこと。

⑦博士…大学寮には、名経・文章・明法・算・音の五博士があり、陰陽寮に属するものに、陰陽・暦・天文・漏刻の四博士がある。基本的に世襲で、女性にはその資格がなかった。

⑧方違へ…平安時代の俗信のひとつ。方角禁忌という考え方に基づいて、凶の方角にあたる場所に行く場合、一旦別の方角の場所へ行き、そこから改めて目的地に行く行動のこと。新しい屋敷の造営、引越の際も行われた。方角の吉凶は、方角の神様である太白神（一日ごとに所在の方角が変わる）や天一神（中神《なかがみ》のこと。六十日周期で五日ないし六日ごとに所在の方角が変わる）などの動きできまり、神に会わないように他の場所に泊まるのである。『源氏物語』「帚木」には光源氏が紀伊守の邸宅に方違えに行く場面があるが、関わりの深い目下の者の家が宿泊先に選ばれることが多かったようである。方違えに行く当事者は、目上の者であるから、ただでさえ宿泊先でもてなされるのを当然と思って訪ねている（**資料C**参照）。

⑨まいて節分などは…「節分」は（1）季節の移り変わるとき、立春、立夏、立秋、立冬のこと、（2）各月の節に入る前夜のこと、（3）特に立春の前日のこと。当該場面は（1）で理解することが多い。「節分違へなどして」（二百七十九段）がある。「まいて」とあるのは、人や月日によって変わる通常の「方違へ」と違って時期が決まっている「節分」であれば、十二分の準備ができるはずだからである。

⑩人の国よりおこせたる文の物なき…「人の国」とは京に対する他の国のこと。つまり地方。

⑪よし…理にかなっている。「よし」は、価値を評価する語、「よし」「よろし」「わろし」「あし」のなかで、とにかく価値が高いのが「よし」でとにかく低い「あし」と対応する。ここでは、「人の国よりおこせたる文の物なき」が「すさまじ」で、「京の」は「ゆかしきことども」「世にあること」が手紙に書かれているから「いとよし」なのである。それだけの価値を「京」の手紙にみている。

⑫立て文…縦に長くたたみ上下を折った書状。かしこまった正式の手紙。

⑬結びたる…結び文のこと。細く長くたたんで結ぶ、略式の手紙。恋文に多い。

⑭ふくだめて…他動詞では、けばだたせる、自動詞では髪などが乱れて膨らんだようになるの意。ここは他動詞。

⑮上に引きたりつる墨…書状の上包みの封じ目に〆などと書いた墨。

⑯御物忌…穢れに触れたり、悪い目にあったり、夢見が悪かったりする時に身を慎むこと。飲食・言行を慎み、心身を清める。

⑰いとわびしく…実に物足りず。とてもがっかりして。「「わびし」の原義は、物事が思い通りにならずに困惑し、苦悩する心情を表す点にある。しかし、その実現にはおよそ二つの面があった。一つは主観的に、苦しい、悩ましいという心情をあらわす用法であり、他は客観的に不本意に思われるような、期待外れな状態、または貧困窮乏な状態を表す用法である。「あなわびし」「いとこそわびしけれ」などいう表現は典型的に後者に属し、枕草子の没趣

味・殺風景さに対する審美的批判に見られる。」（『古語大辞典』）。
⑱車…牛車のこと。中流階級以上の貴族は、移動する際に、使用することが奨励された。187ページ図参照。
⑲さなり…「さ」は指示語。「来べき人」を指す。
⑳車宿り…寝殿造の屋敷で、外門と中門の間にある牛車を入れておくための建物。
㉑轅…牛車などの前方に長く突き出している二本の棒。
㉒ほうと…「ぽん」という感じの擬声語。
㉓牛のかざり…牛の装具か。「牛の限り」の本文もある。そうであれば、牛だけは大切にせねば、という牛飼の態度を表す。
㉔家の内なる男君…妻の家に同居のような形で住まう婿君。当時は通い婚なので、「家のうちなる」は家と家の繋がりの深さを示すが、そんな婿が「来ずなりぬる」ということは、婿の愛情がすっかり冷めてしまったことをいう。
㉕さるべき人の宮仕へするがりやりて…わかりにくい文章であるが、しかるべき身分の人で宮仕えしている女のもとへ（夫を）とられて、となるか。身分もそれなりに高く、宮仕えする才のある利発的な女に婿をとられた、といえようか。
㉖はづかし…人に対して自分が劣位にあると感じるときの気後れする気持ちや、逆に、自分が恥ずかしくなるようなものに対し、立派だと評価する気持ちを表す。（1）恥ずかしい、（2）気後れがする、（3）立派だ、の意があるが、ここでは（1）か（2）。（1）であれば、男に捨てられた恥ずかしさを表すだろうし、（2）でとれば、夫を奪った女に気後れする気持ちを表す。
㉗いとあいなし…実に納得がいかない。ほんとうに訳がわからない。「語義はきわめて広く、文脈によって、なお納得がいかない、訳がわからない、不調和だ。どうもしっくりしない、おもしろみがない、興ざめがする、味気ない、疎ましい、よくない、あってはならないなどの口語に当たる意味も表した。」（『古語大辞典』）。清少納言は、この妻に共感できない。
㉘乳母…貴人にかわり、赤ん坊に乳を飲ませる者。高貴な女性が更なる懐妊を可能にするため、授乳は乳母が行った。養育もする。参考「ものいはぬ乳児の泣き入りて、乳も飲まず、乳母の抱くにもやまで久しき」（「胸つぶるるもの」百四十四段）。
㉙あからさまに…しばらく。ちょっと。下に「でかけてきます」が省略されている。
㉚すさまじきのみならず、いとにくくわりなし…おもしろくないだけでなく、本当に気に入らず耐えがたい。帰ってこない乳母に対して、「すさまじ」「にくし」「わりなし」という複合的な感情を抱く。「にくし」は、気に入らず、不快な感情を表し、（1）にくらしい。気にいらない。（2）醜い。見苦しい。体裁が悪い、の意味があり、「わりなし」は、（1）分別がない、（2）やむを得ない、（3）どうしようもない、（4）耐えがたい、（5）並一通りでない、の意がある。
㉛まいていかならむ…ましてどんなに耐えがたい気持ちになるだろうか。文意がとりにくいが、「「今宵はえまゐるまじ」と返しておこせたるは、まいていかならむ」と理解すれば、恋人に迎えを出したのに今晩は行けないと断られた男の失望の深さをいう。

㉜夜すこしふけて、しのびやかに門たたけば…男が女のもとを訪問するのは、日が暮れてから。
㉝胸すこしつぶれて…「胸つぶる」はどきっとする。びっくりする。「心ときめきする」よりも、程度が強い表現。
㉞あらぬよしなき者…関係のないつまらない者（男）。「よしなし」は、（1）理由がない、（2）方法がない、（3）関係がない、（4）つまらない、とるにたりないの意味があるが、ここでは（4）。
㉟おろかなり…「いへば」や「いふも」などに続けて、言い尽くせない、言い表せないの意。
㊱験者…加持・祈禱の修法に効験のある密教の僧侶。修験者の略。

㊲物の怪…当時は、死霊・怨霊のたぐいが、人にとりついて、病気を起こし、生命を奪うと考えられていた。そのため、病気になったとき、医者ではなく、僧侶や修験者を呼ぶことになる。

㊳調ず…調伏すること。祈禱によって、物の怪を降伏させる。具体的には「よりまし」（多くは若い女性や子供）にうつして、これを責め、よりましの口を借りた物の怪の素性の白状によって対策を練って退治する。

㊴せみの声しぼり出だしてよみゐたれど…「蟬の声」は、苦しそうに経を読む声のたとえか。参考「……立ちどころゐどころ蝶のごとく、せみ声にのたまふ声の、いみじうをかしければ（立ったり座ったり蝶みたいで、声は蟬のようにものをおっしゃる声がとても滑稽なので……」（『堤中納言物語』「虫愛づる姫君」）。

㊵去りげもなく…「然《さ》りげ」と「去りげ」の両説ある。ここでは「去りげ」で解した。


㊶護法…護法童子のこと。護法童子は、修験者と仏の間を行き来して、仏法のために使役させられる童形の鬼神。

㊷男も女も…加持祈禱を依頼した家族のこと。

㊸時のかはるまで…「時」は勤行の時間的単位をいうか。「晨朝《じんじょう》、日中、日没、初夜《しょや》、中夜《ちゅうや》、後夜」の各時。「ひととき」の「とき」であれば、今の二時間にあたる。

㊹額より上さまに、さくりあげ…おでこの方から頭の方に手をかきあげて。手持ち無沙汰な状態。

㊺せめて物言ふこそ、いみじうすさまじけれ…「こそ」「いみじう」と強調した文となっている。

㊻除目…官人の人事異動。ここでは正月県召《あがためし》のこと。地方官を補任する。中下流貴族にとっては最大の関心事。**資料C・探究のために参照。**

㊼はやうありし者どもの、ほかほかなりつる…以前にこの家に務めていた者で、他所へいっていた連中。「ほかほかなりつる」とは、主人を変えていたということ。縁が切れていた者たちが、国司の富の恩恵を期待し再び集まってくる。

㊽出で入る車の轅にひまなく見え…「車」で出入りするとあるから、ある程度の身分。主人の親族をいうか。

㊾物詣でする…主人が任官祈願に出かけること。

㊿物食ひ酒飲み…主人の屋敷での前祝いか。
(51)果つる暁まで門たたく音もせず…県召除目は、正月中旬に三夜にわたって行われる。受領の補任は、第三夜に決定するが、任官が決定したものは、宮中に召されることになっている。第三夜の明

け方まで門を叩く音がしないというのは、官職を得なかったことを意味する。

52上達部などみな出でたまひぬ…「上達部」は、三位以上の公卿。彼らがみな退出したということは、「除目」が終わったことを示し、今回の任官は絶望的。

53物聞きに…人事の情報を聞くために。

54外より来たる者など…以前から仕えていた者とは違い、状況を把握していない。

55「何の前司にこそは」などぞ、かならずいらふる…正直にだめだったことは話さず、「どこそこの前の国守なんですよ」と答える。「かならず」とあることから、「前」の「司」を答えるのが、当時の決まり文句か。『源氏物語』「宿木」に「常陸前司殿の姫君」の呼称がある。

56ふるき者ども…長年仕えていた者。

57ゆるぎありきたる…「ゆるぎ」は上体を左右に動かしながらゆっくり歩く様子。「あはれ、いみじうゆるぎありきつるものを」（「上に候ふ御猫は」七段）の犬の翁丸が、堂々と歩いている様子も「ゆるぎ」と表現されている。86ページ**コラム**参照。

58すさまじげなり…興ざめな感じだ。殺風景な感じだ。気の毒な感じだ。「〜げ」は動詞の連用形や形容詞の語幹などに付いて、「いかにも〜そうなようすである」「〜らしい」と曖昧にする接尾辞。

◆◇鑑賞のヒント◇◆

❶どのような状況であれば「すさまじ」と感じないでいられたのだろうか。ここで理想とされる状況を考えてみよう。
❷「すさまじきもの」をどのように列挙しているのだろうか。
❸連体形止めのあとにはどのようなことばが省略されているのだろうか。
❹「すさまじきもの」であげている事項は、誰の視点でみたものなのだろうか。
❺「すさまじきもの」以外の形容詞「わびし」「あいなし」「にくし」「わりなし」「をかし」から何が読み取れるのだろうか。

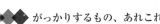

◆◇ 鑑賞 ◇◆

「昼ほゆる犬」からはじまり、「一日ばかりの精進潔斎《さうじんけさい》」で閉じられる本章段は、「もの」型章段の中でも、長文が費やされた段の一つである。本書では、教科書に採用されることが多い、除目に関してまでを主にとりあげた。

本章段は、「をかし」に代表されるような好ましい事物を記すのではなく、「すさまじ」という「嫌悪表現語」（土屋博映）に表される、様々なレベルの「不快経験」（渡辺実）を記した段といえる。できごとに対して作者が期待する何かがあり、その期待通りとならないことへの不満を「すさまじきもの」としてあげている。読解として、まずおさえなければならないのは、何を期待していたか、ということであろう❶。

冒頭からみてゆくと、犬は番犬として夜吠えるのがふさわしく、網代は秋冬、紅梅襲の衣は年末から初春がふさわしい。続く「牛死にたる牛飼」や「ちご亡くなりたる産屋」、「火おこさぬ炭櫃、地火炉」は、「牛」「ちご」「火」こそが「牛飼」「産屋」「炭櫃、地火炉」には求められており、男子が世襲する「博士」の家に求められるのは「男子」の誕生であった。「方違へ」先ではご馳走が期待され、「節分」の際の「方違へ」などは当然のように期待が高まり、それが満たされなかった際、「すさまじ」ではなく、「いとすさまじ」という心情になる❶。「昼」「春」「三、四月」という時のずれによる不調和、「牛」「ちご」「火」、「男子」といった肝心なものが欠ける殺風景な状態、当然あるべきご馳走がなかったときの不快感、といったレベルの異なる「すさまじきもの」を冒頭部でたたみかけてゆく❷。

「人の国」から届けられる文（手紙）には「物」（贈答品）があることが期待される。「人の国」を地方の意味で用いることは「人の国などにはべる海山の有様などを御覧ぜさせてはべらば（地方などにある海山の風景などを御覧にいれましたならば）」（『源氏物語』「若紫」）のようによく用いられる語であるが、そもそも、「人の国」という言い方は都側が中央である、という特権意識の中で生まれた語であるといえよう。だからこそ、京の情報などが贈答品代わりとなるので、京側は「物」がなくても良い。また、格別きれいに書いた手紙には、相応の返答が期待された❶。例えば『蜻蛉日記』に道綱母と愛宮（源高明室）との趣向をこらした文のやりとりが記されている。愛宮が、この上なくきれいな筆跡で、薄ねずみ色の紙にしたためて、むろの枝につけて和歌を贈ってきたのに対し、道綱母は、胡桃色の紙に返歌を書き、枯れて色の変わった松の枝につけて贈っている。美しい筆跡、和歌に合わせて整えられた紙と文付け枝に対し、道綱母も紙の色や文付け枝に工夫を凝らし返信している。日常生活の一コマの中で、手紙を交わす行為の中に、双方の教養、機知が試される。この章段の「わざときよげ」に書かれた手紙も、そういう手紙であったろう。「今は持て来ぬらむかし」は、当事者の返事を今か今かと待つ心情がよくあらわれている言葉であろう。にもかかわらず、返事はなく、「わざときよげ」を理解しない文使いは手紙を「いとどきたなげ」に扱い、手紙を先方に届けることができなかった理由を語る。「わびし」も、期待外れの困惑を表す形容詞であり、「いとわびしく、すさまじ」と、やりきれない落胆を「すさまじ」の類義語で重ねている。ここには「待」っていた返事がないだけでなく、「文」が雑に扱われたという失望も重なる❺（**探究のために**参照）。

次に描かれるのは、待ち人来たらず、ということへの失望であるが、単なる来客ではなく、「必ず」、つまり約束しているはずの、そしてこちらからわざわざ迎えの牛車を送るくらい大切に思っている客人が、（先方はそうではなかったようで）こちらに連絡もなく、「ほかへおはします」失望である。期待されるのは、言うまでもなく「必ず来べき人」の来訪（❶）だが、ここでの描写は待ち人よりも、むしろ牛車・牛飼に焦点があてられる。「車をやりて待つに、来る音すれば」「車宿にさらに引き入れて、轅ほうと打ちおろす」「牛のかざり引き出でて去ぬる」と「牛車」や「牛」

にかかわる叙述が詳細なのは、それが「牛車」に乗るべき人の不在を浮かび上がらせ、さらに来客が来ないだけでなく牛（牛飼）までもこの場からさっさと去ってしまうことへの不快感へと「すさまじ」とする対象をあえてずらしているためであろう。「牛飼」は自分の仕事をしているだけなのだから。例えば道綱母が「車の音ごとに胸つぶる」（『蜻蛉日記』中巻）のは、夫兼家が何度も自らの邸宅前を車で素通りするからである。素通りするのは、牛飼の意思ではなく、もちろん兼家に道綱母のもとを訪れる気がないからである。道綱母の失望も牛飼に向けられたりはしない。本章段で「牛のかざり引き出でて去ぬる」牛飼の行動は、業務終了後の当然の動きであり、当人からすれば不快に思われるいわれはない。牛飼への不満は、前文での、従者への不満を描いている描き方とも対をなす。前者が文使いの従者として不適当な態度であるのに対して、この牛飼に無駄な動作はない。つまり、両従者のふるまいから、従者がだらしなくても、きちんとしすぎていても、当事者の不快感は変わらない、ということも見てとれ、「去ぬる」の下に省略されているのも、「いとわびしく、すさまじ」ということがわかる❸。

続いて「また」、と選び取られたのは「家のうちなる男君」が、妻のもとにやってこなくなることである。「男」ではなく、「男君」なので、ある程度身分が高い（少なくとも妻側にとっては）ことが予想され、「家のうち」（同居）という条件には、そのような夫を同居とした喜びがみてとれる。夫に捨てられた立場の妻は誰もが落胆しようが、「家のうちなる男君」が来ないということが、「いとすさまじ」なのである。「さるべき人の宮仕へするがりやりて」は少しわかりにくいが、しかるべき階級の宮仕えをする女に夫をとられて、ということであろうか。ここで妻は相手を「憎し」などとは思わず「はづかし」と気後れしており、それに対して作者は「いとあいなし」と評する❺。平安時代は後妻《うわなり》打《う》ちという、前妻が後妻に腹を立てて、従者を使って狼藉を働く、といったような風習があった（例『権記《ごんき》』寛弘七年二月十八日条・蔵命婦が、夫を奪った故源兼業妻の住む鴨院西の対に従者を送り乱暴を働く)。たとえ、そこまでしなくとも、せめてこの妻も夫を奪った女に腹を立てても良いはずである。『蜻蛉日記』で道綱母は、夫の新しい通い所となった近江を、「にくしと思ふところ」と記す。当然の感情だろう。ここで、清少納言は「はづかし」と思うことしかしない気の弱い妻に対して「あいなし」(訳がわからない、納得がいかない)」と冷たく断じる。ここで期待されるのはもちろん「男君」の来訪であるが、後文があることで、妻側の気の強さも期待しているのである❶❹。

次には待ち人が来ない、ということと関連して、「ちごの乳母」が「ちご」を置いて外出したまま帰って来ない不満が描かれる。「とく来」と催促するのは、当事者が「ちご」を持て余しているからであり、「今宵は、えまゐるまじ」との返答が、「すさまじ」では済まされず、「いとにくくわりなし」と、複合的に表現されるところに、「乳母」への腹立ち、失望がより強調される。「文使い」↓「牛飼」↓「乳母」から、「女迎ふる男」へと視点が移る(❷)わけだが、「女迎ふる男」は「家のうちなる男君」と逆のパターンといえようか。ここで比較されるのは、赤ん坊を置いて戻らない乳母であり、その場合よりも、わざわざ呼び寄せる妻(恋人)が来ない夫の心情は「ましていかならむ」と読者に想像させる。ここも当時通い婚であったことと合わせると、「女迎ふる」状況とは、例えば受領としての赴任先に妻を呼び寄せる、というような場合があげられようか。もしくは、光源氏が二条院に紫の上を迎えたような関係だろうか。師宮が和泉式部を外に連れ出すような場合だろうか。いずれにしろ、男には女を「迎ふる」だけの深い愛情があり、にもかかわらず、ということである。しかし、いくら待っていたとしても、来訪者はもちろん誰でも良いわけではない。「待つ人ある所」に、「あらぬよしなき者」が来るような場合は、「かえすがへすもすさまじといふはおろかなり」と、「すさまじ」では収まらない心情として描かれる。「夜すこしふけて」「忍びやかに」やってくるのは当然男（恋人）のはずであり、「胸」をどきどきさせながら、待つ期待感は、何の関係もない男の名乗りで木っ端みじんにされる❶❺。

次に記されるのは、物の怪を調伏する修験者である。「いみじうしたり顔」であるにもかかわらず、調伏は失敗する。刻限が変わるまで行っても効果は見えず、加持祈禱に疲れた修験者は額をかき上げ欠伸をする。「病人のあくびは物の気が治る兆候」なのに「あくびが期待される病人ではなく験者がしてしま」っている（松本昭彦）。その上、ものに寄りかかって横になってしまった。職務放棄である。このあたりの修験者への叙述は最初からとげとげしい。「いみじうしたり顔に独鈷や数珠を持たせ、せみの声しぼり出だして誦みゐたれど」には、仰々しくあたかも名僧のように振る舞い、声をふりしぼる修験者への冷めた視線があり、「護法もつかねば」とは、前提となる護法童子さへつかないことへの非難がある。『枕草子』「にくきもの」には、「……加持せさするに、このごろ物の怪にあづかりて困じけるにや、ゐるままにすなはちねぶり声なる、いとにくし」と修験者の「ねぶり声」を「いとにくし」と言っており、修験者の「声」に重きをおいている。修験者の役割として期待されるのは病人の快癒であろうが、それだけでなく望ましい修験者像を意識しつつ述べているのではないか❶。尊い修験者であれば、そもそも「いみじうしたり顔」などしないであろうから。前に書かれた「待ち人」でない男が来訪する話とは一見関係なさそうに見えながら、「名のり」を通してこの話とも関連してゆく。物の怪は、調伏されると、「物の怪、生霊などいふもの多く出で来てさまざまの名のりする」（『源氏物語』「葵」）のだが、当然調伏されないこの病人についた物の怪は「名のり」をすることはない。物の怪がすべき名のりを、どうでもよい男がし、病人がすべき欠伸を修験者がする、という皮肉の連鎖も見ることができよう❷。

修験者が「寄り臥し」たのは、疲れて眠たいからであった。眠る、ということと関係して、次の話題へと転換してゆく。「いみじうねぶたし」と思っていたときに、どうでもいい人が起こしてまで話しかけてくることを「いみじうすさまじ」と記す。期待されるのは眠らせてくれることであり、物の怪の調伏と比較すると深刻度が全く違う。それでも、眠たいときに眠れない、どうでもいい人に起こされる不快感のほうをより強く「いみじうすさまじ」と感じると記すところに深刻度に左右されない本章段の特徴の一つがある❶。

「除目に司得ぬ人の家」は、本章段で最も有名なエピソードである。叙述の仕方がここから変わる。「人の国より～」の部分以降、どのような状況が「すさまじ」なのか説明的に語っていたのが、「除目に司得ぬ人の家」と、先に結論を示す。「昼ほゆる犬」「春の網代」と同じ示し方である。そしてここで、期待されているのは、「司」を得ることであり、それ以上でもそれ以下でもない❶。けれども、その上で、以下、除目にまつわるエピソードをリアルに描いてゆく。「すさまじきもの」の中でも最も筆が費やされたのが「除目に司得ぬ人の家」であった（**探究のために**参照）。

「今年はかならず」という条件は、司を得られなかったときの落胆をより大きくする要素である。「今年はかならず」とは、当事者だけでなく、周囲もそう思うだけの根拠があったのだろう。だからこそ「はやうありし者どものほかほかなりつる」というような、一度、他家へ離れた（就職先を変えた）ような者も集まる。「車」に乗るのは一定の身分以上だから、親類縁者だろうか、「車の轅のひま」がないくらい、車宿には牛車がぎっしり並んでいる。任官祈願の参拝にも付き従う者は多い。「我も我も」と争うほどで、前祝いなのか、食べ、飲み、大騒ぎをする。しかし、夜が明けても任官を知らせる者は来ない。「門たたく音もせず」に、それまでの大騒ぎとの対比があり、「耳立てて」聞くと、上達部たちが帰宅していることがわかる「前駆」の音がする。上達部の帰宅は除目の終了を意味し、つまり、任官できなかったことを意味する。「もの聞き」にやっていた下男も「いともの憂げに」歩みより、何も言わなくても、当事者には漏れたことがわかる。ただ「外より来たる者」などは、何に任官されたか空気も読まずに尋ね、苦々しく「どこそこの前の国守なんです」と必ず答える。本心から主人を頼りにしていたものは「いと嘆かし」と思う。これらのことは「すさまじ」とは記されていない。大勢いた人々は一人二人と去ってゆく。昔からの従者や、当てのない者が、来年の除目を期待して、国司を交代する国々を数えながら、空元気《から》を出すかのように体を左右に動かして歩くのを「をかし」と記す。仕える従者たちのふるまいを「をかし」ととらえている点には注目すべきだろう。当事者にとっては深刻な問題なのだから、「をかし」と感じるのは無関係の他者としての視点である。つまり、当事者視点ではないことがはっきりとわかる言葉といえる❹。そして、総括する形で「すさまじげなり」と、除目に任官されなかった家を気の毒なものとして憐憫をもって語る。清少納言は受領階層の「家」に属する身でもあり、また、宮中に女房として仕え、任官活動をする中流貴族たちを目にしていた。この章段で「除目に司得ぬ人」ではなく、「除目に司得ぬ人の家」と「家」を活写するのは、「除目に司得ぬ人」の悲哀をよくわかっているからであろう。「をかし」に関しては、22ページに詳しいが、この部分を「をかし」ではなく「いとほしう」とする諸本も多いことを付記しておきたい。「をかし」と「いとほしう」では、清少納言がどう受け止めていたか、全く違ってくる❺。

以上、ここに書かれている物事を「すさまじきもの」と評す清少納言は、当事者視点ではない。当事者ではないが、時に当事者の位置にまで入り込み、近い所に身をおいたりもしながら「すさまじきもの」を記している❹。

◆◇探究のために◇◆

▼平安時代の手紙と使者　この章段の前半部分では手紙にまつわる「わびしくすさまじ」き心情が語られていた。それは雑に手紙を扱われた失望だったわけだが、当時、手紙はどのようにやりとりされていたのだろうか。

手紙は、当時のコミュニケーション媒体として重要なツールの一つだった。といっても今のように配達に関わる仕事があるわけではない。手紙を運ぶのは、近侍する従者が多く、配達した際に、相手から返事をもらうことも期待されていた。『紫式部日記』には、式部と仲の良かった小《こ》少将の君との文通場面があり、手紙の往還の様がうかがえる。

小少将の君の、文おこせたる返りごと書くに、時雨のさとかきくらせば、使《つかひ》もいそぐ。「また空のけしきもうちさわぎてなむ」とて、腰折れたることや書きまぜたりけむ。暗うなりにたるに、たちかへり、いたうかすめたる濃染紙《こぜんし》に、……。

（小少将の君が、手紙をよこしなさった返事を書いていると、時雨がさっと降るので、使いも返事を急ぐ。「また空の様子と同じように私のこころも落ち着かなくて」といって、下手な歌を贈ったような気がする。暗くなったけれども、折り返し、実に霞みかかっている濃染紙に……。）

時雨の降る中、帰りを急かす文使いに、式部は小少将の君への返事を渡した。するとまた「たちかへり」小少将の君からの返信があったという。このやりとりから、文使いが時には何往復もさせられたことがわかる。文使いが子供であることもある。『和泉式部日記』では、帥の宮と和泉式部の恋文の使いとして小舎人童《こどねりわらわ》が携わる。和泉式部が石山寺に籠もった際には、宮から「苦しくても行け」と京から石山寺までの文使いを何往復もさせられていた。

基本的に、文使いは返信をもらって帰参する必要があったが、本人に返事をする気がなければもらえようもない。

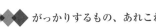

本章段での使いは文をぞんざいに扱ったわけだが、本人の資質の問題というだけでなく、使い自身の言い分もあろう。使いはなぜ文を汚くしてしまったのだろうか。次にあげた『蜻蛉日記』に記された道綱母が父親の子（つまり道綱母の異母子）の誕生五十日祝いの言葉を贈った場面をヒントにして考えてみたい。

さて、この十一月《しもつき》に、あがたありきのところに、産屋《うぶや》のことありしを、えとはで過ぐしてしを、五十日《いか》になりにけむ、これにだにと思ひしかど、ことごとしきわざは、えものせず、ことほきをぞさまざまにしたる。例のごとなり。白う調《てう》じたる籠《こ》、梅《むめ》の枝につけたるに、

冬ごもり雪にまどひしをり過ぎて今日《けふ》ぞ垣根《かきね》の梅をたづぬる

とて、帯刀《たちはき》の長《をさ》それがしなどいふ人、使ひにて、夜に入りてものしけり。使ひ、つとめてぞ帰りたる。薄色の袿《うちき》一襲《ひとかさね》かづきたり。

（さて、そういえば、この十一月に、地方官歴任の父のところにお産があったが、見舞に行くこともできずに過ごしてしまったので、五十日の産養いになった時のことだったか、せめてこの機会にでもお祝いをと思ったけれども、おおげさなことはできず、お祝いの言葉を色々と述べた。慣例通りである。白い色でととのえた籠を、梅の枝に付けたのに、

雪にとじこめられてどうしようもなく、お見舞いもせずに過ごした冬が過ぎて、今日やっと垣根の梅を尋ねることができました。お子様はいかがですか、さぞ美しいことでしょうとお伺い申し上げる次第で

という歌を添えて、帯刀の長某というひとを使いとして、夜になってから届けたのであった。その使いは明くる朝になって帰ってきた。薄紫色の袿を一かさね、祝儀としてもらってきた。）

祝儀の場ということもあるが、使いは禄《ろく》（ほうび）として「薄色の袿」をもらっている。『源氏物語』「明石」にも明

石入道が、源氏からの文使いを「いとまばゆきまでに酔はす（きまりわるくなるくらいもてなして酔わす）」と、その後「なべてならぬ玉裳（立派な女装束）」を禄として与えており、使いはその任を果たした際に相手側から慰労され褒美をもらうことができることがうかがえる。本章段で相手が不在だったり、物忌みだったりで受け取ってもらえなかった場合、使いのほうももらえるべき褒美がもらえないことになるのだ。その不満が文へぶつけられ雑な扱いとなってしまったのではなかろうか。

そもそも、清少納言は「紙」に目がなかった。それは、「御前にて、人々とも」（二百五十九段）で、どんなに世の中が腹立たしく苦しくても、「ただの紙のいと白う清げなるに、よき筆、白き色紙、みちのくに紙など」を手に入れれば、心がなぐさみ生きていられる、という発言からもうかがえる（198ページ）。当時、「紙」は貴重なものであり、当段の「わざと清げに書きてやりつる文」が汚らしく扱われ「ふくだみ（けばだっている）」の状態で戻ってきたときのショックははかりしれなかっただろう。

▼みんな国司になりたい—天国と地獄　なぜそんなに国司（受領）になりたがるのだろう。本章段の「すさまじきもの」において最も筆を費やしている「除目」とは、当時の人々にとってどのようなものだったのだろうか。

「除目」とは、旧官を「除」いて新官を「目」録に記すことで、大臣以外を任官する儀式のことをいう。春と秋の二回あり、地方官を任命する県召と京官を任命する司召があった。この「すさまじきもの」で話題となっているのは、地方官を任命する県召である。地方官として、国司に任命されるか否かで収入や地位に大きな差が生じ、特に中流貴族にとっては死活問題だった。基本的に四年国司として赴任し、中央に決められた税さえ納めれば、現地で農地経営も含め、様々な収益をその手にすることができた。だからこそ、本人のみならず、一族やその従者たちまでもが除目に一喜一憂する。たとえ四年であっても、一旦その土地で蓄財できれば、国司の任期を解かれたあとも残留する者も多かった。『源氏物語』に登場する明石入道は、もともと近衛中将という中央官でありながら、官位を辞してすすんで播磨国の国司となった。播磨は大国で、西国との交通要路として栄えていた。入道は四年の任期を終えた後もその土地に残り大豪族となっている。入道の場合は貴顕（光源氏）と娘の結婚を祈念し中央での栄達を願った行為だったが、当時土着した国司がその地の者と縁を結び冨を築いていくことも多かった（これらがその後、武士集団となる）。

『源氏物語』「東屋」に登場する常陸守は、常陸や陸奥の国司を歴任した人物として描かれるが、それは自身が「上達部の筋にて、仲らひもものきたなき人ならず（もとをたどれば上達部の出身で、親類もそれほど見苦しい身分ではなく）」というだけでなく、「豪家のあたり恐ろしくわづらはしきものに憚りおぢ、すべていとまたく隙間なき心もあり（権力者のあたりは恐ろしく面倒だと追従し、万事につけて抜け目なく用心深いところがある）」人だったからである。権力者との縁をいかに繋ぎ、活かせるかということが国司になるための方法として重要だった。本章段において、「今年はかならず」という確信があり、前祝いまでしたのは、何かしら上流貴族との縁故があったからであろう。『今昔物語集』に「藤原為時詩を作りて越前の守に任ぜらるること」（巻第二十四第三十）の話があり、漢詩の力で紫式部の父為時が越前の国司に任ぜられた話は有名だが、それは、道長の乳母子だった源国盛が辞めさせられたからこその任官だった。この国盛こそ、本章段において「今年は必ず」と思っていてもおかしくない人物だったといえる。『古事談』に類話を載せるが、国盛は悲嘆の余り病気になり命を落としたと記されている。それほどつらい出来事だったのである。

平安時代中期の女流文学者たち（の親たち）も多くは受領階級だった。『蜻蛉日記』上巻で、道綱母の父倫寧《ともやす》が、「陸奥国へ出で立ちぬ」と陸奥国の国司となったことが記されるが、大国である陸奥国の国司に任官されたのは、倫寧が兼家の伯父藤原実頼《さねより》の家司であったからとも、道綱母が兼家の妻となったからともいわれる。和泉式部、菅原孝標女、などの父親も受領であった。ちなみに、清少納言の父元輔は六十六才という老年でようやく周防《すおう》守に任じられており、国司になれないことを歎く和歌も残している。**資料E**参照。

「除目」は中流階級の人生を左右する。除目にはずれた「家」に着目し、「人」に視点をおかなかったのは、期待していたにもかかわらず、任命されなかった「人」の姿が、あまりにも悲劇的になるからだったかもしれない。

（岡田ひろみ）

【資料】

A 「すさまじきもの」後半部

よろしうよみたりと思ふ歌を、人のもとにやりたるに、返しせぬ。懸《け》想人《さうびと》はいかがせむ。それだにをりをかしうなどある、返事《かへりこと》せぬは心おとりす。また、さわがしう時めきたる所に、うち古めきたる人の、おのがつれづれと暇《いとま》おほかるならひに、昔おぼえてことなることなき歌よみておこせたる。

物のをりの、扇《あふぎ》いみじと思ひて、心ありと知りたる人に取らせたるに、その日になりて、思ひ忘るる。絵などかきて得たる。

産養《うぶやしなひ》、馬《むま》のはなむけなどの、使《つかひ》に禄《ろく》取らせぬ。はかなき薬玉《くすだま》、卯槌《うづち》など持てありく者などにも、なほかならず取らすべし。思ひかけぬ事に得たるをば、いとかひありと思ふべし。これはかならずさるべき使と思ひ、心ときめきして行きたるは、ことにすさまじきぞかし。

婿取《むこど》りして、四、五年まで、産屋《うぶや》のさわぎせぬ所も、いとすさまじ。大人なる子どもあまた、ようせずは、孫《むまご》なども這《は》ひありきぬべき人の親どち、昼寝したる。かたはらなる子どもの心地にも、親の昼寝したるほどは、寄り所なく、すさまじうぞあるかし。師走のつごもりの夜、寝起きてあぶる湯は、腹立たしうさへぞおぼゆる。師走のつごもりの長雨《ながあめ》。「一日ばかりの精進《さうじん》潔斎《けさい》」とやいふらむ。

（現代語訳：まあまあうまく読めたと思う歌を、人のところに送ったのに、返事がないこと。恋しい人（の場合）は、（相手の気持ちもあるから）どうしようもない。それ（恋しい人の場合）さえ、折にぴったり合う（歌に）返事をしないのは、幻滅する。また、（人の出入りも）騒がしく、今世間にもてはやされている家に、世間から忘れられている人が、自分が、退屈で時間をもてあましている習慣で、昔を思い出してとるにたりない歌を詠んで送ってきたの。

晴れの儀式用の扇を、「格別すばらしい」と思って、心得がある人に預けておいたのに、その当日になって（ある人が私に返すのを）忘れたの。絵などを描いて戻ってきたの。

　出産祝いの儀式や、旅立の際などの使者に、褒美を取らせないの。ちょっとした薬玉、卯槌などを持って行く者などにも、やはり必ず褒美は取らせるべきだ。思いかけないことでもらったのは、実にかいがあると思うだろう。これは必ずしかるべき褒美がもらえる使いだと思い、うきうきしながら行ったのは、（もらえない場合は）格別にがっかりするよねえ。

　婿を取って、四、五年まで出産する部屋の準備などをしない家も、実にがっかりする。成人している子供がたくさん、下手をすると孫などもはいまわっていそうな人が、親どうし昼寝をしているの。そばに暮らしている子どもの気持ちとしても、親が昼寝をしている間は、やりきれなく、おもしろくないよねえ。十二月のつごもりの夜、寝たあと起きて沐浴するのは腹立たしくまでも感じられる。十二月のつごもりの長雨。「一日だけの精進潔斎」というのだろうか。）

B　枕草子の「すさまじ」

・梨の花、世にすさまじきものにして、……。（「木の花は」三十五段48ページ）

・……夜《よる》のおとどに入《い》らせたまひにけり。長押《なげし》の下《しも》に火近く取り寄せて、扁《へん》をぞつく。（女房）「あなうれし。とくおはせよ」など、見つけて言へど、すさまじきここちして、……。（「頭の中将の、すずろなるそら言を聞きて」七十八段）

（現代語訳：……中宮様は、御寝所にお入りあそばしてしまったのだった。女房たちは、下長押の下の次の間にともし火を近く取りつけて、扁つきをしている。「ああうれしい、早くいらっしゃいませ」などと私を見つけて言うけれども、中宮様がいらっしゃらないので、興ざめな気持ちがして、……。）

・……（公信）「いかで帰らむとすらむ。こなたざまは、ただ遅れじと思ひつるに人目も知らず走られつるを。あう行かむことこそ、いとすさまじけれ」と、のたまへば（「五月の御精進のほど」九十五段）

（現代語訳：……公信様が「どうして帰ることができようか。こちらのほうに来たのは、ただ遅れまいと思っていたので、人目も構わず走ってしまったのに。もっと遠くに行くというのは本当におもしろくない」とおっしゃるので、……。）

・（宮）「今も、などか、その行きたりし限りの人どもにて言はざらむ。されど、させじと思ふにこそ」と、ものしげなる御けしきなるも、いとをかし。（清少）「されど、いまはすさまじうなりにてはべるなり」と申す。（宮）「すさまじかべき事か、いな」とのたまはせしかど、さてやみにき。（「五月の御精進のほど」九十五段）

（現代語訳：中宮様は、「今でも、どうしてその出かけた人たちを全部で何とかすれば詠めないことはあろうか。けれども歌を詠むまいと思っているのでしょう」と失望していらっしゃりそうなご様子なのも、とてもおもしろい。「そうはいっても、今となっては興ざめな気分になってしまうでしょう」と申し上げる。「興ざめなことなんてあるでしょうか。そんなことはありません」とおっしゃったけれども、そのままで終わってしまった。）

C 『源氏物語』「帚木」

暗くなるほどに「今宵、中神《なかがみ》、内裏《うち》よりは塞《ふた》がりてはべりけり」と聞こゆ。さかし、例は忌みたまふ方《かた》なりけり。「二条院にも同じ筋にて、いづくにか違へむ。いとなやましきに」とて、大殿籠れり。「いとあしきことなり」と、これかれ聞こゆ。「紀伊守にて親しく仕うまつる人の、中川のわたりなる家なむ、このごろ水堰《せ》き入れて、涼しき蔭にはべる」と聞こゆ。（中略）「にはかに」とわぶれど、人も聞き入れず。

（現代語訳：暗くなるころに、「今夜はこちらは中神が宮中からは塞がっておりました」と申し上げる。いかにもそのとおり、いつもの例でお避けになる方角なのであった。源氏の君は、「二条院にしても同じ方角だからどこに方違えしたらいいだろうか。まったく大儀だなあ」といって、休んでおしまいになる。「実に悪いことです」と、誰彼が申し上げる。「紀伊守で親しく出入りしております者で、中川のあたりの家が近頃水をせきいれて涼しい木陰でございますが」と申し上げる。（中略）。紀伊守は、「突然で」と当惑しているけれども、誰も取り合わない。）

D 「正月一日は」（三段）（抜粋）

除目《ぢもく》のころなど内わたりいとをかし。雪降りいみじう氷《こほ》りたるに、申文《まうしぶみ》持てありく四位五位、わかやかに、心地よげなるは、いとたのもしげなり。老いて頭《かしら》白きなどが、人に案内《あんない》言ひ、女房の局《つぼね》などに寄りて、おのが身のかしこきよしなど、心一つをやりて説《と》き聞かするを、若き人々はまねをし笑へど、いかでか知らむ。「よきに奏したまへ、啓したまへ」など言ひても、得たるはいとよし。得ずなりぬるこそいとあはれなれ。

（現代語訳：除目のころなど宮中のあたりはとてもおもしろい。雪が降りひどく凍っているときに、上申の手紙などを持ってうろうろしている四位や五位の人の、若々しく、気持ちもさわやかで元気のよさそうなのは、とても頼もしい様子に見える。だが、年をとって頭の白い人などが、人に自分の内情を話して頼み、女房などの局に寄って、自分の身が立派であることを熱心に説明して聞かせるのを、若い女房たちはまねをし、笑うのだけれども、当人たちはどうしてそのことを知っていようか。「帝によろしく申し上げてください。中宮様にも申し上げてください」などといっても、思い通り官を得た人は良い。得ないでしまったのは、とても気の毒である。）

E 元輔、不遇を歎く

除目の朝《あした》に、命婦左近がもとに遣《つか》はしける　元輔

年ごとに絶えぬ涙や積もりつついとど深くは身を沈むらん

（『拾遺集』雑・四四三）

（現代語訳：除目の翌日に、命婦左近のところに送った（歌）
毎年の除目に絶えることのない涙が積もり積もって、ますます深く我が身を沈めるだろう。）

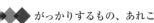

『枕草子』で言語活動！

『枕草子』を使ってどんな言語活動ができるだろうか。

中学校でよく行われているのは、「春はあけぼの」を参考にして自分の季節感をまとめるという活動だ。『枕草子』の文体を模して書く、好きな季節を選んで自由に書く、四季すべてについて書くなど、いろいろなやり方がある。これらは「春はあけぼの」を読んでから書くのが基本のパターンであるが、その逆も考えられる。「春といえば～夏といえば～」と書いてから「春はあけぼの」を読み、自分の季節感と比べれば、昔と今の共通点や相違点を実感的に理解できるだろうし、清少納言の季節感に対する批評へと発展する可能性もある。

高校での定番は、「うつくしきもの」などのものづくし章段を読んだあとに、辞書などで古語の意味と現代の意味との違いを調べて発表するという活動である。最近の辞書は語義解説、用例と現代語訳、コラム、付録など中味が充実していて、読んでいるだけでも楽しい。副教材をあれこれ読みあさるよりも、辞書一つを徹底的に使いこなす方が勉強になると思う。複数の辞書の解説を読み比べて評価しあうのも、立派な言語活動となるだろう。以上は、辞書を先に参照してから報告するというパターンであるが、ここでもその逆が考えられよう。「うつくしきもの」として挙げられている事例から、「うつくし」の定義を自分で考え、その後に辞書の解説と照らし合わせて、自分の定義を評価するという活動である。難易度は高いが、「古語は暗記するもの」という受け身の姿勢を打破するきっかけにはなると思う。

本書を使っての言語活動は、是非試みていただきたいと思っている。そもそも本書の「鑑賞のヒント」の発問は、タイトルにあるように「学びを深めるヒント」として執筆者それぞれが考え抜いたものである。ヒントの中から生徒の実態に沿った発問を幾つか選んで、話し合い活動や鑑賞文の作成などに利用していただければ幸いである。本文と語注だけを読んで考えたり、現代語訳付きで読んだりなど、これも生徒の実態に合わせて工夫していただけると有り難い。その際、それぞれのヒントが、本文だけで解釈できるものなのか、あるいは別の資料を参照しなければ解釈できないものなのかについては、指導者の見極めが必要であろう。「鑑賞」の中に資料参照の指示がある発問は、本文と資料（現代語訳を含めてもよい）のセットで生徒に提示することをお勧めする。このように複数の古文を関連付けて読んでいく課題も、今後は重視されてくると思う。

最後に、本書を活用したジグソー授業を提案したい。ジグソー法は主体的・対話的で深い学びの視点に立った授業法の一つである。その概要は、一人では解決できない課題を設け、課題に関する複数の資料をグループ別に分担して考察し（エキスパート活動）、別資料の担当者とグループを再編した上で、各自がエキスパート活動で考察した成果を持ち寄って協同で課題を解決する（ジグソー活動）というものである。グループで出した解決案はクラス全体で再度検討し（クロストーク）、そこでの検討もふまえて、最後は一人で課題解決に取り組むのである。この授業法のポイントは、一人で解決できない課題を複数資料の考察を通して協同で解決するというところにある。例えば「作者にとってのいいセンス、わるいセンスとは何か。作者の美醜意識について論評しよう」という大きな学習目標を立て、本書からしかるべき章段を三つほど選んで、「エキスパート活動→ジグソー活動→クロストーク→各自のまとめ」という流れでやってみてはどうだろう。章段の選び方には工夫を要するが、適切な章段を組み合わせることができれば、主体的・対話的で深い学びが実現できると思う。

（井実充史）

木に咲く花といえば！

木の花は・三十五段

①木《き》の花は　濃きも薄きも、紅梅②。
桜③は、花びら大き④に、葉の色濃きが、枝ほそくて咲きたる。
藤⑤の花は、しなひ長く、色濃く咲きたる、いとめでたし。
⑥四月《うづき》のつごもり、五月《さつき》のついたちのころほひ、橘⑦の葉の濃く青きに、花のいと白う咲きたるが、雨⑧うち降りたるつとめてなどは、世になう心あるさまにをかし。花⑨の中より黄金《こがね》の玉かと見えて、いみじうあざやかに見えたるなど、朝露に濡れたるあさぼらけ⑩の桜におとらず。⑪郭公《ほととぎす》のよすが⑫とさへ思へばにや、なほさらに言ふべうもあらず。

梨⑬の花、世にすさまじきものにして、近うもてなさず、はかなき文《ふみ》つけなどだにせず。⑭愛敬《あいぎやう》おくれたる人の顔などを見ては、たとひに言ふも、げに葉の色よりはじめてあはひ⑮なく見ゆるを、⑯唐土《もろこし》には限りなき物にて、文にも作る、なほさりともやうあらむと、せめて見れば、花びら⑰の端にをかしきにほひこそ、心もとなうつきためれ。楊貴妃《やうきひ》の、帝の御使に会ひて、泣きける顔に似せて、「⑱梨花一枝《りくわいっし》、春、雨を帯びたり」など言ひたるは、おぼろけならじと思ふに、なほいみじうめでたき事は、たぐひあらじとおぼえたり。

⑲桐の木の花、紫に咲きたるは、なほをかしきに⑳、葉のひろごりざまぞうたてこちたけれど、こと木どもとひとしう言ふべきにもあらず。唐土《もろこし》に㉑名つきたる鳥の、選《え》りてこれにのみゐるらむ、いみじう心ことなり。まいて㉒琴《こと》に作りて、さまざまなる音《ね》の出で来るなどは、をかしなど、世の常に言ふべくやはある。いみじうこそめでたけれ。

木のさまにくげなれど、㉓楝《あふち》の花、いとをかし。㉔かれがれにさまことに咲きて、かならず㉕五月五日にあふもをかし。

【現代語訳】

木の花は、（色が）濃いのも薄いのも紅梅。桜は、花びらが大きいもので、葉の色が濃いのが、枝が細くて咲いているもの。

藤の花は、花房が長く、色が濃く咲いているのが、たいへんすばらしい。

四月の末日、五月の一日の頃、橘の葉が色濃く青いもので、花がたいそう白く咲いているのが、雨が降っている早朝などには、この世にないほど風情がある様子で趣深い。（白い）花の中から（昨年の実が）黄金の玉かのように見えて、たいそう際立って見えているものなどは、朝露に濡れているほのぼのと明るくなった朝方の桜に劣らない。その上ホトトギスが身を寄せるところとまでも思うからだろうか、やはりこれ以上付け加えて言わなくてはならないこともない（ほどすばらしい）。

梨の花は、実に興ざめなものとして、身近に見て楽しむこともなく、ちょっとした手紙につけることさえしない。可愛らしさに劣る人の顔などを見ては、（梨の花をその）比喩として言うのも、なるほど、葉の色から始めとして、色の調和もなく見えるが、中国ではこの上なく素晴らしいものとして、漢詩にも（題材として）作るのを、やはりそうはいっても理由があるのだろうと思って、強いて見ると、花びらの端に趣のある色つやが、分かりにくく着いているように見える。楊貴妃が、（玄宗）皇帝のお使いに会って、泣いた顔に似せて、「梨の花がひと枝、春に雨（のしずく）を含んでいる」などと（白楽天が「長恨歌」で）言っているのは、並ひと通りではないだろうと思うと、やはりたいへん素晴らしいことは、他に似たようなものがないと思われた。

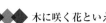

桐の木の花は、紫色に咲いているのは、やはり趣があるもので、葉の広がっている様子が普通と違って大げさであるが、他の木々と同等に論じるのはよろしくない。中国で名のある鳥が、特に選んでこれにだけ止まるということは、たいへん心持ちが違うように感じられる。まして琴として作って、様々な音が出てくることなどは、趣があるなどと、世間の普通の表現で言うことができるだろうか、いや表現できない。非常にすばらしいものだ。

木の様子は醜いようだけれども、楝の花は、たいへん趣がある。(「あふち」は「逢ふ」という意味があるのに、それとは反対の意味である)「離れ離れ」というように(他の花とは)異なる様子で(花びらが重ならずに離れているように)咲いて、必ず五月五日(の節供に)あうのも(「あふち」という名前らしくて)趣深い。

【語注】

①木の花…「花の木ならぬは」(三十八段)や「草の花は」(六十五段)に対する概念によって記述された章段とされる。「花の木ならぬは」(三十八段)に「花の木ども散り果てて」という表現があるが、本章段の主眼はあくまで「花」だから、「花の木」ではなく「木の花」とするのである。また、「木の花」として春夏に咲くものをあげており、「草の花は」(六十五段)が秋冬の花をあげるのと対照的になっている。「木の花」の読み方について、写本はいずれも漢字である。「き」の古形が「こ」で、「木《こ》の葉」などの複合語を作る。「木《こ》の花」の語例もあるが、桜や梅に限定されて用いられるので、「木《き》の花」と読んでおく。

②紅梅…梅はバラ科の落葉高木で、中国から輸入された。春の一番花との認識だが、晩冬の花という意識もあった。輸入当初は雪と紛う白梅の色が注目され、さらに香りが好まれた。紅梅の輸入は平安時代になってからで、『三代実録』貞観十六(八七四)年八月二十四日の記事が初出である。この時代、最新の流行は紅梅であったと考えられている。『源氏物語』「紅梅」には「園ににほへる紅の色に取られて、香なむ白き梅に劣れると言ふめるを」とあり、香では、紅梅より白梅がまさっているというのが当時の通念であった。

③桜…バラ科の落葉高木。ソメイヨシノは江戸時代に開発された品種で、古典和歌では通常ヤマザクラであり、ヤエザクラ・シダレザクラもあった。花の色は、ソメイヨシノよりも薄く、雲や霞に見立てられる淡紅色である。

④大き…表記は「おほき」で、意味は「多き」の可能性もあるが、葉と花が同時につかないヤエザクラとは考えにくいので「大き」とする。

⑤藤…マメ科のつる性の落葉樹で、晩春に二〇〜九〇センチメートルの花房に、藤色・紫・淡い紅などの花をつける。ここは藤色。

⑥四月のつごもり、五月のついたちのころほひ…「つごもり」「ついたち」を下旬・上旬とすると、二十日間ほどを指して、さらに「ころほひ」とすることとなる。以下には五月五日を限定する描写もあることから、末日・一日と考えておく。花の名よりも前に開花時期が明記されるのは、「五月待つ花橘の香をかげば昔の人の袖の香ぞする」(『古今集』夏・一三九・よみ人知らず)などに

よって印象づけられており、重要と考えたからであろう。

⑦橘…ミカン科の常緑高木。初夏に白い花をつけ、秋には黄色い実がなる。平安以降は専ら香りが取り上げられ、ホトトギスとの取り合わせも類型的であった。

⑧雨うち降りたるつとめて…「雨が降った翌朝」との理解もあるが、後文で「朝露にぬれたる朝ぼらけの桜」と比較し、また梨の花には「梨花一枝、春、雨を帯びたり」とあるので、「雨が降っている早朝」とした。

⑨花の中より黄金の玉…「枝繋金鈴春雨後　花薫紫麝凱風程（枝には金鈴を繋げたり春の雨の後　花は紫麝を薫ず凱風の程）」（『和漢朗詠集』「盧橘」後中書王（具平《ともひら》親王））を踏まえる。句の意は「枝には金の鈴を懸けたように実がついている。それは春雨の季節の後。花は麝香《じゃこう》のように薫っている。ちょうど南風が吹いてくる頃」というものである。橘の実は、翌年の花の時期まで残っているものがあった。

⑩あさぼらけ…ほのぼのと明るくなった朝方。

⑪郭公…初夏に来て秋に南方に去る渡り鳥だが、和歌の世界では谷から出てくるとされた。托卵の習性がある。夏を告げる鳥として、「橘の匂へる香かもほととぎす鳴く夜の雨にうつろひぬらむ」（『万葉集』20・三九一六・大伴家持）など、橘との取り合わせで詠まれることも多かった。「死出《しで》の田長《たをさ》」の異名がある。三十九段「鳥は」でも、橘との取り合わせの描写がある。

⑫よすが…身を寄せるところ。ゆかり。

⑬梨…バラ科の落葉高木で、高さ五～一〇メートル、葉は長さ四～六センチメートル。四月に三センチメートルほどの白い花が咲く。

⑭愛敬おくれたる人の顔などを見ては、たとひに言ふ…梨の花を容色のすぐれない比喩として使う例は文献に残っていない。

⑮あはひ…『枕草子』の諸本の中で三巻本・堺本の通り「あはひなく」とすれば「色の組み合わせ・調和」の意だが、文脈が取りづらい。能因本には「あいなく」（気にくわない・面白みがない）とある。

⑯唐土…中国文学において梨の花を極上のものとする用例は報告されていない。

⑰花びらの端にをかしきにほひ…花粉がついているとの理解もあるが、他の花でも起こりうる偶然の状態で、梨の花の特性とはいえない。また「にほひ」は照り映える色艶なので、花粉の付着している表現とは解しがたい。白い花びらが光の加減によって、薄く色づいて見える様子としておく。

⑱梨花一枝、春、雨を帯びたり…「玉容寂寞涙攔干　梨花一枝春帯雨（玉容寂寞として涙攔干　梨花一枝春雨を帯ぶ）」（『白氏文集』「長恨歌」）を引用している。「長恨歌」の中で、玄宗皇帝は、道士に楊貴妃の魂を探させた。この句は、仙女となった楊貴妃が道士と会い、涙する場面の描写である。

⑲桐…ゴマノハグサ科の落葉高木。中国原産で奈良以前に日本に伝来した。生長が早く、初夏に淡い紫色の大きく香り高い花をつける。葉は三十センチメートルになるものもある。

⑳に…ここでの接続助詞「に」は「をかし」という良い評価から

「うたてこちたし」という悪い評価へのつながりで逆接ととることもできる。しかし逆接が二回続くことと、他の木とは違う特別さを評価するところへ落ち着くこともあり、単純接続とした。

㉑名つきたる鳥…鳳凰のこと。中国の想像上の鳥で、天下に正道が行われているときにあらわれるめでたい鳥とされる。桐に止まるのは、「非梧桐不止（梧桐に非ざれば止まらず）」（『荘子』外篇・秋水）などによる。

㉒琴…『うつほ物語』「俊蔭」では、俊蔭が出会った阿修羅が桐の木を材料にして琴を作っており、桐が琴制作の材料であったことが確認できる。

㉓楝…センダン科の落葉高木である梅檀《せんだん》。五〜六月に一〇センチくらいの薄紫色の花をつける。

㉔かれがれ…「枯れ枯れ」と「離れ離れ」の二説がある。前者は、「枯れたように」、つまり「乾燥したように・しなびたように」の意とされるが、花自体が乾燥しているようには感じられない。後者は「他の木と距離を置いて」の意とされるが、そのような植生は報告されていない。そこで、花びらが開いている様子を「離れ離れ」と表現していると考える。「あふち」が「逢ふ」と掛詞に用いられるところから、縁語的発想によって「離れ離れ」も言葉遊び的に意識されているのである。

㉕五月五日…楝は五月五日の節供にふさわしいものとして「くすだまをたもとにかくるさ月にはうれしきよにぞあふちなるべき」（『相模集』二四〇）のように和歌にもよまれている。この例歌でもそうだが「あふ」が掛詞にされることも多く、本文でもそれが意識されていよう。ただし「節は」（三十七段）において、五月の節供は主題として取り上げられるが、楝は出てこない。

◆◇鑑賞のヒント◇◆

❶「木の花」に注目する理由は何だろうか。
❷紅梅のどのようなところに注目して評価しているだろうか。
❸桜のどのようなところに注目して評価しているだろうか。
❹藤の花のどのようなところに注目して評価しているだろうか。
❺橘のどのようなところに注目して評価しているだろうか。

❻梨の花のどのようなところに注目して評価しているだろうか。
❼桐の木の花のどのようなところに注目して評価しているだろうか。
❽楝の花のどのようなところに注目して評価しているだろうか。
❾本章段の構成はどのようになっているだろうか。

◆◇鑑賞◇◆

この章段に取り上げられている七種の植物が、和歌の素材となる代表的な「木の花」であり、花の咲く順番に春から五月まで並べられていることはすでに指摘されている。これ以外の代表的な木の花には山吹と卯の花があるが、山吹は「草の花は」（六十五段）に分類されており、卯の花は能因本に言及がある（**探究のために**参照）ことから、恣意的ではなく、選択意識をもって七種をあげたものと考えられている。また、この七種がすべて内裏に植えられている身近な存在であったことも分かっている。当時の辞書の分類項目であり、跋文にも言及されている木・草・鳥・虫を、章段の主題として採用する意図は確かにあった❶。その中でも木・草については、「花の木ならぬは」（三十八段）と「草の花は」（六十五段）があり、本章段と合わせて三章段が意識的な構成を持っている。対照させせつつ読み解くことが要求されているのであろう（**語注**①、**資料A・B**参照）。

「木の花は」にあげられたものは、読者に和歌の素材として知られ、生活に身近な存在であったから、清少納言は新しい美意識を提示するという野心を持って取り組む必要があった。そして新しい美意識を構築するための方法として、個性的な観察眼と漢詩文の知識を用いたのである。

紅梅が当時の流行であることは**語注**②に示したが、早い時期の和歌の用例として次のもの等がある。

紅梅のもとに女どもおりてみる

雪とのみあやまたれつつ梅の花くれなゐにさへかよひけるかな

（『貫之集』三五八）

（紅梅のところに女たちが下りて見る

その白さから雪とばかり見間違えられてきた梅の花は、白だけでなく紅にまで通じているのだなあ。）

この例では紅梅という色の珍しさを取り上げているに過ぎないが、本章段では濃淡にまで注目しており、個性的な観察眼と言ってよい❷。ただし紅梅に関しては、濃淡に注目しつつも拘りは見せない。他の花については、花ばかりでなく葉の濃淡にも言及している箇所がある。

個性的で細かな観察眼は、桜の描写にも生かされている。そもそも桜は和歌においては遠景でとらえた白さや、花の散る動きを捉えて表現するのが通常である。ところが清少納言は、花びら・葉・枝の様子を取り上げるのである。さらに紅梅とは異なり、花びらの大きさ・葉の色の濃さ・枝の細さにも拘りを見せている❸。「清涼殿の丑寅の隅の」（二十一段）でも「桜の、いみじうおもしろき枝」が出てくる。独自性はさらに強まっていると言えよう。

藤の花は「めでたきもの」（八十四段）でも取り上げられ、「色合ひ深く、花房長く咲きたる藤の花、松にかかりたる」と描写される。松にかかる藤の構図は漢詩におけるものだが、和歌や屛風絵にも取り入れられており、また水辺では藤波とされるのが常套表現であった。また、色の濃さに関しても次のような用例がある。

紫の色し濃ければ藤の花松の緑もうつろひにけり

（『躬恒集』一七七）

（紫の色が濃いので、藤の花がかかっている松の緑色も、色が変わってしまったようだなあ。）

しかし花房そのものに着目した表現は多くない。『伊勢物語』（百一段）に出てくる三尺六寸（約一一〇センチメートル）の藤は「あやしき」と評されており、決して好感を持たれているわけではない。このように考えてくると長い花房を良しとする点に清少納言の独自な感性が表れているといえよう❹。

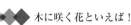

橘は、期間を限定した美が提示されており、旬を重要視する現在の美的感覚ともつながりそうな感性が表れている。そして葉から捉えていくところに新しさがある。雨上がりの翌朝の桜と対比して描くのは、典拠としている詩句の「春雨後」からの発想であろうか。この詩句には、「実際に春雨が上がった後」という解釈と「春雨の季節が終わり初夏になった頃」というふたつの解釈がある。清少納言は前者のように理解して場面を構成している。続いて、和歌の伝統的表現であるホトトギスとの関係を述べている。独自の感性による主張から、漢詩そして和歌における一般的な評価へと落とし込み、読者を納得させるという手法が取られている。一般的な評価だからこそ、これ以上付け加える必要がないというのが「なほさらに言ふべうもあらず」という文言なのである❺。

梨の花の冒頭は、世間一般の否定的評価から入っているが、これは橘の末尾が一般的評価で終わっていることからのつながりであろう。いったんはそれを受け入れて、清少納言自身もその色合いなどに難点を見る。しかし漢詩文の高評価を提示すると、さらに自分の感性を働かせて、はっきりとはしない程度の色艶を見出すのである。梨の花の美の実体を発見したことは重要である。なぜならそれによって、引用された長恨歌の一節が、単なる漢詩文の知識の披露に終わらず、清少納言の感性の裏付けとなるからである。清少納言の発見した梨の花の美は、一般的なものではないが、白楽天によって楊貴妃のたとえとして使われるほどの評価をされるものなのである。なお、長恨歌の描写は楊貴妃の憂いを含んだ美を指しているとして、絶賛される美との質の違いも指摘されている。しかし清少納言自身が発見した「花びらの端にをかしきにほひ」は、いわゆる絢爛豪華とは異なる意味を持った独自の美として主張されているのである。だからこそ、「なほいみじうめでたき事は、たぐひあらじとおぼえたり」と最高の賛辞で結ぶことができるのだ❻。

桐の花が紫色という指摘から始まるのは、その色を好むだけでなく、橘・梨と白が続いたせいもあろう。しかし「なほをかしき」という言及のみで、その関心は大仰な葉に向いてしまう。しかも評価は良くないのである。清少納言はここまで独自の感性で、実体に即して新しい美を発見してきた。しかし桐の花に至っては、否定的評価のためにその感性を用いている。直後には他の木と同等に扱うべきではないとして、鳳凰が止まることと琴にすることの二つの根拠を述べている。この点、他の木との異質性を強調し、鳳凰による瑞祥のイメージと琴による実生活におけるイメージを合わせて普遍的な価値を見出そうとしているとの理解がある。しかし、花とは何の関係もないことを述べる理由にはならない。主題である「木の花は」から離れてしまったのは、知識に基づいた連想力によるものである。この点については**探究のために**で詳しく述べる。結論として、桐の花が評価されたのはその実体ではなく、鳳凰が止まるという伝説と、琴にして魅力的な音楽が演奏されるという有用性であった❼。

楝も、木の実体のマイナス評価から始まっている。しかし独自の感性は「かれがれに」という特殊な花の様子を発見し、それを和歌一般の表現であり、清少納言も好んでいた五月の節供との関係で締めくくっている❽。

章段全体の構成をみると、冒頭の紅梅・桜・藤と末尾の楝は、独自の感性を発揮して特徴を捉え、短文を重ねた小気味良いテンポで展開している。これに対して、橘・梨・桐の三種は、長文化している。指摘されているように、

「は」型の類聚的章段に分類される本章段だが、随想的な性格を増しているのである。さらにこの三種は、末尾が「なほさらに言ふべうもあらず」・「なほいみじうめでたき事は、たぐひあらじとおぼえたり」・「をかしなど、世の常に言ふべくやはある、いみじうこそめでたけれ」といずれも最大級の賛辞を贈っており、七種の中でも特別な意味を持っていると思われる。「めでたし」という賛美は、作中では中関白家周辺と漢才のある人々に対して使われていること、そしてここでも漢詩文の典拠によって使用されていることが指摘されている。しかし章段末尾では「をかし」によってまとめられていることを見逃してはならない。七種の花それぞれについて言及されているのは、和歌・漢詩文・独自の感性によって感知された魅力であり、知識と感性を構想力によってまとめ上げた記述は、本章段だけでなく『枕草子』成立の問題とも相俟って興味深い問題である❾。

◆◇探究のために◇◆

▼能因本の「卯の花」 先に述べたように、能因本（10ページ）には、藤の花に続いて卯の花についての次のような記述がある。

卯の花は、品劣りて何となけれど、咲く頃のをかしう、郭公の陰に隠るらむ思ふにいとをかし。祭のかへさに紫野のわたり近きあやしの家ども、おどろなる垣根などに、いと白う咲きたるこそをかしけれ。青色の上に、白き単襲かづきたる、青朽葉などにかよひてなほいとをかし。

（卯の花は、品位が劣っていて何ということはないけれども、咲く時期が趣深く、ホトトギスが陰に隠れているだろうと思うとたいへん風情がある。賀茂祭の翌日に斎院が御所にお帰りになる行列の通る紫野辺りの粗末な家々の、草木が乱れ茂っている垣根などに、たいへん白く咲いているものこそが趣がある。青色の上に、白い単衣をかぶっている、青朽葉の色目に相通じるところがあってやはりたいそう風情がある。）

卯の花は、ユキノシタ科のウツギという落葉低木で、高さは二メートルほどになり、五月初旬から七月にかけて五弁の小さな花が集まった円錐形の花序をつける。この記述では、他の木とくらべて、実体の中に新たな美を見出していく独自の感性に基づいた観察がなされていないことや、ホトトギスの記述が橘と重複することなどから草稿とする考え方がある。しかし、否定的評価から始まることや、開花時期に言及することなど、共通する表現もある。さらに、「祭のかへさ」の描写は、賀茂祭翌日の斎院のお帰りになる行列を見物している実体験に基づくと思われる描写である。さらに、独自の感性とまでは言えないにしても、色目の比喩を使う表現方法は、試みとして評価して良いものである。長文化しているという点では、橘・梨・桐に通じるが、これらと比べると漢詩文による評価がない。「鳥は」（三十九段）には、**語注⑪**で指摘したように、橘と郭公の取り合わせによる描写があるが、郭公と祭の帰さ・郭公と卯の花の取り合わせによる描写もある。ただし、この三者、あるいは祭の帰さと卯の花を結び付ける記述はない。また、卯の花について詳しい描写はないが、祭の帰さに関連して、紫野近辺の雲林院・知足院で車を立てて見物することには触れられている。祭の帰さの実体験は、漢詩文などの知識による随想化というよりも、むしろ日記的章段に通じるところがある。他の木についての描写にある随想的な性格に対して、卯の花にだけ特定の出来事を連想させる日記的描写を用いることに対して、全体のバランスを配慮するということがあったのかもしれないが、推測の域を出ない。あるいは、「鳥は」（三十九段）においては、ウグイスについて十年間の体験をもとにした記述があるので、実体験という性格が似た記述をそちらに譲ったという可能性もある。

▼文体の獲得　この章段は、いわゆる類聚的章段のうちの「は」型章段と分類される。「は」型章段は、たとえば**資料C**に後掲した「山は」（十一段）などのように、歌枕（地名辞典）を意識して地名をあげるものが出発点とされ、和歌によまれるなどの知名度が高いものというよりも、その名称に関心を持って選んでいるとの指摘がされてきた。そして名称への関心が実体へと移り、そこに独自の観察力と感性を働かせることにより、新しい美の発見、そして提示に至ったというわけである。したがって、このような章段を読むには、従来の見解をおさえた上で、清少納言の独特の文体について考える必要がある。歌枕は、地名を集めたものであるから、名詞が列挙される。そしてものによっては、その属性などがコメント付きで説明されるが、これはどれも短文である。指摘されているとおり、「は」型章段の記述方法の原型といえる。これがどのように発展してきたのかを考えてみる。テーマに関して、名詞が列挙されるのだが、これは体言止めから連体形止めの文体へ発展したと考えてよいだろう。この章段でも、一文目は名詞（「紅梅」）で終わり、二文目は連体形（「たる」）となっている。そして三文目は、連体形（「たる」）を受けて「いとめでたし」という評価で終わっている。「春はあけぼの」（初段）などに代表される随想的章段の連体形止めでは、下に「をかし」が省略されていると説明されることも多かった。しかし現在では「をかし」などが省略されているのではなく、断定しているのだと考える「非省略説」を採用することが多くなっている（「春はあけぼの」（初段12ページ））。ここではそのような考え方をさらに推し進めて、名詞の列挙から、体言止め・連体形止めという詠嘆を表わすような文体に発展したことによって、その詠嘆を具体的に表わす「をかし」や「めでたし」などの形容が下に接続することが可能になったと考えたい。つまり「をかし」が省略されているのではなく、説明として補われたということである。考えてみれば、表現の省略はいわなくても分かることが前提である。しかし「春はあけぼの」（初段）では、春から始ま

る一文目が体言止め、二文目が連体形止めで、夏でもこれが繰り返されて三文目（通算五文目）の文末でようやく「をかし」が出てくる。『枕草子』の追求する美意識が「をかし」であることは自明のように思われているが、独特の感性で表現されるこの作品の求めるものが、最初から自明として省略できるとは考えにくい。したがって、省略されたのではなく、叙述が進むにつれて説明として後から付け加わったもの、補われたものと考えたい。

このようなことは「もの」型章段と比較すると分かりやすい。「もの」型章段の場合は、属性が「〜もの」として提示される。そしてその属性を持つものが列挙されていくので、体言止めや連体形止めが使われ、時にそれを受けて、「〜（もの）」という属性が文末に繰り返されて説明されるし、時には「〜もの」の範疇で独自の描写をしなければならないものは、別の形容がなされるのである。「もの」型章段が、「〜もの」という属性で共通した「もの」を類聚するのに対して、「は」型章段は、「〜は」という分類項目で類聚されるのであり、項目にあげられたものの美的な価値や属性は、それぞれの項目に対してなされる。「もの」型章段は「どんなものが、何だ」の構造を持っており、「は」型章段は「何が何だ。（それがどんなだ）」という構造を持っていると考えておく。

▼**「桐の木の花」の叙述**　話を本章段に戻すと、**鑑賞❼**でも触れたように、桐の木の花についての叙述は、主題である「木の花」から逸れてしまい、花とは関係のない伝説と有用性によって評価されており、問題である。しかし、これは意識的なものであったと思われる。叙述を丁寧にたどっていくと、「桐の木の花」と提示されるのだが、ここだけ「〜の木」とあることに気がつく。これは桐について、花よりも木についての叙述をしていく意識の表れとみる。「花の木ならぬは」（三十八段）をみると、「楓・桂・五葉」など、「の木」とつかないものもあるが、「たそばの木・宿り木・檜の木」などがあり、また「楠の木・楓の木・椎の木」などは「〜の木」となくても通じるところから、意識

的に「〜の木」としていたと考えられる。さらに本章段でも取り上げられている楝についても、そちらの章段では「楝の木」とあることを考えると、やはり木の様子を取り上げる時には意識して「〜の木」という表現がなされていたとしてよいだろう。また「桐の木の花」の提示の仕方も、他の木の花と異なる点がある。他のものは項目提示の後に「〜は」として、その特徴を描写できる文体になっている。しかし桐に関して「〜は」が用いられるのは、「紫に咲きたるは」の部分であり、花の特徴に対して、それとは対比的に「葉」そして「木」にまつわる逸話へと展開していくような文体に最初からなっている。その点で、次に「こと木どもとひとしう言ふべきにもあらず」とあることは大きな意味を持つ。ここで比較されているのは「木の花」なのではなく「木」としてのあり方なのである。「をかし」が二回使われるのだが、花については「なほをかしき」としており、特に高く評価していないが、琴にする有用性については「まいて〜をかしなど、世の常に言ふべくやはある、いみじうこそめでたけれ」と、「をかし」では収まりきらない最高の評価をしている。これは明らかに「木の花」としての価値評価ではない。しかし、他の「木の花」が木・草・鳥・虫に関して、名称から実体に関心が移っていったときに独自の観察眼という視覚的な要素で評価したのに対して、桐については琴の音という聴覚的な要素であって、もはや桐としての実体からも離れることができる連想力・発想力といえる。琴にする点については、有用性という用語を使ってきたが、その音色を問題にしていることから言えば、役に立つというよりも音楽という芸術性において評価しているといった方が適切であるかもしれない。「花の木ならぬは」（三十八段）では、木の様子を観察するだけでなく、名称への関心、さらにはそのものにまつわる逸話や物語への関心が指摘されている。桐の木の花の特殊な叙述は、そのような関心とつながっている性格のものと考えておく。

（中島輝賢）

【資料】

Ａ「花の木ならぬは」(三十八段)

花の木ならぬは　楓《かへで》。桂《かつら》。五葉《ごえふ》。たそばの木、しななき心地すれど、花の木ども散り果てて、おしなべて緑になりにたる中に、時もわかず、濃き紅葉《もみぢ》のつやめきて、思ひもかけぬ青葉の中よりさし出でたる、めづらし。まゆみ、さらにも言はず。その物となけれど、宿り木といふ名、いとあはれなり。榊《さかき》、臨時の祭の、御神楽《みかぐら》のをりなど、いとをかし。世に木どもこそあれ、神の御前の物と生ひはじめけむも、とりわきてをかし。楠《くす》の木は、木立おほかる所にも、ことにまじらひ立てらず。おどろおどろしき思ひやりなどうとましきを、千枝《ちえ》にわかれて、恋する人のためしに言はれたるこそ、誰かは数を知りて言ひはじめけむと思ふにをかしけれ。檜《ひ》の木、またけ近からぬ物なれど、「みつばよつばの殿づくり」もをかし。五月に雨の声をまねぶらむも、あはれなり。楓の木の、ささやかなるに、もえ出でたる、葉末《はずゑ》の赤みて、同じ方《かた》にひろごりたる葉のさま、花もいとものはかなげに、虫などの枯れたるに似てをかし。

あすは檜の木、この世に近くも見え聞こえず、御嶽《みたけ》に詣でて帰りたる人などの、持て来める、枝さしなどは、いと手触れにくげに荒くましけれど、何の心ありて、あすは檜の木とつけけむ。あぢきなきかねごとなりや。誰にたのめたるにかと思ふに、聞かまほしくをかし。ねずもちの木、人並み並みになるべきにもあらねど、葉のいみじうこまかに小さきが、をかしきなり。棟《あふち》の木。山橘。山梨の木。椎の木、常盤木《ときはぎ》はいづれもあるを、それしも、葉がへせぬためしに言はれたるもをかし。

白樫《しらかし》といふものは、まいて深山木《みやまぎ》の中にもいとけ遠《どほ》くて、三位《さんみ》二位のうへの衣《きぬ》染むるをりばかりこそ、葉をだに人の見るめれば、をかしき事、めでたき事にとり出《い》づべくもあらねど、いづくともなく雪の降りおきたるに見まがへられ、須佐之男命《すさのをのみこと》、出雲国《いづものくに》におはしける御事を思ひて、人麻呂がよみたる歌などを思ふに、いみじくあはれなり。をりにつけても、一《ひと》ふしあはれともをかしとも聞きおきつるものは、草、木、鳥、虫も、おろかにこそおぼえね。

譲《ゆづ》り葉のいみじうふさやかにつやめき、茎はいと赤くきらきらしく見えたるこそ、あやしけれどをかし。なべての月には、見えぬものの、師走《しはす》のつごもりのみ、時めきて、亡《な》き人の食物《くひもの》に敷くものにやと、あはれなるに、また齢《よはひ》を延ぶる歯固《はがた》めの具にももてつかひためるは。いかなる世にか、「紅葉《もみぢ》せむ世や」と言ひたるもたのもし。柏木《かしはぎ》いとをかし。葉《は》守《も》りの神のいますらむもかしこし。兵衛督《ひやうゑのかみ》、佐《すけ》、尉《ぞう》などいふもをかし。姿なけれど、すろの木、唐《から》めきて、わるき家の物とは見えず。

(現代語訳：花の木ではない木は、楓。桂。五葉。たそばの木は、品がない気がするけれども、花の木がすべてすっかり散ってしまって、一面が緑になっている中で、季節も関係なく、色濃い紅葉がつやつやして、思いがけず青葉の中からとび出しているのは、目新しい。まゆみは、今さら言うまでもない。取り立てて言うほどのものではないが、宿り木という名前は、たいそうしみじみと感じる。榊は、賀茂の臨時の祭の、御神楽の時など、たいへん趣がある。世の中に木は多くあるが、神様の御前に奉納するものとして生え始めたというのも、特に趣深い。楠の木は、木立の多いところにも、特に交じって植えていない。鬱蒼と茂ったところを想像すると気味が悪いが、千もの枝にわかれていて、恋する人の千々に乱れる気持ちの比喩に歌に詠まれているのは、誰が数を知って言い始めたのだろうと思うと趣深いものだ。檜の木は、人里近くにはないものだが、「三つ葉四つ葉の殿つくり」という（催馬楽にうたわれるような御殿の建築材として用いられる）のが趣深い。五月には五月雨の音を真似するというのも、しみじみと感じる。楓の木は、小さくはあるが、萌え出ている、葉の先が赤くなって、同じ方向に広がっている葉の様子や、花もたいそう頼りなさそうで、虫などが干からびている様子に似ていておもしろい。

「明日は檜の木」は、世間の身近なところに見えず話にも出ず、吉野の金峯山に参詣して帰ってきた人などが、持ってくるようで、枝ぶりなどは、あまり手で触れそうにないほど荒々しいが、どのような気持ちで、「明日は檜の木」と名付けたのだろう。つまらない予言であるなあ。誰に頼りにさせているのかと思うと、（その人の話を）聞きたくて面白い。ねずもちの木は、他の木と同じように扱うにふさわしくもないが、葉がたいそう細かくて小さいのが、面白いのである。楝の木。山橘。山野に自生する梨の木。椎の木、常盤木はどれも落葉しないのに、それがちょうど、（椎の木だけが）葉替えしない例として言われているのも面白い。

白樫という木は、まして深山の木の中でもたいへん遠く隔たっているもので、三位や二位の袍を染める時ぐらいに、葉だけでも人が見るようなので、おもしろいことや、すばらしいこととして取り上げて言うはずもないが、どちらともなく雪が降り積もっているのに見間違えられ、須佐之男命が、出雲の国にいらっしゃった故事を思って、柿本人麻呂がよんだ歌などを思うと、たいそうしみじみと感じる。何かの機会につけて、ひとつでもしみじみと感じたり面白いと思って聞いて心にとどめておいたものは、草、木、鳥、虫も、おろそかには思われないことだ。

譲り葉がたいそうふさふさとしてつやつやして、茎はたいそう赤くキラキラして見えているのは、品がないけれども面白い。普通の月には、見えないが、十二月の末日にだけ、時勢にあって、（魂祭の）亡き人に供える食べ物に敷くものにするのだろうかと、しみじみと感じるが、また一方で、寿命を延ばす歯固めの品としても使っているようなのは。どんな時なのだろうか、（常緑樹なのに）「紅葉するような世だなあ」と（誓いを立てる歌に）よまれるのも頼もしい限りである。柏木はたいへん面白い。木の葉を守る神がいらっしゃるというのも畏れ多い。兵衛の督、佐、尉などを（柏木と）言うのも面白い。姿は悪いけれども、棕櫚《しゅろ》の木は、中国風で、身分の低い家の物とは見えない。

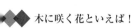

B「草の花は」（六十五段）

草の花は　なでしこ。唐《から》のはさらなり、やまとのもいとめでたし。女郎花《をみなへし》。桔梗《ききやう》。朝顔。かるかや。菊。つぼすみれ。竜胆《りんだう》は、枝ざしなどもむつかしけれど、こと花どものみな霜枯れたるに、いとはなやかなる色合ひにてさし出でたる、いとをかし。また、わざと取り立てて、人めかすべくもあらぬさまなれど、かまつかの花、らうたげなり。名もうたてあなる。雁の来る花とぞ、文字《もじ》には書きたる。

かにひの花、色は濃からねど、藤の花といとよく似て、春秋と咲くがをかしきなり。

萩《はぎ》、いと色深う、枝たをやかに咲きたるが、朝露に濡れて、なよなよとひろごり伏したる。さを鹿のわきて立ち馴らすらむも、心ことなり。八重《やへ》山吹。

夕顔は、花のかたちもあさがほに似て、言ひつづけたるに、いとをかしかりぬべき花の姿に、実のありさまこそいとくちをしけれ。など、さはた生ひ出でけむ。ぬかづきなどいふ物のやうにだにあれかし。されど、なほ夕顔と言ふ名ばかりはをかし。しもつけの花。葦《あし》の花。

「これに薄《すすき》を入れぬ、いみじうあやし」と、人言ふめり。秋の野のおしなべたるをかしさは薄こそあれ。穂先の蘇芳《すはう》に、いと濃きが、朝霧に濡れてうちなびきたるは、さばかりの物やはある。秋の果てぞ、いと見所なき。色々に乱れ咲きたりし花のかたちもなく散りたるに、冬の末まで、頭《かしら》のいと白くおほどれたるも知らず、昔思ひ出で顔に風になびきてかひろぎ立てる、人にこそいみじう似たれ。よそふる心ありて、それをしもこそあはれと思ふべけれ。

（現代語訳：草の花は、撫子《なでしこ》。中国産のはいうまでもなく、日本産のも大変素晴らしい。女郎花。桔梗。朝顔。刈萱。菊。壺菫。竜胆は、枝ぶりなどもうっとうしいけれど、他の花がみんな霜で枯れているのに、たいへん華やかな色合いで（花が）とび出しているのは、たいへん趣深い。また、わざわざ取り立てて、一人前に扱わなくてはならない様子ではないのだが、かまつかの花（葉鶏頭か？）は、かわいらしい。名前も嫌な感じであるようだ。雁の来る花（雁《がん》来紅《らいこう》）と、文字では書いている。

かにひの花は、色は濃くないが、藤の花とたいそうよく似ていて、春と秋に咲くのが趣深いのである。

萩は、たいそう色が深く、枝もしなやかに咲いているものが、朝露に濡れて、なよなよと広がって伏しているの。牡鹿が特に立ち寄るというのも、格別な気持ちがする。八重山吹。

夕顔は、花の形も朝顔に似ていて、（朝顔、夕顔と）続けて言っていると、きっとたいそう趣深いに違いない花の様子なのに、（干瓢にする）実の様子が（丸々と大きくて）たいへん残念だ。どうして、そのように生まれついてしまったのだろう。せめてぬかづき（ほおずき）などというもののようにだけでもあってくれよ。けれども、やはり夕顔という名前だけは趣深いものだ。しもつけ（繍線菊）の花。葦の花。

「これに薄を入れないのは、非常に不審だ」と、人は言うようだ。秋の野の通常の趣深さはまさに薄である。穂先が蘇芳色で、たいそう濃いものが、朝の霧に濡れてなびいているのは、それほどのものがどうしてあろうか、いやないのだ。秋の終わりには、大した見所もなくなってしまう。様々な色に乱れ咲いていた花が跡形もなく散ってしまい、冬の末まで、頭がたいそう白く乱れ広がっているのも知らず、昔を思い出しているような顔つきで風になびいてゆらゆらと立っているのは、人にたいそう似ている。人になぞらえる気持ちがあるので、それこそをしみじみと感じると思うに違いない。）

C 「山は」（十一段）

山は　小倉山。鹿背《かせ》山。三笠山。このくれ山。いりたちの山。わすれずの山。末の松山。かたさり山こそ、いかならむとをかしけれ。いつはた山。かへる山。のち瀬の山。あさくら山、よそに見るぞをかしき。おほひれ山もをかし。臨時の祭の舞人などの思ひ出でらるるなるべし。

三輪の山、をかし。手向《たむけ》山。まちかね山。たまさか山。耳なし山。

（現代語訳：山は小倉山。鹿背《かせ》山。三笠山。このくれ山。いりたちの山。わすれずの山。末の松山。かたさり山こそ、どう（片方に寄っている状態）なのだろうと面白い。いつはた山。かへる山。のち瀬の山。あさくら山は、（和歌によまれるように）よそで見るのが面白い。おほひれ山も面白い。臨時の祭の舞人などが（大鰭山の歌をうたうことが）思い出されるに違いない。三輪の山も、面白い。手向山。まちかね山。たまさか山。耳なし山。）

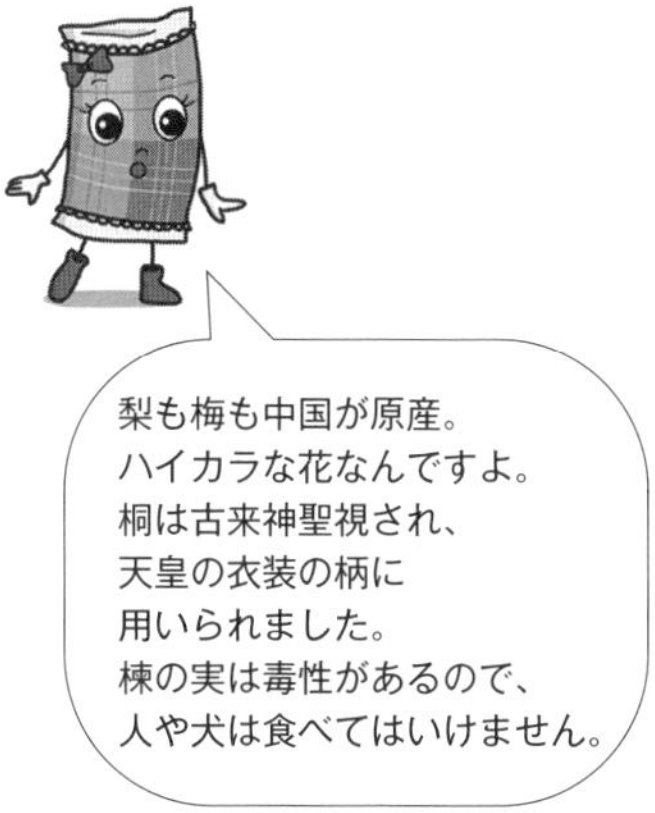
梨も梅も中国が原産。
ハイカラな花なんですよ。
桐は古来神聖視され、
天皇の衣装の柄に
用いられました。
棟の実は毒性があるので、
人や犬は食べてはいけません。

桐

紅梅

楝

梨

聞いてられない……

かたはらいたきもの・九十二段

①かたはらいたきもの　まらうどなどに会ひて物言ふに、奥の方《かた》に②うちとけごとなど言ふを、えは制せで聞く心地《ここち》。思ふ人のいたく酔《ゑ》ひて③同じ事したる。聞きゐたりけるを知らで、④人の上《うへ》言ひたる。⑤それは⑥何ばかりならねど、⑦使ふ人などだに、いとかたはらいたし。⑧旅立ちたる所にて、⑨下衆《げす》どものざれゐたる。にくげなる⑩ちごを、⑪おのが心地のかなしきままに、うつくしみ、かなしがり、これが声のままに、言ひたる事など語りたる。⑫才《ざえ》ある人の前にて、才《ざえ》なき人の、⑬物おぼえ声に、⑭人の名など言ひたる。ことによしともおぼえぬわが歌を人に語りて、人のほめなどしたるよし言ふも、かたはらいたし。

【現代語訳】

いたたまれないもの　来客などに会って話をしている時に、奥の方でくつろいだ内輪話などをするのを、止めることもできないで聞く気持ち。自分の思っている人がひどく酔って、同じことを繰り返ししているの。（その人が）そばにいてずっと聞いていたのを知らないで、人のうわさをしたの。それはなんというほどでなくとも、召し使っている人などでさえ、とてもいたたまれない。泊まっている家で、下男たちがふざけているの。かわいげのない子どもを、自分の気持ちでいとしいと思うのにまかせて、かわいがりいとしがり、その子の声色のとおりに、（その子が）言ったことなどを人にしゃべっているの。才学のすぐれている人の前で、才学のない人が、いかにも物を知っているような調子で、（皆が知っているような）人の名など言っているの。特に良いとも思われない自分の歌を人に話して、人がほめなどした話をするのも、聞いちゃいられない。

【語注】

①かたはらいたき…「かたはら」は傍《そば》・脇の意、「いたし」は痛みを感じる意で、傍で見たり聞いたりしていて苦痛を覚えるさまをいうが、この「いたし」の意にはかなり幅があって、見たり聞いたりする相手に同情して心が痛む場合、申し訳ない、気の毒だとなるが、反対に、相手に同情する余地のない立場に自分がいる場合、にがにがしい、みっともないほどの意が生じる（室伏信助）。また、「かたはらいたし」という形容詞は上代の文献には見えないこと、「かたはら」（傍・側）という名詞も、『日本霊異記』や『日本書紀』の訓には見えるが、仮名書きのものがなく、『万葉集』には一例もないこと、また、カタハラがカタワラと発音される一方、『小右《しょうゆう》記《き》』長和三（一〇一四）年の条に「片腹痛」の表記があることから、カタハラを片腹と意識して、カタハライタシの発音とその意味の把握から笑止千万、おかしくてたまらないと軽蔑・嘲笑の意にも用いられてきたことが指摘されている。

②うちとけごと…人に聞かれていないと安心して内輪で話している、遠慮のない話。来客中に奥の方で無遠慮なおしゃべりが聞こえるのは客に対して失礼でもあり恥ずかしいものであろう。

③同じ事…「同じ事」の「事」は「言」とも考えられるが、中古では「言」の意味で単独に用いることは少ないようなので「事」の意ととり、前と同じ動作・言葉を繰り返す、と見たが、「うちとけごとなど言ふ」をさすという考え方もある。恋人は誰から見ても理想的であってほしいものだから、酒に飲まれてくだを巻いたり、危なっかしい動作を繰り返したりしている姿を他人に見られることは避けたいのである。

④人の上…他人の噂話。

⑤それ…噂をしている人。

⑥何ばかりならねど…どんな立派な人、大した身分の人というわけでなくても。

⑦使ふ人などだに…使用人などでさえ。「何ばかりならぬ」人を具体的に言う。

⑧旅…自宅以外の場所に泊まること。

⑨下衆どものざれゐたる…ここでは、自分の側の従者とみておく。制止することができないのだから行った先の家の従者だとみる意見もある。しかし、自分側の従者であっても、清少納言のような女房が制止できない状況であれば、やはり恥ずかしく思い、いらいらすることもあるだろう。あるいは、自分の側と相手の側の従者たちという解釈もできよう。

⑩ちご…「ちご」は、「（1）ちのみご。赤子。乳児。（2）やや成長した子ども。童児。小児。」（『日本国語大辞典』）のように、年代に幅のある言葉である。ここでは、すでに憎らしい面も見え、曲がりなりにも言葉を話せるようになっている「こども」。

⑪おのが心地のかなしきままに…親ばかで、かわいいと思って。

⑫才《ざえ》…漢語の「才」の呉音「ザイ」の転じたもの。学問・教養。

⑬物おぼえ声に…物が自然に頭に浮んでくる、物知りぶった言い方で。

⑭人の名…「人」とは、一角《ひとかど》の人物、立派な人のこと。学者などの古来有名な人、あるいは当代の有名人である。

◆◇鑑賞のヒント◇◆

❶この段に書かれている内容から推測すると、「かたはらいたし」とはどのような意味だろうか。
❷『枕草子』において、「かたはらいたきもの」は「はしたなきもの」とどのように違うだろうか。
❸才《ざえ》とは何の「才」か。

◆◇鑑賞◇◆

本章段では、「かたはらいたきもの」として、以下の七つの項目があげられている。

（1）まらうどなどに会ひて物言ふに、奥の方にうちとけごとなど言ふを、えは制せで聞く心地。（2）思ふ人のいたく酔ひて同じ事したる。（3）聞きゐたりけるを知らで、人の上言ひたる。（4）旅立ちたる所にて、下衆どものざれゐたる。（5）にくげなるちごを、おのが心地のかなしきままに、うつくしみ、かなしがり、これが声のままに、言ひたる事など語りたる。（6）才ある人の前にて、才なき人の、物おぼえ声に、人の名など言ひたる。（7）ことによしともおぼえぬわが歌を人に語りて、人のほめなどしたるよし言ふ。

「かたはらいたきもの」とは、誰かの様子を見たり聞いたりしたときの、心穏やかでいられないという心の状態に焦点を当てた言葉である。その対象は、自分または自分側の人物から、自分とは直接関係のない人物まで、幅広い❶。「にくきもの」（**資料A**）では、身分の高い人が酔っ払った様子を見苦しいとしているが、それが、「思ふ人」なので、いたたまれないのである。（1）（2）（3）（4）は、自分もしくは自分側の人に対する思いであり、当事者としての「いたたまれない気持ち」、自分に近しい人のことを我がこととして受けとめた「はらはらする気持ち」であるが、（5）（6）（7）は、「聞き苦しい」「聞いちゃいられない」と、第三者的に批判する立場にあるときの気持ちである。（4）を自分側と相手側の従者がふざけている場面とみて、前半と後半との橋渡しと読むこともできるだろう。『枕草子』には、本文が大きく異なる伝本が伝わっている。この章段では、「かたはらいたきもの」の後、「まらうどなどに会ひて」の前に、

よくも音《ね》弾きとどめぬ琴を、よくも調べで、心のかぎり弾きたてたる。

（よく弾き覚えてもいない琴（の曲）を、よく整えもしないで、弾きたいだけ弾いているの。）

という文が置かれているもの（三巻本系統二類本）もあり、末尾に、

人の起きて物語などするかたはらに、あさましううちとけて寝たる人、まだ音《ね》も弾きととのへぬ琴《こと》を、心一つやりて、さやうの方《かた》知りたる人の前にて弾く。いとどしう住まぬ婿の、さるべき所にて舅に会ひたる。

（人が起きて話などをしているそばに、あきれるほどくつろいで寝ている人。まだ弾き覚えてもいない琴（の曲）を、自分の心だけを満足させて、そちらの方面に通暁している人の前で弾くの。ただでさえ住みつかない婿が、いかにも、という場所で、舅に出会ったの。）

と続くもの（能因本）もある。音のずれている楽器の演奏は聞きづらいものであるし、他人に構わず眠りこけている人や、結婚相手の家に居着かないのに仕事などの関係で舅と出くわしてしまった婿などは、いらいら、はらはらするものであることはわかるが、**本文**にあげた文章では、自分側に近しい者から心理的に距離のある者へと対象が移っていく呼吸、耳から入ってくる事柄にしぼった列挙が、わかりやすい構成になっている。

以下、いくつかの形容詞との違いに触れてみたい。

「かたはらいたし」は「まずいことを誰かがしていて、それを制することができない時、当人がまずいことをしていると気付きそうもない時などに、わが身に引きよせて、これはまずい、と心を痛める気持ちが基本である❶。このような場合に、みっともないと離れて見ていれば「すさまじ」、どうしようもないと見てとった場合は「あぢきなし」となる。「はしたなし」は、主として自分のとった行動に用いられる語、つまり、「きまりが悪い」意で、他人から見られる視線、いわば世間体に注意が向けられている点で、「かたはらいたし」と対照的である❷（渡辺実）（「はしたなきもの」（百二十三段108ページ））。

また、自分の劣等感や、劣等感を意識させる契機となった優れた対象に対する緊張感、気が張るという心の状態が「はづかし」である。「かたはらいたし」と感じさせる相手に対して対等な意識または優越感が見て取れるという意味においては、「かたはらいたし」と「はづかし」が対応関係にあるとみることもできよう。

「聞き苦し」も「聞くにたえない。聞いて不愉快になる」意で、聞いた人が不愉快になる、という点で「かたはらいたし」と共通項があるが、『源氏物語』「夕霧」の、夕霧が何かと言い寄ってくるだろうと落葉の宮が考えて「煩はしう聞き苦しかるべう（厄介で聞き苦しい）」とあれこれ思案に暮れる、という用例からすると、かなり深刻な状況下で使われる語である。

一方、満ち足りた気持ちを表現するのが「心ゆく」である（**資料B**）。これは、「よくかいたる女絵の、ことばをかしうつけておほかる（上手に描いてある女絵の、絵詞をおもしろくつけてたくさん書いてあるの）」と、物事にも使用された。

このように、『枕草子』には、少しずつニュアンスの異なるたくさんの心情表現の一つ一つに、「これだ！」という具体的な物事が列挙されているのである。

（6）では、「才《ざえ》ある人」の前で物知り顔な態度を取ることへの苦々しさが語られる。「才《ざえ》」は「（1）持って生まれた素質、能力。才能。（2）漢詩文を読んだり、作ったりする能力。また、漢籍や仏典に関する学識。転じて、学問、教養。（3）書、歌、音楽などの芸事についての技術や能力。芸能、芸術、技能の才能があること」であり、「中古では、（1）よりも（2）や（3）の意味で使われることが多かった。主として、漢語の「学」に相当する、習うことによって身につけた学識や芸術性についていい、漢語の「才」に相当する語は、日本では、「たましい」が用いられた（『日本国語大辞典』）という❸。『源氏物語』「少女」では、光源氏が夕霧の祖母である大宮に、夕霧の教育方針について説明する中で、「なほ、才《ざえ》をもととしてこそ、大和魂《やまとだましひ》の世に用ゐらるる方《かた》も強うはべらめ（やはり、学問を基本としてこそ思慮分別が世間に重んじられるということも確実でございましょう）。」と述べている。

藤原公任には三船の才《さい》の逸話（「二月つごもりごろに」（百二段91ページ））があり、『うつほ物語』「嵯峨の院」に、神楽の夜の座興として「山伏の才」「筆結ひの才」「和歌の才」「渡し守の才」といった「才《ざえ》」があげられているのも興味深いが、ここではやはり、当時の正統的な漢学を中心とした知識・教養とみるべきであろう（**探究のために**参照）。『枕草子』には、漢学の知識を持つ者に対する尊敬や憧れも見られる（**資料C**）。

◆◇ 探究のために ◇◆

▼自他の距離感　この章段を読めば、状況は違っても、多くの人がこのような心情に思い当たり、共感するだろう。しかし、それだけに、たとえば（7）の、他人から見れば特に良いとも思われない歌を他の人が褒めてくれたとい

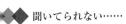

う、言ってみれば無邪気な自慢をとらえて非難する矛先は、清少納言自身に返ってくるものでもある。「中納言まゐりたまひて」（九十八段74ページ）の「海月の骨」の話なども「をかしきもの」「めでたきもの」であるが、それを「一つなおとしそ」と言われたからといって記載したとたん、それは他の人から見た場合、「かたはらいたきもの」となるものなのである（室伏信助）。

現代語なら「いたたまれない」から「聞いちゃいられない」にまでわたる「かたはらいたし」という感情を呼び起こす対象の幅の広さは、このような、自分と他人とが容易に入れ替わる垣根の低さ、狭い貴族社会における他人との距離感に由来するようにも思う（❶）。

▼定子サロンの特徴　中宮定子の後宮、すなわち定子を主催者とする文化交流の場を、定子サロンと呼んでおく。

定子の父、藤原道隆は、兼家の長男としてその後継を予定されている身の上でありながら、掌侍《ないしのじょう》として宮中で働いていた高階貴子を北の方とした。当時、不幸のもとと見られていた女性ながらの並外れた漢才と、結婚対象として忌避されてきた宮仕え経歴を、むしろプラス価値ととらえ、自家の特色に積極的に掲げたのだった。「男は仕事、女は家庭」という既成概念に縛られない「家」の経営方針だったわけである。つまり、漢詩文の教養こそが、定子サロンの最大の魅力、というより関白道隆一門の、言わば「看板」であり、その後宮の風儀を代弁する女房として、清少納言は位置づけられていた（藤本宗利）。だからこそ、清少納言の活躍には、漢詩文の教養が話題になるのである。清少納言の「才」を見る目にも、漢詩文に対する強い自意識が働いていたと言えるだろう（❸）。

（宮谷聡美）

【資料】

A 「にくきもの」（二十六段）（抜粋）

　また、酒飲みてあめき、口をさぐり、髯ある者は、それを撫で、杯、こと人に取らするほどのけしき、いみじうにくしと見ゆ。「またた飲め」と言ふなるべし、身ぶるひをし、頭《かしら》ふり、口わきをさへ引き垂れて、童べの「こう殿にまゐりて」などうたふやうにする。それはしも、まことによき人の、したまひしを見しかば、心づきなしと思ふなり。

（現代語訳：また、酒を飲んでわめき、口中をまさぐり、髯のある人はそれを撫で、杯をほかの人に与える時の様子は、ひどくにくらしいと見える。相手に「もっと飲め」ときっと言うのであろう。身体を震わせて、頭を振り、口角まで引き垂らし、子どもたちが「こう殿にまゐりて」などを歌う時のような格好をする。それは、人もあろうに、本当に身分の高い立派な人がなさったのを見たので、気にいらないと思うのである。）

B 「心ゆくもの」（二十九段）（抜粋）

　つれづれなるをりに、いとあまりむつましうもあらぬまらうどの来て、世の中の物語、このごろある事の、をかしきも、にくきも、あやしきも、これかれにかかりて、おほやけわたくしおぼつかなからず、聞きよきほどに語りたる、いと心ゆく心地す。神、寺などに詣でて、物申さするに、寺は法師、社は禰宜《ねぎ》などの、くらからずさはやかに、思ふほどにも過ぎて、とどこほらず聞きよう申したる。

（現代語訳：一人で所在ないときに、それほど特に親しいというわけでもない客が来て、世間話を、この頃の出来事の、おもしろいのも、にくらしいのも、奇妙なのも、あれこれにつけ、公私にわたって通じていて、聞きにくくない程度に話しているのはとても満ち足りた思いがする。神社仏閣などにお参りして、願い事をお祈り申し上げさせるのに、寺では法師、神社では禰宜などが、よくわきまえていて明快に、予想以上に流暢に耳に快く申したの。）

C 「めでたきもの」（八十四段）（抜粋）

　博士《はかせ》の才《ざえ》あるは、めでたしといふもおろかなり。顔にくげに、いと下臈《げらふ》なれど、やむごとなき人の御前《おまへ》に近づきまゐり、さべき事など問はせたまひて、御書《ふみ》の師にて候《さぶら》ふは、うらやましくめでたしとこそおぼゆれ。願文《ぐわんもん》、表《へう》、物の序など作り出だしてほめらるるもいとめでたし。

　法師の才《ざえ》ある、はたすべて言ふべくもあらず。

（現代語訳：博士で才学のある人は、立派だとわざわざ言うのもどうかと思う。顔が不細工で身分がとても低くても、高貴な方のお前近くに参上し、しかるべきことなどお尋ねあそばされて学問の師として伺候するのは、羨ましくすばらしいと思われる。神仏に祈願するための願文、天皇に奉る上表文、漢詩や和歌の序文などを執筆して褒められるのも、とてもすばらしい。法師で才学があるのも、全く改めて言うまでもない。）

隆家様の骨自慢

中納言まゐりたまひて・九十八段

①中納言まゐりたまひて、②御扇《あふぎ》奉らせたまふに、「隆家こそ、③いみじき骨は得てはべれ。それを、張らせてまゐらせむとするに、④おぼろけの紙はえ張るまじければ、⑤もとめはべるなり」と申したまふ。「⑥いかやうにかある」と問ひきこえさせたまへば、「すべていみじう侍り。『⑦さらにまだ見ぬ骨のさまなり』となむ人々申す。まことにかばかりのは見えざりつ」とこと⑧高くのたまへば、「⑨さては扇のにはあらで、くらげのななり」と聞ゆれば、「これは隆家がことにしてむ」とて、笑ひたまふ。

かやうの事こそは、⑩かたはらいたき事のうちに入れつべけれど、「⑪一つなおとしそ」と言へば、⑫いかがはせむ。

【現代語訳】

中納言（隆家）様が（中宮様のもとに）参上なさって、御扇を差し上げなさる（というできごとの中）に、「隆家はすばらしい（扇の）骨を手に入れましてございます。それを（骨に紙を）張らせて、差し上げようと思うのですが、（すばらしい扇の骨に）ふつうの紙は張ることができないので、（すばらしい扇の骨に見合う紙を）探し求めております」と申し上げなさる。（中宮様が）「（そのすばらしい扇の骨とは）どのような様子か」とおたずね申し上げなさいますと、「すべてがすばらしいのでございます。『まったく、まだ見たことがない骨の様子だ』と人々は申します。本当にこれほどの（骨）は見たことがなかった」と声高におっしゃるので、（私が）「それならば、扇の（骨）ではなくて、海月の（骨）なのですね」と申し上げたところ、「これは隆家が言ったことにしてしまおう」と言って、お笑いになる。

このようなことは（結局は自慢話なので、これを読んだ人にとっては）「聞いちゃいられないこと」の部類に入ってしまうにちがいないの（だから詳細を書き残すようなことではないの）だが、「ひとつも書き落としてはいけない」と（他の人が）言うので、いったいどうしようか、どうしようもない（書き残すしかない）。

【語注】

①中納言…藤原隆家。天元二（九七九）年～寛徳元（一〇四四）年。道隆の四男。母は高階貴子。定子の弟。この章段の出来事が正暦五（九九四）年～長徳二（九九六）年の間のこととされており、このとき隆家は十代（**探究のために**参照）。

②御扇奉らせたまふに…扇を献上するそのときのことというよりは、扇を献上するということの中であった話という、エピソードの括りで捉えるべきか。

③いみじき骨…「いみじ」は並みの程度ではないことを、好ましい場合にも好ましくない場合にも用い、どちらであるかは文脈による。ここは前者。「扇」は、材質によって檜、杉などの五枚から八枚の薄板を根元の要で綴じ合わせる板扇の類と、竹、鉄などの数本の骨に紙、絹布などを張った紙扇子、蝙蝠《かわほり》の類とに分けられ、それぞれ、冬扇、夏扇ともよばれる（『日本国語大辞典』）。このあとに、貼る紙のことが話題となるので、蝙蝠扇の骨ということになる。

④おぼろけの紙…「おぼろけ」は「並み一通り」の意で、多くは下に打消、反語などの否定的な表現を伴う。ここは「え張るまじければ」とあって、「ふつうの紙は張ることができないので」と続く。

⑤もとめはべるなり…前文「ふつうの紙は張ることが出来ないので」からの続きで「求め」ているというのだから、「ふつう」ではない、ふさわしい紙を「探し求めている」ということ。

⑥いかやうにかある…骨のすばらしさを語る隆家に、定子が尋ねた言葉。どんな紙がふさわしいか探すためにも、まずは骨の様子が知りたい。

⑦さらにまだ見ぬ骨のさまなり…「さらに」は下に打消の語を伴って「全然～ない」の意を示す。ここは「まだ見ぬ」とあるので「全然見たことがない」となる。

⑧こと高く…声高に。大きな声で、すばらしい骨であることを主張する隆家の様子。

⑨さては扇のにはあらで、くらげのななり…「さては」は「それならば」。隆家が「見たこともない」と繰り返すので、「誰も見たことがないというのなら、扇の（骨）ではなくて、海月の（骨）なのですね」、という清少納言の言葉（**探究のために**参照）。

⑩かたはらいたき事…ここではこの章段を読む人が、こんな自慢話聞いちゃいられない、という意味で解した。「かたはらいたし」は口出ししたくてもできない不愉快なこと。見る側が見られる側に対し、一種の共感をもちながら痛々しさや、心苦しさ、苦々しさ、恥ずかしさを感じる語。『枕草子』の中に「かたはらいたきもの」章段（66ページ）があるが、能因本では本文「事」の箇所が「もの」とあって、「かたはらいたきもの」章段を指すかとし

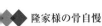

て「かたはらいたきもの」章段との関連を成立上から考える説もある。また、津島知明はこの章段を「秀句なるものを意味付けてゆく章群」のひとつと捉え、「(中納言がどう思うかと考えると)「いたたまれない事」の中に入れたくなる」と解している。

⑪一つなおとしそ…「な〜そ」で禁止を表す。「書き落としてはいけない」と、清少納言に誰か他の人がそう言ったということ。

⑫いかがはせむ…反語の意を示す。⑪の「一つなおとしそ」と合わせて、周囲にリクエストされて書いているという、読者を意識した物言い。自分で積極的に書こうとしたものではないという、言い訳めいた記述。

◆◇鑑賞のヒント◇◆

❶隆家は何をしに来たのだろうか。

❷定子は何のために「いかやうにかある」と聞いたのだろうか。

❸「さらにまだ見ぬ骨のさまなり」という他の人の言葉を伝えることは、隆家にはどのような意図があったのか。また、聞き手にはどのような印象を与えるだろうか。

❹「くらげのななり」は誰に向けた、どのような意図の発言だったのだろうか

❺清少納言はこの章段をどのようなものとして書き留めたのだろうか。

◆◇鑑賞◇◆

この章段は、定子の周辺で起こった明るい笑いの出来事の記録である。内容を一言で言えば、清少納言の機転が評価された話だ。ともすると自慢話を細々と書き記すことになるので、こうして書き残すのは本心ではないのだけれど書けと言われて……と、やむなしという体裁をとりながら書き残した一段である。

さて、この章段には三人が登場する（その場には定子付きの女房が他にもいたはずだが、具体的な発言があるのは三人だ）。定子、清少納言、そこに訪れた定子の弟、隆家だ。隆家の年の頃はおそらく十七歳前後で、清少納言との年の差も十ほどある。その隆家が何をしに来たのか、台詞を見てみよう。最初に隆家が言ったのは、すばらしい扇の骨を手に入れたということと、そこに張るのにふさわしい紙がなく探している、という内容だ。隆家が語るのはまだ紙が張られていない扇の骨の話であり、そこに張るべき（どのようなものにするかも決まっていない）紙を探し求めているのだそうだ。

隆家は紙を探しに、「いい紙をご存じないですか」、もしくは「いい紙をお持ちじゃないですか」とやってきたのだ。『枕草子』の跋文にはその執筆契機となった出来事が書かれており、そこには下賜された紙のことが記されている（228ページ）。その紙を指すわけではないだろうが、このときも、どこかから紙を入手して持ってはいないかと尋ねてきたのかもしれない。隆家は定子に良質の紙の相談に来たのだろう❶。

そんな隆家に対して定子は「それはどのような様子なのかしら」と尋ねる。定子はその扇の骨を見たことがないのだ。つまり隆家は話題の扇の骨を持ってきていない。仮に持ってきていたとしても定子の目の前に差し出してはおらず、この時点ではまだ話題だけだ。ふさわしい紙を探していると言われた定子は、まず骨の様子を尋ねた。扇はその扇面にどのような意匠を凝らすかという点に注目が集まるものと考えれば（**探究のために**参照）、骨の色や形によって張るべき紙、描くべき模様などを想像することができよう。定子は骨の様子を聞き出し、それにふさわしい紙を考えようとしたのだ❷。

隆家はここからすばらしい扇の骨について熱く語る。しかし熱心さは伝われどその具体的な骨の様子は見えてこない。なぜなら語られるのは「すばらしい」ということだけだからだ。隆家は確信しているそのすばらしさを伝えるために、他人の評価を持ち出した。「こんなすばらしい骨、今まで見たことないってみんな言ってる」というのだ。「みんな」を味方にする主張はいささか子どもじみていると同時に、いっそう具体性を欠く❸。それでも人々が言う「見たことがない」という評価に乗って、「本当にこれほどのものは見たことがない」と隆家の語りは続くのだった。「すばらしい骨」の具体的な姿は語られないままである。

隆家の語りは声高で、得意げな様子が窺える。そこに清少納言は「そんなに人々が『見たことがない』と言うならそれは扇の骨ではなく、くらげの骨なのですね」と口をはさむ。定子の問いになかなかはっきりした答えを示さない隆家に代わって、清少納言が答えたかのようだ。海に漂うくらげに骨はない。だれも見たことがない「骨」なのだ。「すばらしい骨」とはどんな様子なのかと尋ねた定子に、とにかくすばらしいと繰り返す隆家。そこで傍らで聞いていた清少納言が「くらげの骨」という秀句でまとめてみせたのだ。当意即妙の清少納言の発言は隆家に向けられるとともに、その向こう側の定子に向けられたものでもあった。この発言に定子がどのような評価を示すのか、清少納言にとっての関心はそこにあるだろう❹。

この発言を隆家はどう受け止めたのだろうか。隆家は「これは隆家が言ったことにしよう」と言って笑ったのだった。清少納言の発言は、隆家の語りに水を差すようなものとも見えるが、隆家は清少納言の秀句を褒め、受け入れた。紙を探しに来た隆家は、今日の成果として「くらげの骨」の評を持ち帰るのであった。そして文章には記されないが、ここには定子の笑いがあったことも想像しておいていいだろう。

本章段の末尾に清少納言の評言が加えられている。この出来事は結局のところ、隆家に褒められた、そしておそらく定子にも褒められた、自慢話だ。したがって、この草子の読者（ここでは中宮女房たちと解しておく）にとっては「また自慢！聞いちゃいられないわ」と思われることなので、書き残そうとは思っていなかったのだが、その一方で「一つも書き落としてはいけないよ」と言われているので、仕方なく書くことにしたのだという。わざわざ書き残そうなんて思っていなかったのに、書けと言われて仕方なく書くしかなかったのだ、と言い訳を加えているのだ。ただしそれも清少納言のポーズであって、本心から書きたくない、というものではないだろう。言われたから仕方なく、というポーズを取りつつの、自慢話のひとつとなる❺。

◆◇探究のために◇◆

▼いつの出来事なのか　本章段の出来事がいつのものなのか。**語注**では「正暦五（九九四）年〜長徳二（九九六）年の間のこととされており、このとき隆家は十代」としたが、候補はおおよそ次のようになっている。

（1）「中納言」在職期間から→長徳元（九九五）年四月六日（権中納言）〜同二（九九六）年四月二十四日（出雲権守）

（2）隆家が伊周とともに左遷される以前という意味で→長徳二（九九六）年以前（池田亀鑑）

（3）前後の章段から職御曹司時代の話題として→長徳三（九九七）年六月以後（石清水尚『枕草子の研究』）

（4）長徳四（九九八）年五月以後（小沢正夫「枕草子成立時期についての考察」）

（5）話題に屈託がなく無邪気な感情が露呈しており、中関白家全盛期→正暦五年夏（萩谷朴）、仲秋（圷美奈子）

論拠もさまざまだが、正確にいつの出来事か確定させることは難しい。中納言という在職期間から判断する（1）説が多く支持されているが、いずれにせよ、本章段における隆家像は幼いともいえる発言を重ねており、十代の青年という認識がぶれることはないだろう。

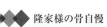

いつの出来事なのかによって、章段の語る風景は異なって見えるだろう。この章段の持つ明るい笑いの雰囲気が、実際の中関白家の栄華のさなかのものなのか、あるいは中関白家の運命が暗転したのちのことでありながら清少納言の語りによって明るく提示されたものなのか。具体的な年次を定めることができなくとも、背景にどんな歴史があったのかを見つめることは、書かれていることの意味を読み深めることになるだろう。

▼すばらしい扇とは？　誰のもとに？　定子のもとを訪れた隆家の話題は「すばらしい骨を手に入れた」と始まり、そこに張るべき紙を探しているというものだった。「すばらしい骨」をもとに完成される「すばらしい扇」とは、どのようなものなのだろうか。

扇の用途は幅広い。まずは現代でも用いるようにあおぐものであり、威儀を正すものであり、ファッションであり、女性が顔を隠すために使うシーンは絵巻物などでしばしば描かれている。また、神事に用いられ、寺社へ奉納された記録もある。扇（蝙蝠扇）の作製は、骨を細工職人が手掛け、扇絵は画師が描き、それを張ることで完成する。『枕草子』の中では「扇の骨は　朴。色は赤き。紫。緑。」（二百六十七段）、「檜扇《ひあふぎ》は　無紋《むもん》。唐絵《からゑ》。」（二百六十八段）とあるが、扇の骨については素材や色、扇面については（二百六十八段では「檜扇」に関してだが）図柄が注目されよう。また、すばらしい扇といえば、たとえば天禄四（九七三）年の円融院と一品宮《いっぽんのみや》資子《しし》内親王が催された乱碁に対して、後日、勝態《かちわざ》・負態《まけわざ》として持ち出された和歌を付した扇というのが想起される。そこには「からの羅をあゐ色にそめてひとへにてはれる」、「白金をばまつはぎのかたに色どりてからの羅をあさみどりにしてはれり」、「したのほねにあか色のおり物にふたあゐにかさねてはれる」などしてあるところに和歌を刺繍したもの、もちろん刺繍ではなく書きつけたものもあり、「あか色のあふぎにすみよしのかたを絵にかきて、あしでにかける」などと記されている。豪華絢爛に作られた扇の姿である。一方で、「すさまじきもの」（二十三段）では「物のをりの、扇いみじと思ひて、心ありと知りたる人に取らせたるに、その日になりて、思ひ忘るる。絵などかきて得たる。」とあり、この文脈では絵が描いてあっては困る、となっている（43ページ**資料A**参照）。扇に描く絵は自ら選定したいものだとか、期待したような絵ではなかったとかいう意味合いだろうか。いずれにせよ、扇面の絵の重要さは言うまでもない。

扇は骨、紙、そしてそこに施される絵または装飾をもって完成となる。隆家は今、骨を入手し、次の紙を探している段階だ。「すばらしい扇」の完成まではまだ遠い。そうして完成したのち、この扇は、誰のものとなるのだろうか。この扇は隆家から定子に献上されるものとして理解されるのが通説だが、それ以外、たとえば帝への献上品であったり、寺社への奉納品という可能性はどうだろう。扇は用途がさまざまであるだけに、季節ごと、またさまざまな儀礼に際してさかんに調進が行われている。隆家が完成させるであろう扇が誰のもとに行くのか、そしてそれはどう使われるのか。この出来事がいつのものなのかとともに、歴史背景をふまえてよく考えてみたいところだ。

▼「くらげのななり」の意図　文学作品に「くらげ」そのものが登場することは頻繁にはないが、古くは『古事記』の天地創世神話（**資料A**）に、天地創造のときその形が定まらない地上世界を「くらげなすただよへる」と記してあり、「くらげのようだ」とたとえているのが古い用例だ。また、『延喜式』には「諸国所進御贄」に「備前　甘葛煎《あまづらせん》水母」とあり、瀬戸内海で捕れる海月が食用とされていたことが記される。和歌では**資料B〜D**のような用例があり、萩谷朴『枕草子解環』では、くらげに骨はないことが「和歌の世界では、めったにない稀有の幸運にめぐまれることを、『海月の骨にあふ』という諺として用いられていた」と指摘される。以下、例について見てみる。

資料Bの歌は、以前交際していた女に、時が経ってから男が「おのがかばねをみせむ」、人生の最後を看取ってもらおうと詠み、復縁を迫った。しかし女は、長生きして「くらげのほね」を見るという稀なことがあったとしても、「あじろのひを」は流れ寄る方もない、お断りだと返した贈答歌である。『能宣集《よしのぶ》』には異同があるが、増田繁夫『能宣集注釈』では「『能宣集』にいう「宇治氷魚使」が藤原元真であり、その元の妻の返歌を能宣が代作してやった、ということであろう。『元真集《もとざね》』で形が違うのは、後に整えられたのであろう」とされる。「くらげのほね」は、長生きしたら見ることがあるかもしれないもので、お断りされる「あじろのひを」とは対極に置かれるものとして詠まれる。

資料Cの歌は、増賀上人が臨終の際に、極楽浄土へ導く阿弥陀仏や聖衆が来迎したことの幸運を「くらげの骨にあふ」としたもの（『袋草子』、『今昔物語集』（五句「あふぞうれしき」）にも載る）。

資料Dの歌は『枕草子』より時代は下る。待ち続ける恋、その成就を、「くらげの骨」にあうことと同じくらい奇跡的なことと詠んでいる。

いずれもめったにない、遭遇することがありえないくらいだが、会えたら幸運なことという認識のもと用いられている。本章段の研究史上では「くらげの骨」発言は、隆家に皮肉を言った、揶揄した、やり込めたといった訳が付されてきたが、最近では「非常に珍しく、貴重なものが献上されるのだという称賛」（圷美奈子）、「長生きしなければ目にすることもできないほどの海月の骨にも匹敵するようなものなのですねと肯定的に受けとめて、それほどのものであれば中宮定子に進上するのに相応しいものであることを積極的に擁護する立場での秀句」（浜口俊裕）という解釈にも発展している。

清少納言がこの発言をするに至った経緯を振り返ると、直接は隆家の声高な語りに対して生じた発言だが、その向こうに定子の「いかようにかある」の問いに対する答えと見ることができるだろう。骨の様子はどんなかしら、と尋ねた定子に、すばらしいとしか言わない隆家と、「誰も見たことがない、くらげの骨」とジョークで答えた清少納言という構図だ。『枕草子』には、清少納言の言動が称賛され、笑いをもたらすという展開の章段が散見する。ここでも清少納言が期待したのは自分の発言が笑いをもって受け入れられることだったはずで、そういう記録の仕方がなされている。この章段は、清少納言の当意即妙の秀句が隆家の笑いを引き出した、その出来事の記録なのだ。

▼章段末尾の記述　本当は書きたくなかった？　本章段末尾は「かやうのことこそは、かたはらいたき事のうちに入れつべけれど、『一つな落しそ』と言へば、いかがはせむ」とあり、読者を想定した物言いであることや、追記を窺わせる記述であることから、『枕草子』成立にもかかわる重要な一文となっている。すなわち、「『枕草子』がその執筆の途上において人々の間に広まっており、その反響によって成長発展していったものであろうことが知られるし、また類聚的章段は早い時期に書かれていたものであって、したがって『枕草子』の基幹を成すものであろうということも推量されるからである」（『枕草子入門』）。

清少納言にとっては隆家、定子に褒められた誇らしい出来事だろうから、書きたくないわけがない。それでも、結局は自慢話となってしまう「くらげの骨」のジョークをわざわざ書き残して、聞いちゃいられないなんて批判を受けることは清少納言の望むところではない。だから進んで書き残そうとは思っていなかった、とするのだ。この出来事は定子周辺で起きた明るい笑いであり、清少納言の秀句の記録である。この草子の読者が、知識と教養あふれる応対をする定子サロンの出来事はなんでも知りたいというリクエストをするのだから書くしかない、と言うのだ。末尾の言い訳は対読者を意識した記述であり、本心とは違うのだということは押さえておきたい。

▼章段の構成と展開　本章段は冒頭に「中納言まゐりたまひて、御扇奉らせたまふに」とあって、扇を献上するとい

うことの中で起こったひとつのエピソードとして記される。そして最初の隆家の語りで、目的が紙探しであることが示されるが、続く定子の問い「いかようにかある」によって話題は骨の様子へと移される。この問いは隆家の熱い語りを引き出すのだが、それは後に清少納言の「くらげの骨」発言をも引き出すことになっている。

そもそも章段中、定子と清少納言はそれぞれ一言ずつしか発していない。隆家の長い語りはむしろ定子と清少納言の言葉の短さを際立たせる。隆家がとうとうと、しかし「すばらしい」「見たことがない」と繰り返すばかりの話をする中で、定子の問いが、そして清少納言の答えが、章段展開の鍵となっているのだ。隆家の力説を飛び越え、定子の問いに清少納言が答えているように見える構成だ。本文中で「笑ひたまふ」のは隆家となっているが、そこには当然、定子の笑いも想像されて良いだろう。『枕草子』中にしばしば見られる、定子の問い、清少納言の答え、そして笑いというパターンが、隆家を介したことで変化した章段として本章段を捉えることができる。

（田原加奈子）

【資料】

A『古事記』

天地初《あめつちはじ》めて発《あらは》れし時《とき》に、高天原《たかまのはら》に成《な》りし神《かみ》の名《な》は、天之御中主《あめのみなかぬしの》神《かみ》。次《つぎ》に、高御産巣日神《たかみむすひのかみ》。此《こ》の三柱《みはしら》の神は、並《とも》に独神《ひとりがみ》と成り坐《ま》して、身《み》を隠《かく》しき。

次に、国稚《くにわか》く浮《う》ける脂《あぶら》の如《ごと》くして、くらげなすただよへる時に、葦牙《あしかび》の如く萌《も》え騰《あが》れる物《もの》に因《よ》りて成りし神の名は、宇摩志阿斯訶備《うましあしかび》比古遅神《ひこぢのかみ》。次に、天之常立神《あめのとこたちのかみ》。此の二柱《ふたはしら》の神も亦《また》、並《とも》に独神と成り坐して、身を隠しき。

B『元真集』

（1）わすれたる人にいひやるとて

あしまゆくうぢの河浪ながれてもおのがかばねをみせむとぞ思ふ

かへし

世にしへばくらげのほねはみもしてむあじろのひをはよる方もあらじ

（三三一、三三二）

（現代語訳：忘れた人（以前交際していた女）に言って送る歌として

葦の茂みのあいだを流れゆく宇治川の波が流れても自分の屍を見せよう（看取ってもらおう）と思うのです。

返し
（もし私が）この世に生きながらえて海月の骨を見るという稀なことがあったとしても、網代にかかった氷魚は流れ寄る方もありません（あなたを看取るなんてお断りです）。）

＊参考　能宣集（三八七、三八八）における異同

うぢのひをのつかひし侍る人の、昔かたらひ侍りける女のもとにつかはせる
いしまゆくうぢのかはなみながれてもひをのかばねはみせんとおもひき
これがかへししてえむ、ひをはとどめじとまうせば
いきたらばくらげのほねはみもしてむひをのかばねはよるかたによれ

C『発心集』多武峰僧賀上人、遁世往生の事
みづはさす八十あまりの老いの浪くらげの骨にあひにけるかな
（現代語訳：瑞歯さす（長生きして）八十余の老年となりました。くらげの骨に出会ったかのような幸運でございます。）

D『夫木和歌抄』雑部九動物部（海月）家集、恋歌中・源仲正
我が恋はうみの月をぞ待ちわたるくらげのほねにあふ夜ありやと
（現代語訳：私の恋は海の月を待ちつづけるようなものです。海月《くらげ》の骨に出会うような、奇跡のような夜があるのだろうかと。）

これが御格子《みこうし》です。
穴が開いているように見えるけど、
内側に板がついていて
風を防ぎます。

後宮の愛犬、翁丸の涙

『枕草子』にはさまざまな動物たちが登場する。当時の都周辺で見られた鳥獣虫類（鳥…約22種類、獣…約8種類、虫…約15種類など）のありさまが、優れた筆力でじつに生き生きと描き出されている。その中でも定子後宮の愛犬「翁丸《おきなまろ》」の悲喜劇を描いた「上に候ふ御猫は」（七段）は、犬の生態を細やかにまた鋭く捉えながら、後宮の人々との間に交わされる情愛をドラマティックに描き上げて出色の出来となっている。さほど長くはない短編の章段の中に「あはれ」の語が8箇所も用いられており（「をかし」は3箇所）、「をかし」の多用される『枕草子』の中では稀なほどの哀感を漂わせてもいる。一方で「笑ふ」の語も4箇所用いられており、悲喜交々の深みのあるドラマが、巧みにそしてまたとても魅力的に繰り広げられるのである。その概要を紹介してみよう。

一条天皇は、とても愛らしい猫を飼われて、冠位まで授けて溺愛していた。ある日、その猫が縁先で日向ぼっこしてだらしなく寝ころんでいたのを、世話役の乳母が近くにいた翁丸に、ほんの戯れで「噛みついてやりなさいよ」とけしかける（日本の犬は大陸の犬などと混血して時代によって一様ではないが、平安時代の飼い犬は一般に体高40センチメートル程度（今の柴犬くらい）の小型犬であったらしい。西本豊弘「イヌと日本人」『人と動物の日本史1』二〇〇八年）。しかし冗談ともわからない翁丸は本気で飛びかかってしまう。脅えた猫が御簾の内に飛び込んできたのに驚いた天皇は、男性官人たち（をのこども）を召し出して、翁丸を犬島（当時野犬を収容した島）に追放せよと厳命する。人の命令に従っただけの翁丸が厳しく罰せられたことに、清少納言たちは心を痛める。翁丸は、日頃、定子後宮の周辺で楽しげに過ごしており（当時の犬は放し飼いされていた）、三月の節句には名臣藤原行成に桃や桜の花を挿頭《かざし》のように飾り立てられるなど、みんなにとてもかわいがられていたのだ。

それから三、四日経った昼頃、激しく悲鳴を上げる犬の声が宮中周辺に繰り返し響き渡る。懐いていた後宮を忘れられず、犬島から翁丸が戻ってきたのを、官人たちがまた捕まえて容赦なく打ち叩いていたのである。翁丸はついに殺されて捨てられたとの報告がくる。その日の夕方、あちこちひどく腫れ上がったみすぼらしい犬がよろよろと震えながら歩いてくる。人々は翁丸かと何度も名を呼ぶが、その犬はまるで見向きもせず、食事を与えてもまったく食べようとしない。以前の翁丸とはあまりに異なったその姿や態度から、死んだ翁丸とは別の犬なのだろうと結論する。翌日の静かな早朝時、清少納言は定子の整髪のため、鏡をもって控えていると、近くの柱のもとに、昨日の犬がじっと座っているのを見る。つい翁丸のことを思い出して、切々とつぶやく。「昨日は翁丸をずいぶんひどく打ち叩いていたこと。死んでしまったなんて、本当にかわいそうに。どんなにつらい気持ちがしたことでしょう。」すると、座っていた犬はぶるぶると体を震わせながら涙を滴り落とす。驚いた清少納言が「翁丸なのね！」と呼びかけると、犬は喜ぶかのように床に伏せって何度も吠え立てる。それを見た定子もたいへん満足そうに微笑まれるのであった。翁丸が生きていたと聞いて集まってきた女房たちも、胸のつかえが下りたかのように笑い声にあふれ、翁丸も名を呼びかける人々の間を嬉しげに動き回る。そしてついに帝にも許され、翁丸はまた以前のように懐かしい人々の間に迎え入れられることになったのである。

以上のように、この章段では、人の命令にただ忠実に従っただけの翁丸が理不尽に厳しい罰を受け、かわいがられていた人々にも強い不信を抱いて何の反応もせず心を閉ざすさまが描かれる。しかし、捕まれば今度こそ殺されるであろう後宮に戻ってきたのは、これまで受けた情愛をどうしても忘れがたかったということであろう。それで、清少納言から同情の言葉を掛けられると思いがあふれ、堪えきれずに涙を流してしまうのだ（犬が落涙するとはにわかに信じがたいが、知人の獣医師によると、極度に緊張した際などにはありうるそうだ）。犬が言葉を理解するかのように描かれているが、それはたんに、慣れ親しんだ自分の名を呼びながら切々と語る清少納言の悲しげな様子に情愛を発露させたとも解されようか。

この落涙によって人々との間に再び信頼と笑顔が取り戻されることになるのであり、この哀切な涙が章段のクライマックスとなっている。章段の末尾で作者は「人から同情されて、震えながら泣き出した時こそは、世にまたとないほど、可愛らしくもあり感動もしたことであった。人間などは他人から言葉を掛けられて、泣くこともあるけれども」と、翁丸の涙への深い驚きと感動をあらためて振り返る。帝もまた、「犬にもこんな心があるものなのか」と驚き、翁丸が同情されて落涙するなどという、まるで人間のような「心」を見せて感動を与えたことで、その罪も許されることになったのであった。翁丸

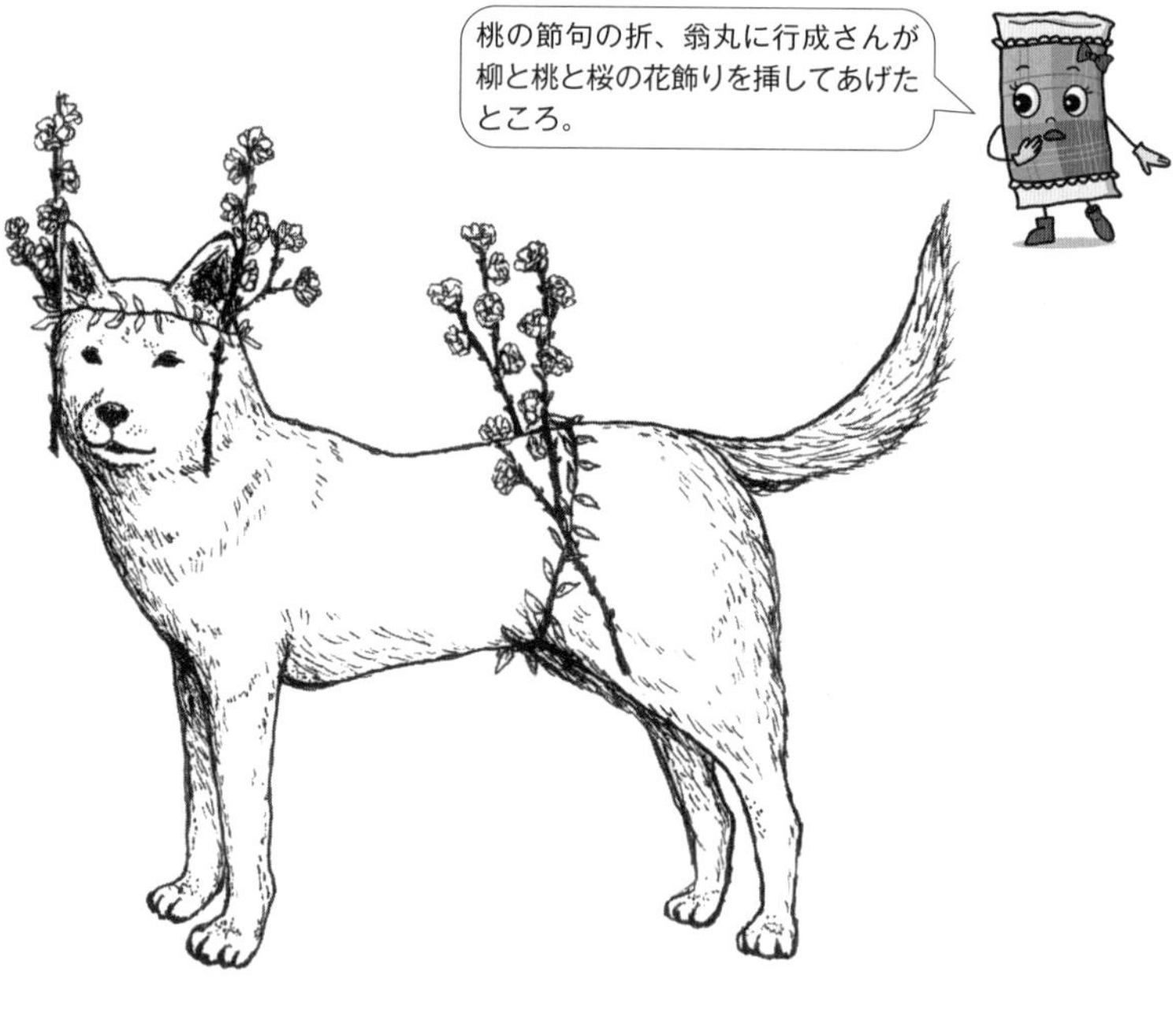
桃の節句の折、翁丸に行成さんが
柳と桃と桜の花飾りを挿してあげた
ところ。

の涙に表された「心」（情愛）が、厳しい身分社会の秩序をも越える、大切な価値の存在を人々に深く感じさせたというわけなのであろう。

この章段には、帝を頂点とする、厳しい身分社会の秩序にしばられる官人たちの「男（をのこども）の世界」と、定子を頂点とする、人間的な「心」（情愛）を尊ぶ後宮の「女の世界」とが、はっきりと対比されて描かれている。そして二つの世界の葛藤するドラマが展開し、ついに情愛が勝利するという幸福な大団円が迎えられる。そのような人間世界の本質的な様相やドラマが、犬という人間よりも単純な心性（それゆえに純粋でもある）の動物を主人公とすることで、かえって鮮明にまた魅力的に浮かび上がってくるのである。

なお、この章段は『小右記』など当時の諸記録（一条天皇が猫を溺愛していたことなど）から長保二（一〇〇〇）年三月中旬に起こった出来事と推定されており、作者の実体験に基づいているようである（江戸期の注釈書『枕草子抄』には、平安期成立の『外記日記』に「翁丸」の名の記述もあるとするが、現存の『外記日記』にはみられない）。また、長徳二（九九六）年には藤原伊周（定子の兄）が太宰府に左遷され、その途中、秘かに都に戻っていたところを再び捕らえられたという、翁丸の話と類似する著名な事件があることなど、この章段は同時期の政治社会の状況を比喩的に重ね合わせて表現しているとする諸論（萩谷朴『枕草子解環一』一九八一年など）がある。また、翁丸の話の重要な転回点に現れる「鏡」の意義を分析する論（中田幸司「『枕草子』翁丸章段攷―「御鏡」の機能―」（『平安宮廷文学と歌謡』二〇一二年）や、翁丸の涙を仏教説話の「堕畜生譚」に表現される動物の涙の受容とみる論（久保堅一「翁丸の涙―『枕草子』「上に候ふ御猫は」の段と堕畜生譚―」（『王朝文学と東ユーラシア文化』二〇一五年）なども ある。さまざまに興味深い研究がなされているのも、この章段の魅力や深さが引き出しているところがあるのかもしれない。

（吉見健夫）

公任様から「春と言えば？」だって……　二月つごもりごろに・百二段

①二月つごもりごろに、風いたう吹きて、空いみじう黒きに、雪すこしうち散りたるほど、②黒戸《くろど》に③主殿司《とのもづかさ》来《き》て、「④かうて候《さぶら》ふ」と言へば、寄りたるに、「これ、⑤公任《きんたふ》の宰相殿《さいしやうどの》の」とてあるを見れば、⑥懐紙《ふところがみ》に、

⑦すこし春ある心地《ここち》こそすれ

とあるは、げに今日《けふ》のけしきに、いとようあひたる、これが⑧本《もと》はいかでかつくべからむと思ひわづらひぬ。

「⑨誰々《たれたれ》か」と問へば、「それそれ」と言ふ。みないと⑩はづかしき中に、宰相の⑪御いらへを、⑫いかでか事なしびに言ひ出《い》でむと、心一つに苦しきを、御前《おまへ》に御覧ぜさせむとすれど、⑬上《うへ》のおはしまして、⑭御とのごもりたり。主殿司は、「とくとく」と言ふ。げに⑮おそうさへあらむは、いと取り所なければ、「⑯さはれ」とて、

⑰空寒《そらさむ》み花にまがへて散る雪に

と、⑱わななくわななく書きて取らせて、⑲いかに思ふらむと、わびし。⑳これが事を聞かばやと思ふに、㉑そしられたらば聞かじとおぼゆるを、「㉒俊賢《としかた》の宰相など、『なほ㉓内侍《ないし》に奏してなさむ』となむ㉔定めたまひし」とばかりぞ、㉕左兵衛督《さひやうゑのかみ》の中将におはせし、語りたまひし。

【現代語訳】

二月の下旬ころ、風がはげしく吹いて、空がひどく黒く、雪が少しちらついているころ、黒戸に主殿司が来て、「ごめんください」と言うので、（御簾際に）身体を寄せると、「これは公任の宰相殿の（お手紙です）」ということで（持ってきたのを）見ると、懐紙に、

　すこし春があるような気がする。

と（書いて）あるのは、いかにも今日の空模様に、とてもよくあっているので、これの上の句はどのようにつけるのがよいだろうか（いや、つけることはできない）、と思い悩んでいた。「どなた達（がいらっしゃるの）か」と尋ねると、（主殿司は）「（その方々は）誰それ（です）」と言う。皆、とても気後れするほど立派な方々の中で、宰相へのお返事を、どうして何でもない風に言い出せようか（いや、言い出せない）と、（自分）一人では心が苦しいので、（中宮様の）御前に御覧に入れようとするけれども、主上がおいでになって、おやすみになっている。主殿司は、「早く早く」と言う。いかにも（返事が下手な上に）遅いのでは、全く取り柄がないので、「よしまぁどうにでもなれ！」と（覚悟を決め）て、

　空が寒いので花が散るように降る雪に

と、震え震え書いて渡して、（相手の方々は）どう思っているのだろうと、心細い。この（返事の）反響を聞きたいと思うが、そしられたのなら聞くまいと思っていると、「俊賢の宰相などが、『やはり（清少納言を）内侍に任ぜられるように（天皇に）奏上して、そうしよう』と話し合われた」とだけ、左兵衛督で、（当時）中将でいらっしゃった方が、（私に）お話になった。

【語注】

①二月つごもりごろ…旧暦二月下旬は新暦の三月末から四月初め頃。従って、この頃、京の都で雪が降ることもあまりない。

②黒戸…内裏清涼殿の北、弘徽殿に延びる廊下へ出る戸。のちにその清涼殿の北廊を、黒戸あるは黒戸上御局と称して、女房の曹司としたり、宮中で催される管弦のあそびである御遊の場として使用した。藤壺上御局の北東にある戸かと考えられている。「頭中将のすずろなるそら言を聞きて」（七十八段）には、「黒戸」の部屋としての使用が描かれており、昼夜の別はとわず、定子が清涼殿でおやすみになっている間、清少納言ら女房は黒戸で局するのが常のことだったらしい。

③主殿司…この人物を、主殿寮の男性官人とする説と、後宮十二司の女官とする説があるが、「頭中将のすずろなるそら言を聞きて」（七十八段）では、漢詩人であり、賢才で知られた一条朝の四納言の一人である斉信の宿直所から直接主殿司がやってきていることを参考にすると、ここでも男性である公任からの使者であるから、男性官人と考えてよいだろう。

④かうて候ふ…「かうて」は「かくて」の音便で、「こうして控えております」の意で、人と対面する時のあいさつことば。

⑤公任の宰相殿…公任は、康保《こうほ》三（九六六）年～長久《ちょうきゅう》二（一〇四一）年。関白太政大臣藤原頼忠の長男。母は中務卿代明親王の三女厳子女王。花山天皇の時代から歌壇の指導者で、中古三十六歌仙の一人。諸芸に秀でて三船の才の逸話で有名。一条朝の四納言の一人。ここを「公任の君宰相中将殿」とする写本もあり、その

場合「公任の君」と「宰相中将殿」は同格、「宰相の中将」は、「宰相」で「近衛中将」を兼ねている人をいうが、公任が「宰相の中将」であった時期はない。「宰相」は参議の唐名で、公任は正暦《しょうりゃく》三（九九二）年〜長保《ちょうほ》三（一〇〇一）年に参議。宰相着任時に蔵人頭左近権中将を辞しているので、三巻本の「公任の宰相殿の」に従う。なお、本章段の成立時期に関しては、**探究のために**参照。

⑥懐紙…懐中に入れておく紙。畳紙とも。『平中物語』をはじめ物語には、懐紙に和歌を書きつけて送る描写があり、『公任集』二四一の詞書に「とやいはましとおもひてふところ紙にかきて（とか言いたいと思って懐紙に書いて）」とあり、公任も道長と同乗した牛車の中で和歌を書きつけている。従って、懐紙を当時はメモ帳代わりに使っていたと思われる。「七月、いみじう暑ければ」（三十四段）に「陸奥紙の畳紙」とあるが、「陸奥紙」とはいわゆる檀紙で、厚手で、公文書からメモ帳としてまで様々な用途に用いられていたようである。なお、本章段と類似する「頭中将のすずろなるそら言を聞きて」（七十八段）では、公任と同じ一条朝の四納言の一人である斉信《ただのぶ》が白居易の詩の一節を清少納言に書いて遣した時には、「青き薄様」を用いており、本章段が厚手の紙に書かれているのとは対照的である。

⑦すこし春ある心地こそすれ…「こそすれ」は係り結び。ここの表現については、**鑑賞**で述べる。

⑧本…和歌の五七五七七の前半五七五を本、七七を末とよぶ。

⑨誰々か…公任と一緒にいる人を尋ねている。これは、「頭中将のすずろなるそら言を聞きて」（七十八段）の経験から、清少納言の返事が公任によってその場にいる人々に披露されることを予測してのことだろう。

⑩はづかしき中に…「はづかし」は、相手つまり公任たちがこちらが気後れするくらい文学などの才能に優れていることを表す。

⑪御いらへ…「御」は名詞について尊敬の意を添える。従って「御いらへ」で「お返事」の意。ここでは宰相に対する御返事。

⑫いかでか事なしびに言ひ出でむ…「事なしぶ」は、「何でもないふりをする」意。相手が公任であるから「か」は反語の係助詞で、「何でもない風に言い出せようか。いや、（いいかげんな返事は出来ないから）言い出せない」という意となる。

⑬上…主上のこと。ここでは一条天皇をさす。

⑭御とのごもりたり…「おほとのごもる」は「寝」の尊敬語。ここでは、主上が定子と一緒におやすみ中であり、定子に相談できない理由を明示している。

⑮おそうさへあらむは、いと取り所なければ…「下手である上に」という気持ちがあって、「さへ」という添加の助詞を用いている。「宮の五節出ださせたまふに」（八十六段）に「詠む人はさやはある。いとめでたからねど、ふとこそうち言へ（歌を詠む人は、そんなに愚図愚図するものではありません。格別立派な歌でなくていいから、即座に詠むものです）」とあるように、返事は下手でも早い方がましだと一般的に考えられていたことがうかがえる。

⑯さはれ…副詞「さ」＋係助詞「は」＋「あり」の已然形の約。

⑰空寒み花にまがへて散る雪に…「み」は原因理由を表す接尾語。

「まがふ」は「似る」の意で、見立ての技法に用いられる語。ここでは雪を花に見立てている。また、和歌一首を本末に分けて贈答する短連歌としての表現については**鑑賞**で述べる。

⑱わななくわななく…「わななく」は「震える」の意。重ねることで震えが止まらないほどの緊張を表す。

⑲いかに思ふらむ…どのように公任たちに受け取られるだろうかという落ちつかなさが示されている。失敗すれば、清少納言だけでなく定子及び定子サロンの評判も落ちるからである。

⑳これが事を聞かばや…「これが事」とは、清少納言が記した上の句についての公任たちの判断をさす。

㉑そしられたらば聞かじ…打消意志の「じ」を用いており、悪い内容ならば聞かないという気持ちの表れである。

㉒俊賢の宰相…俊賢は、天徳《てんとく》四（九五九）年～万寿《まんじゅ》四（一〇二七）年、左大臣源高明の三男。母は右大臣藤原師輔の三女。一条朝の四納言の一人。長徳《ちょうとく》元（九九五）年八月～寛弘《かんこう》元（一〇〇四）年参議。これと関連して、本章段の成立時期に関しては、**探究のために**参照。

㉓内侍…後宮十二司の一つで、天皇に近侍して奏請・伝宣などを行い、宮中女官を管理統率する内侍司の女官（尚侍二人・典侍四人・掌侍四人・女嬬一〇〇人）のうちの掌侍（従五位上相当）をさす。

㉔定めたまひし…「定む」は「話し合い意見をまとめ決める」意。

㉕左兵衛督の中将におはせし…「（かつて）近衛の中将であって、（後に）左兵衛督に任じられた」という意。但し、「左兵衛督」については、「左兵衛佐」・「右兵衛督」・「左衛門」・「兵衛佐」と諸本によって異同があるが、中将（従四位下相当官）が兵衛佐（従五位相当官）に転じるとは考えにくいことから、ここの本文は「左兵衛督」・「右兵衛督」・「左衛門督」の可能性がある。これと関連して、本章段の執筆時期に関しては、**探究のために**参照。

◆◇鑑賞のヒント◇◆

❶舞台となっている二月下旬の天候と、公任が記した末の句は情景として一致しているだろうか。
❷公任は、どのような意図で清少納言に末の句を送ってきたのか。
❸清少納言が本の句を書きつけたことによって、この短連歌はどのような和歌として完成したのだろうか。
❹清少納言の応答について、公任達はどう評価しただろうか。
❺清少納言の応答の評価を「左兵衛督の中将におはせし」人が伝えたと記すのはどのような意図があるのか。

◆◇鑑賞◇◆

大井川で「作文（＝漢文）の舟」・「管絃の舟」・「和歌の舟」の三つの舟を用意し、それぞれの才能がある人を舟に乗せるという趣向の舟遊びの際に、「（どの才能も優れている）公任はどの舟に乗るのだろう」と時の権力者である道長に言わしめたという『大鏡』所載の三船の才のエピソードでもおなじみの、当代一の文化人である公任から清少納言へのお題に対する、解答を記す章段である。

二月下旬、新暦ならば三月下旬に、和漢管弦に通じた公任より「すこし春ある心地こそすれ」という和歌の末が届けられた。つまり、この末句にぴったりな本の句をつけて短連歌を完成してみなさいというお題である。当日の気候は旧暦の二月末なのに「曇天で、風が強く吹き、雪までも舞降っている」のである。そもそも「正月十余日のほど、空いと黒う」（百三十八段）の正月半ばの描写でさえ、「空いと黒く、曇り厚く見えながら、さすがに日はけざやかに射し出で（空はとても暗く、曇って厚く見えながら、そうはいうもののやはり日はくっきりと（雲間から）射し出て）」ているのに、空が「黒」いという描写は、春の情景としては異様であるが、現代人の感覚とは異なり、清少納言は、今日の天候にぴったりだと判断している。それは、この句が『白氏文集』の漢詩（**資料A**）の第四句「山寒少有春」の「少有春」によったものであるが、この「少」は漢文脈では「稀《まれ》」の意であるからだと指摘されている。つまり、「少有春」は「春の気配が殆どない」ということを表現しており、それを和語化した「すこし春ある心地こそすれ」も同意であり、これに対する清少納言の「げに今日のけしきに、いとようあひたる」という判断は正しい❶。しかし、「春あること少なし」とすべきなのに、「少有春」を「すこし春ある」と訓読したのはなぜだろうか。それは、『白氏文集』の古写本には「少有文」の訓に「文アルコトスクナシ」と「スコシ、文アリ」の両訓〈どちらも平安時代に遡るものという〉が付されており、それを参考に考えると、「少有春」には「春あること少なし」も「少し春ある」もどちらの訓みもあったのであり、公任は「少」をあくまで漢文脈の「稀《まれ》」の意味で理解しながら、いかにも和語らしく、且つ七音になる「スコシ春有ル」を採用したと考えられている。また、当時の漢詩文享受が、主に朗詠によるものであり、発声した時に美しい響きをもつとされている部分の対句が好まれ、漢詩文の内容自体はあまり問題にされなかったという事情にも合致するという。そして「心地こそすれ」は、次に示すように和歌の第五句におかれることの多い慣用句である。

春立ちて朝の原の雪見ればまだふる年の心地こそすれ　（『拾遺集』春・七、平祐挙）

（立春になっても相変わらず降る朝の原の雪を見ると、いまだに旧年のままのような気がする。）

あしひきの山ゐに降れる白雪はすれる衣の心地こそすれ　（『拾遺集』冬・二四五、伊勢）

（山の間に降り積もった雪は、山藍で摺り染めした衣のような気がする。）

松風の音に乱るる琴の音をひけば子日の心地こそすれ　（『拾遺集』雑上・四五二、斎宮女御）

（松風の音に乱れ紛れる琴の音を弾くと、小松をひく子の日のような気がする。）

これらの和歌は、何れも上の句に提示された現象を、下の句で「心地こそすれ」に続けることによって、上の句の現象から感覚的に連想された現象にとらえ直しているのである。そのため下の句は、感覚的な連想から生じたものであるから現実の現象とは異なっている。ここから考えると、公任の句における「少し春ある」も和語の文脈においては、感覚によって表現された現象であり、現実には「春がない」のを「ここちこそすれ」を付すことによって、「少し春がある気がする」という感覚による連想された世界を表現することになり、白居易の詩とは異なる世界を創出したといえよう。そのような現実は、白居易の詩を下敷きにしながらも和歌の表現としては違う世界を作り上げるのだから、白居易の詩の表現を上手にアレンジして末にあう本をつけよというのが公任から清少納言へのお題であった❷。

このような難題に対して、清少納言は、まず誰が公任の周りにいるか確認し、清少納言の解答によって定子サロンの評判が変動すると判断し、定子様に判断を仰ごうとしたのであるが、主上とご一緒にお休み中であるので相談できない状況だった。そして、当時、返事が遅いことはきまりが悪いことであり、清少納言は、「(中宮様に相談したいけれどしてたら遅くなってしまう、下手な上に遅いなんて、中宮様のサロンの評判が下がってしまう)えい、これが私のベストアンサーよ!」というような気持ちで返事を出している。これは、自身が定子サロンの代表者だという自負を表わしていよう。因みにここでいう定子サロンとは、定子を中心とした定子のもとに集う人々の文化交流の場を意味する。

その返事が「空寒み花にまがへて散る雪に」である。当時一般的な句のつけ方は、漢詩の対句の一方を踏まえた和歌の下の句(あるいは上の句)に同じ漢詩の対句のもう一方を上の句(あるいは下の句)に詠んで返すことだったが、公任の末の句は、白詩の第四句全体を踏まえたものではなくその一部である「少有春」だけ詠み込み、「山寒」がない。従って、清少納言も白詩第三句「三時雲冷多飛雪」の「多飛雪」だけを詠み込み、「舞う雪が多い」つまり、雪が降ることを詠んでいる。そして公任は「少し春ある」と和語で表現し、「心地こそすれ」に続けることで「春が殆んどない」という漢文脈から意味を転換したのに対して、清少納言は「雪が飛ぶこと多し」を「花にまがへて散る雪」に変換し、漢文脈では「雪」であったものを和語の文脈では「花」としてとらえ直したのである。それは次に見るように、空から雪が降ってくるのを春のきざしとしてとらえ、伝統的な和歌の見立ての手法を用いて「花にまがへてちる雪」としたのである。

雪の降りけるを、よみける

冬ながら空より花のちりくるは雲のあなたは春にやあるらん

（『古今集』冬・三三〇、清原深養父）

（冬なのに空から花（のように雪）が散ってくるということは、雲の向こうは春なのであろうか。）

あす春たたむとしける日、隣の家のかたより風の雪吹き越しけるを見て、その隣へよみてつかはしける

冬ながら春の隣のちかければなかがきよりぞ花はちりける

（『古今集』雑躰・一〇二一、清原深養父）

（冬でありながら、春が隣に来ていて近いので、中垣から花のような雪が散るのであった。）

また、白居易の詩では「少有春」の理由を「山寒」としているが、清少納言の現在の詠作地は「山」ではないので「空寒み」としたのであろう。三代集や私家集において「風寒み」・「夜寒み」などはあるが、「空寒み」は具体的には「風いたう吹きて空いみじう黒きに、すこし散りたる」という景色を表現したものだろう。従って、「空寒み」の初出はこの章段である。従って、「空寒み」は清少納言による新しい歌語であるという。そして「空寒み」に基づいて繰り広げられている「雪が降ってくる」という現実を、雪を花に見立てるという伝統的な和歌手法で清少納言が本をつけることで、一首としては、「（悪天候で吹雪いていて）空が寒いので花が散るように雪が降ってくるのは少し春がある気がする（とはいうけれども実は全く春の気配はない）」という白居易の詩にもとづきながらも、それとは異なる世界を短連歌で構築しているのである❸。

このような短連歌を構築した清少納言のお題に対する解答は、どのように評価されたのであろうか。源俊賢は、勅撰集に一首も入集することもなく、文芸活動に特筆すべき事柄があるわけではないが、一条朝の四納言の一人の能吏

である。そのような彼が「内侍に任命するように奏上しよう」という発言をした。清少納言が仕える定子の母も円融朝で活躍した和漢の才に秀でた高内侍であり、清少納言のような中流貴族出身者にとって、内侍は宮仕えをして目指しうる最高のポジションである。定子の女房であった清少納言にとっては、「女は」(百六十九段)で「女は、内侍のすけ、内侍」とあげている内侍はあこがれの存在だったと考えられる。なお、定子の母である高内侍や**探究のために**で登場する馬内侍がそうであったように、内侍には和歌の才能や当意即妙の対応ができることも求められていたのかもしれない。そのような内侍にと言われることは、たとえリップサービスであったとしても、高い評価だったと言えよう。その一方で、出題者の公任はどう評価したのだろうか。『公任集』には(**資料B**)にあるように清少納言とは異なる応答が載せられている。これは、公任が同じ短連歌を他の数人、少なくとも清少納言以外の何人かに試みたことを示している。清少納言の応答が採用されなかったのは、同じ「すこし春あるここちこそすれ」という末でも、「二月のつごもり」である本章段とは異なり設定が「春のはじめ」であったことによるだろう。本章段において公任の評言は記されてない。しかし、本章段に記された俊賢の評価が一番高かったと推測されるが、それも当代一流の文化人である公任の高い評価の保障があって初めて、俊賢は口にできたものだと考えられる❹。

以上のような評価を、出題者である公任ではなく、また高評価をした俊賢でもなく、「左兵衛督の中将におはせし」人が伝えたと記すのは、なぜだろうか。出題者以外も清少納言の解答を評価するということは、公任とのやり取りを多くの宮廷人が知ったということを意味している。これは、清少納言ひとりの評価ではなく、彼女の主人である定子の評価にもなる。本章段と類似する「頭中将のすずろなるそら言を聞きて」(七十八段)では、斉信の漢詩の一句に下の句を付せというお題に対する、清少納言の解答についての評価も、斉信自身ではなく、翌日の朝、宣方や則光が清少納言に知らせる。その後、主上も殿上人の話題から知るところとなり、定子がそれを主上から聞き、清少納言に伝えるという構造になっている。これは、宮中における清少納言ひとりの評価ではなく、その主である定子やそのサロンに対する評価であり、その評価の広まりがいかに早く広いかをうかがわせるものである。では、単純な何某ではなく、現在、「左兵衛督」が当時「中将」であったことを記すのはなぜだろうか。それは、自分は現在そのような華やかな場にはいないが、その時評言を伝えた人物は「左兵衛督」にまで出世しているということを示しており、このエピソード当時と執筆時とでは心理的な隔たりが存在している❺。従って、執筆時現在を隔絶した過去としてとらえ、内侍にとまで賞讃された定子サロンでの日々を当時の思いに寄せて描いているといえよう。つまり、時を経て、「公任さまからお題をいただいて解答した時に、（あの時は言えなかったんだけど、実は）四納言の一人である源俊賢さまは「内侍にと奏上しよう」とまでコメントをしてくださっていたのよ」とネタばらし的に過去を叙述することで、読者である宮中の人々の関心を引く工夫が本章段ではなされているといえよう。

◆◇探究のために◇◆

▼短連歌と女流サロン　『枕草子』には、短連歌的なやり取りが、七章段（「清涼殿の丑寅の隅の」（二十一段）・「頭中将のすずろなるそら言を聞きて」（七十八段）・「五月の御精進のほど」（九十五段）・本章段・「殿などのおはしまさで後、世の中の事出で来」（百三十七段）・「よろづの事よりも、わびしげなる車に」（二百二十一段）・「うれしきもの」（二百五十八段））に含まれている。短連歌的なやり取りとは、漢詩の一節に和歌の下の句をつけるなど、短連歌のバリエーションをさし、後世の長く鎖のようにつながる連歌とは異なる。短連歌的なうたは、『万葉集』の時代から存在するが、『古今集』にはなく、『後撰

集』では一首だけの入集であった。

　その後天暦期には、村上天皇周辺を中心に機知の駆け引きとしての短連歌が確立されていった。主上と斎宮女御・徽子、主上と広幡御息所・計子、主上と滋野内侍とよばれた村上天皇の乳母であった少弐命婦の短連歌が現存している。そのような村上朝の後宮は、女房たちも、文事に才能あるものが集められ、機知を重んじ言葉に熟した文芸が花ひらいた。そして村上天皇乳母である少弐命婦は、村上天皇と中宮安子の遺児・選子内親王について斎院に渡った。

　選子内親王の下に形成された斎院サロンでは、多くの短連歌が交わされている。この選子内親王を中心とした「大斎院前の御集」には十五首、「大斎院御集」にも十五首の短連歌が収められている。また、「大斎院前の御集」に登場する四人の乳母は、選子自身の乳母二名とそれよりさらに年長な乳母がおり、年長者によって斎院はささえられていたのであろう。従って、選子が村上天皇内親王というだけでなく、村上朝の文化が人的にも斎院に移され、短連歌のやり取りなどもその流れの中で引き継がれたと考えられる。そこでは、実方や公任らとの交流だけでなく、女同士でも盛んに短連歌が詠み交わされ、多様な文芸活動が展開されていた。たとえば、選子が題を与えて和歌を詠ませたり、選子が一首詠み、その上句または下句を受けて短連歌に詠ませたり、和歌の上下に決められた言葉をはめ込む沓冠のうたを詠ませたり、物名のうたを詠ませたりと様々な形式で女房たちの技量をはかっていた。そして、短連歌好きの実方は「大斎院前の御集」に四首の和歌がおさめられており、公任も女房との短連歌を残している。因みに、勅撰集に「連歌」の部立が初めて出現するのは、『金葉集』であり、私家集では短連歌を含まないのが普通で、含んでいてもごくわずかである。たとえば、『公任集』四首、『清少納言集』一首などであり、『実方集』の二十三首は異例である。

そして定子サロンでは、円融朝に宮中に出仕した後、天元五（九八二）年前後に選子のもとに出仕した斎院サロンの中心人物で『大斎院前の御集』の編纂者に擬せられる馬内侍が、定子の立后とともに中宮内侍として出仕したが、もちろん彼女は齋院サロンに参加していた公任や実方とも交流があった。また、「清涼殿の丑寅の隅の」（二十一段）には、『古今集』の暗唱ができない女房に、定子が村上朝の芳子女御の逸話を聞かせるエピソードがある。これらのことを考えあわせると、定子サロンは、大齋院サロン、ひいては村上朝の後宮のさまざまな機知に富むサロンから、人も文芸活動も引き継いでいるともいわれている。そのような定子サロンにおいて、短連歌は大変親しみのあるものであったために当時としては多い七首を『枕草子』は収めているのであろう。それは、定子と清少納言の短連歌のやり取りが多く含まれていることからも、定子自身の好みによるものであり、『枕草子』が目指す当意即妙の文芸に通じるものがあったと指摘されている。

▼漢詩と短連歌　本章段は、漢詩を和語化した末に対して、本を付けていくという形式の短連歌であった。それに対して「頭中将のすずろなるそら言を聞きて」（七十八段）は、斉信から漢詩の一句に対して、続きの句を求められるというものであった。ここでは、『和漢朗詠集』下「山家」五五五の「蘭省花時錦帳下　盧山夜雨草庵中」という聯句についてのものである。しかし、清少納言は続きの句を要求されていることは知った上で、『公任集』にもおさめられている、当時世間で流布されていた公任の訳句（**資料C**）を付けたのであった。ここでは、当代一流の公任の訳句を借りた機知が高評価となったのであろう。そしてこれは、漢詩句に和歌の句を交えて付けていく和漢聯句的な形態であり、漢詩から摘出された佳句一聯を、和語に読み下して朗詠する風潮と同じくしている。従って、「頭の中将のすずろなるそら言を聞きて」（七十八段）の漢詩に対して和語で付していく先に、二句一聯の漢詩の一句を和語化した

末に対して、その漢詩の句を用いて和語で本を付すという本章段の短連歌は、位置づけられるのかもしれない。

▼本章段の執筆時期―「左兵衛督の中将におはせし」人とは？―　このエピソードは、本文から、公任が宰相であり、俊賢も参議であり、定子が内裏滞在中の二月末に起きている。従って、俊賢の参議就任の長徳元（九九五）年八月から公任が宰相とよばれていた長保三（一〇〇一）年の間で、黒戸の描写があることから、定子が内裏滞在中の二月の出来事である。そのうち、長徳二（九九六）年二月は、「返る年の二月二十余日」（七十九段）の記述から、長徳の変（226ページ**コラム**参照）後（三巻本勘物によると二十三日、能因本によると二十五日）に職曹司に退出とあり、二月末に定子は内裏におらず、そのまま長徳三、四年と内裏に入ることが許されない状況だったといわれている。その後、「職の御曹司におはしますころ、西の廂に」（八十三段）には、長保元（九九九）年一月三日に定子は職曹司から内裏に急遽参内し、一月二十日ころまで滞在したとある。しかし、この滞在が二月末まで続いたかは不明であり、翌長保二（一〇〇〇）年二月は定子が内裏に滞在することが正史で確認できるが、前年の火事により一条今内裏であり、『枕草子』中の黒戸の使用が他はほぼ全て内裏におけるものであるので、この年ではないと考える。従って、このエピソードは、長徳元（九九六）年二月の定子内裏退出以前か、長保元（九九九）年二月のどちらかということになろう。すると、末文の「左兵衛督の中将におはせし」人は、斉信・実成・頼定の三人に可能性は絞られよう。彼らの中将と左兵衛督などへの就任を確認すると、斉信は右中将（永延《えいえん》三（九八九）年三月右中将・永祚《えいそ》二（九九〇）年七月左中将）で右衛門督（長保三（一〇〇一）年十月）、実成は右中将（長徳四（九九八）年十月）で左兵衛督（寛弘六（一〇〇九）年三月）・右衛門督（寛仁《かんにん》元（一〇〇七）年四月）、頼定は右中将（長徳四（九九八）年十月）・左中将（長保三（一〇〇一）年八月）で左兵衛督（寛仁元（一〇一七）年四月）である。しかし、頼定ならば、このエピソードは長保元（九九九）年となり、執筆は寛仁元

（一〇一七）年以降となるが、執筆を寛仁年間まで下げると他の章段の呼称との関係から無理がある。また、斉信は、他の章段で「頭中将」と呼ばれており、呼称の不一致が問題となる。その一方、実成ならば、このエピソードは長保元（九九九）年二月であり、執筆は寛弘六（一〇〇九）年三月四日から寛仁元（一〇一七）年四月二日以前に限定される。以上より、通説通り、末文の「左兵衛督の中将におはせし」人は、実成と考えるのが穏当であろう。（岩田久美加）

【資料】

A　**「南秦雪」「酬和元九東川路詩」**　元九が東川路《とうせんろ》の詩に酬和す

往歳曽為西邑吏　慣従駱口至南秦
三時雲冷多飛雪　二月山寒少有春
我思旧事猶惆悵　君作初行定苦辛
仍頼愁猿寒不叫　若聞猿叫更愁人

（書き下し文：往歳《おうさいかつ》曽て西邑の吏と為り、駱口《らくこう》より南秦《なんしん》に到るに慣る。／三時《さんじ》雲冷《くもひやや》かにして多く雪を飛ばし、二月山寒うして春有ること少なし。／我は旧事を思うて猶ほ惆悵《ちょうちゃく》す、君は初行を作《な》して定めて苦辛せん。／仍《な》ほ頼に愁猿《さいはひしゅうえん》寒うして叫ばず、若《も》し猿の叫ぶを聞かば更に人を愁《うれ》へしめん。）

（現代語訳：私はかつて盩厔県尉であった頃、よく駱口から南秦への道を通った。／あの辺は春夏秋の三時にも雲は冷たくて、雪が舞うことが多く、二月になっても山は寒くて、春が殆どない。／私はその頃の事を思い出しただけでも悲しくなるが、君は初めての旅行でさぞ苦労しているであろう。／とはいえ、幸いに寒くて猿が悲しげに鳴かないのはまだしもである。もしこの地で猿の鳴き声を聞けば君をして更に悲しみに沈ませるであろう。）

B　『公任集』五七

人に、春のはじめなり
　との給ひければ
すこし春ある心ちこそすれ（すこし春がある心地がする）
吹きそむる風もぬるまぬ山里は（吹きはじめた（東からの春の）風も
ぬるくない山里は）

C　『公任集』四〇一

いかなるをりにか
草のいほりを誰か訪ねむ（こんな草庵をだれが訪ねようか）
　とのたまひければ、いる人たかただ
九重の花のみやこをおきながら（九重の花の都をさしおいて）

これが内裏《だいり》。左上に定子の住まいとなった登花殿《とうかでん》や梅壺《うめつぼ》（凝花舎《ぎょうかしゃ》）があるよ。
清少納言もそこに控えていました。

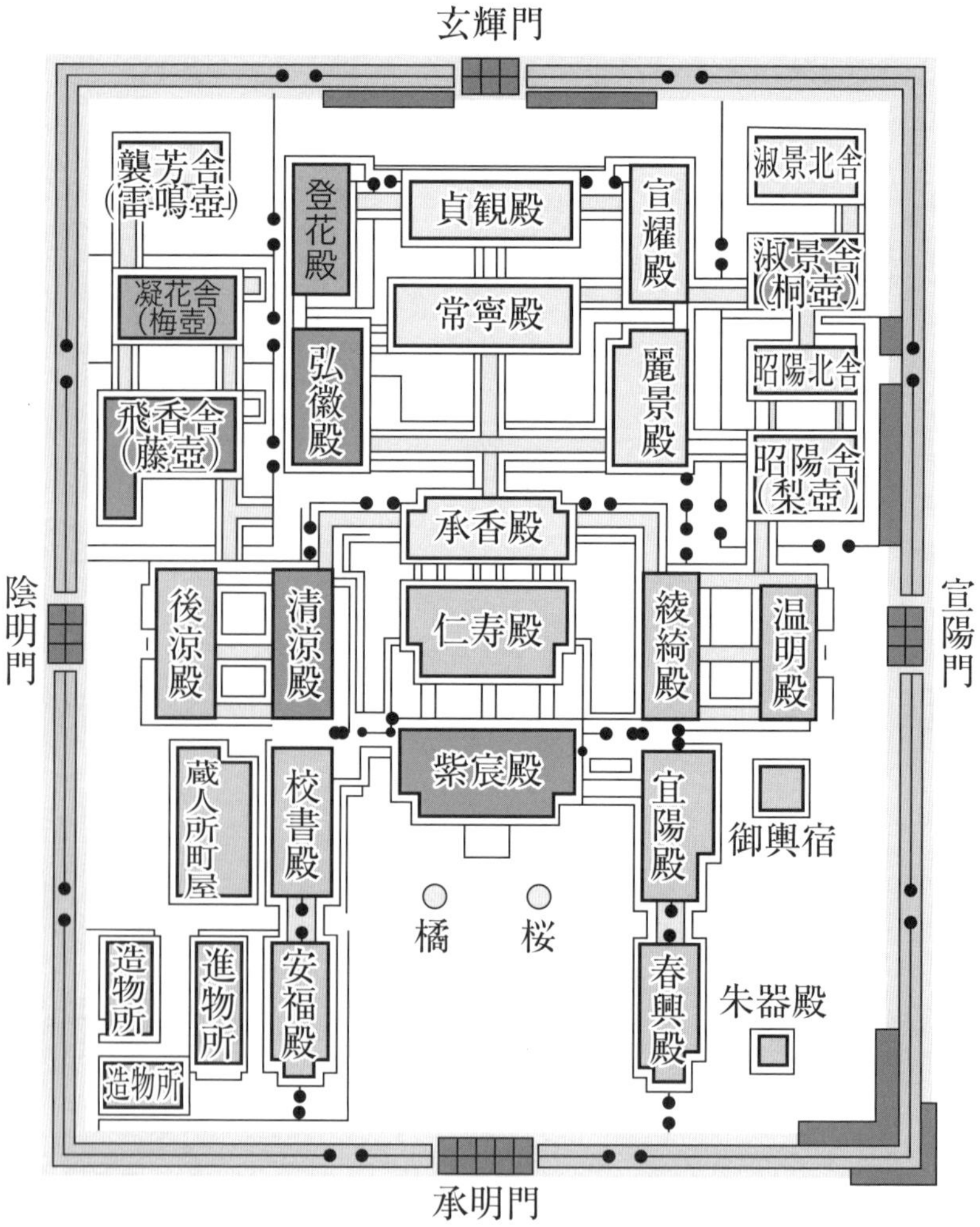

こっちを大内裏《だいだいり》と言います。真ん中が内裏で、その右上に定子も住んでいた職御曹司《しきのみぞうし》があります。

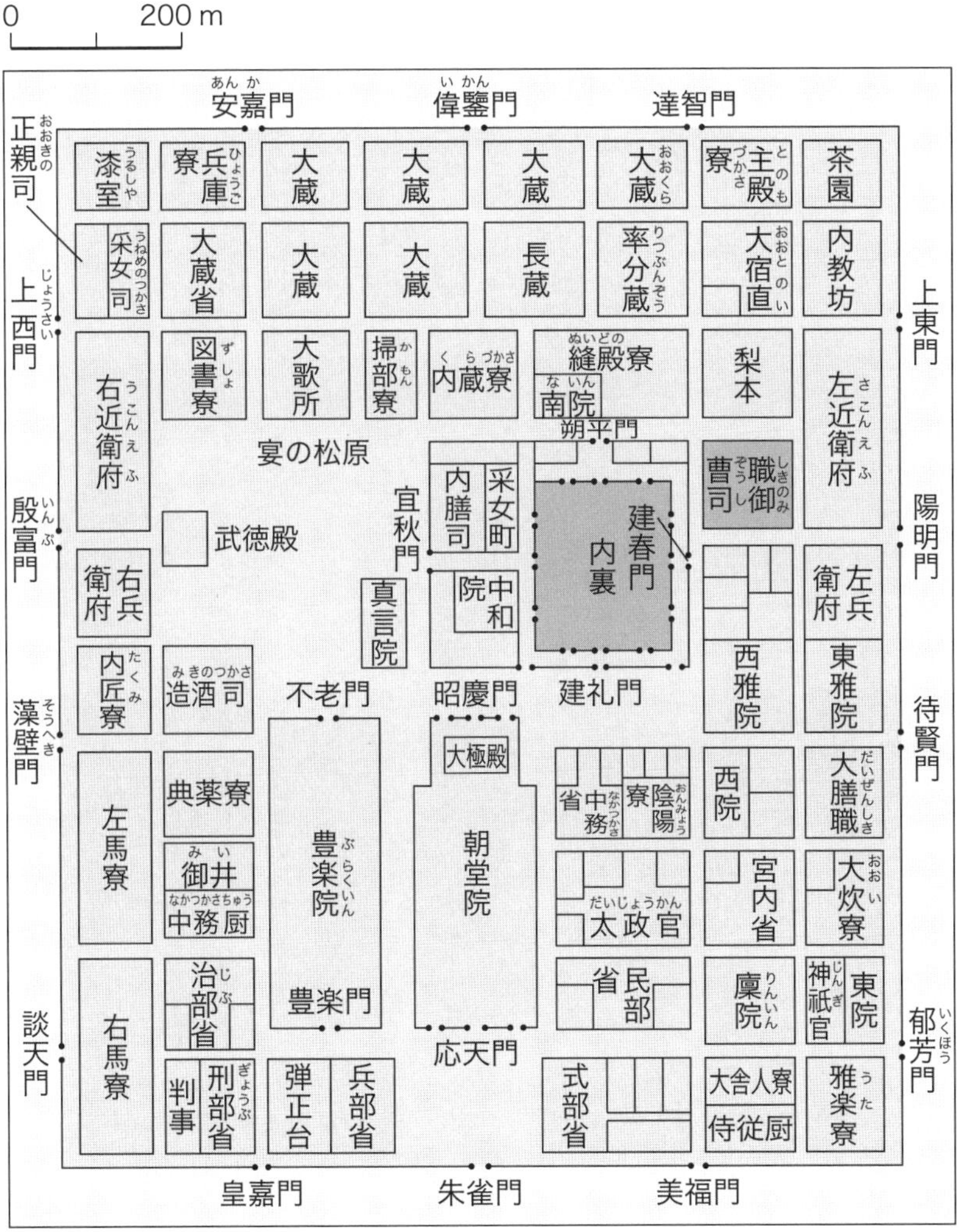

清少納言は和歌が苦手？
―「夜をこめて〜」歌の魅力―

清少納言は和歌を詠むのが苦手だという。父の清原元輔は後撰集の撰者として名を馳せた著名歌人であり、その娘なのだからさぞかし、と人々に期待されたりするのがいやだというのだ（「五月の御精進のほど」九十五段）。しかし、『枕草子』の中の和歌をみてみると、じつはとてもおもしろいものが多い。百人一首にも選ばれている彼女の代表作「夜をこめて〜」歌（「頭弁の、職にまゐりたまひて」百三十段・前半部）を紹介してみよう。

ある日（九九七〜九九九年）、藤原行成が清少納言の局を訪れて、夜更けになるまで世間話などして話し込んで、丑時（午前二時〜四時頃）前に帰っていった。行成（九七二〜一〇二七年）は、当時の代表的な才人の一人として知られる将来有望な貴公子で、後に三蹟と讃えられるほどの類いまれな能書家でもある。

その翌早朝、行成から手紙が届く。「今日はとても心残りがある気がするのです。昨日は夜通し昔話など語り合って夜を明かそうと思いましたのに、鶏の声にせき立てられてしまって（帰らないといけませんでしたから）」などとすばらしい筆跡で書いてある。早朝の手紙とは後朝の文のようだ。その文面も、夜明けまで語り合いたいなどと男女の逢瀬を思わせる。鶏鳴にせき立てられて帰ったというのも、女の閨を去る男の姿ではないか。まるで恋文のような思わせぶりな手紙なのである。それが何とも見事な筆跡で書かれているのだから、並みの女性ならすぐに恋心を動かされても不思議はなかろう。しかし、清少納言はその文面の偽りの匂いを見逃さなかった。昨日行成が帰ったのは丑時前の深夜、鶏が鳴くにはまだ早すぎるのに。やはり遊び心か…。「ずいぶんと夜更けの鶏鳴は、もしや孟嘗君のそれですか。」と返事をした。孟嘗君の鶏鳴は『史記』に見える故事で、秦国に追われる孟嘗君が深夜に函谷関の門を通って逃げ出そうと、随行者に鶏鳴をまねさせて、夜明けだとだまして門を開かせ、まんまと脱出した話である。清少納言は、行成の言葉の虚飾を突いて、恋文のように書かれたその手紙の誠意を疑ってみせたわけである。しかしさすがは行成、簡単には引き下がらない。今度はその故事を逆手に取って口説き文句に利用してきた。「孟嘗君の鶏鳴は函谷関を開かせて逃げ去る話ですが、これは（二人が逢う）逢坂の関なのですよ」と。当時の恋歌の代表的なキーワード「逢坂の関」にすばやく上手に言い換えて、清少納言との逢瀬までをもはっきりと求めてきたのだ。ここで、清少納言はついにあの歌を詠むことになる。

　夜をこめて鳥のそら音《ね》にはかるとも世に逢坂の関は
ゆるさじ

（夜通し鶏の鳴きまねでだまそうとしても、けっして
逢坂の関はだまされて許したりはしないでしょう。）

この歌は、（函谷関の故事では、夜明け前の上手な鳴きまねでうまくだましましたが）たとえあなたが夜通しずっと、いかにもそれらしく恋の睦言を語りかけてきても、私は偽りの恋にはけっしてだまされたりしませんよ、というのだ（なお、「夜をこめて」は「夜のまだ明けないうちに」などの意で解する説もある）。やはり函谷関の故事をふまえた上で、行成の最初の手紙の言葉「夜通し語り合いたい」や二度目の手紙の言葉「逢坂の関」を用いての絶妙な切り返し。行成の妙筆にもまさる華麗な表現力で、偽りの求愛を鮮やかに拒んでみせたのだった。

　このように、相手の言動や心理などを鋭く捉え、才気と機知に富んだ清少納言の和歌は、その歌われた場の状況を卓抜な筆力で再現してみせる『枕草子』の中にあってこそ、格段にその輝きを増すことになる。父元輔のようにと、人々に期待される和歌の伝統的な美意識に合わせた詠作は苦手だったのかもしれないが、『枕草子』の中で、清少納言ならではの魅力あふれる和歌の世界が見事に花開いているようである。

（吉見健夫）

誰が見たって、きまり悪いでしょ？　はしたなきもの・百二十三段

①はしたなきもの　こと人を呼ぶに、わがぞと②さし出《い》でたる。物など③取らするをりはいとど。おのづから人の上《うへ》などうち言ひ、そしりたるに、幼《をさな》き④子どもの聞き取りて、その人のあるに言ひ出でたる。⑤あはれなる事など、人の言ひ出でうち泣きなどするに、げにいとあはれなりなど聞きながら、涙のつと出《い》で来《こ》ぬ、いとはしたなし。泣き顔つくり、けしきことになせど、いと⑥かひなし。⑦めでたき事を見聞くには、まづ、ただ出《い》で来《き》にぞ出《い》で来《く》る。（以下、**資料Ｃ**参照）

【現代語訳】

きまりが悪いもの。別の人を呼ぶのに、私のことだと（思って別の人間が）人前に出てくるの。物などを取らせる時はますます。話のはずみで自然と人のうわさ話などを言い、悪口を言ったのを、幼い子たちが聞き取って、その人がいるときに言い出したの。

しみじみとした事などを人が言い出してちょっと泣くなどする時に、本当にとてもしみじみすることだと（思って）聞きながら、涙がすっと出てこないの、（こういうのは）すごくきまりが悪い。（そういうときは）泣き顔をつくって、顔色や態度を変えてみても、全く効果がない。すばらしい事を見聞きするときは、まっさきに、ただひたすらに涙が出て来る（のに）。

【語注】

①はしたなき…「ハシタ」は過不足があること、一定の規格に満たないこと、どっちつかずで中途半端なことや、その状態を表す語。「ナシ」は、その状態にあること、程度の甚だしいことを表

す。訳としては、（1）本来あるべき状態から外れてしまい、しっくりしないさま・不釣り合いなさま・不相応なさま、（2）（（1）のような状態のために恥ずかしくて）きまりが悪い・いたたまれない・戸惑うさま、（3）（（1）のような状態のために感じる不快さとして）不都合だ・迷惑だ・困る、（4）（（1）のような状態に対するマイナス評価として）慎みがなく見苦しい・みっともない・不作法だ、（5）（（1）のような状態のために相手が決まり悪くなるほど）無愛想だ・そっけない、（6）程度がはなはだしい、などがある。

②さし出でたる…人前に出ること。「さし出づ」には「でしゃばる」の意もあるがここでは取らない。清少納言はでしゃばりを「にくきもの」（二十六段）のなかに入れる。

③取らする…「取らす」は目上の者から目下の者への動作を表す。あるいは、敬意を表さなくてよいような、気軽な相手に対して用いる。何かをくれてやるということ。

④子ども…「子」の複数形。子どもたちの意。

⑤あはれなる事…「あはれなり」は深い感動を感じたときに発する感動詞「あはれ」をもととする語で、しみじみと深く心に受け止められた感動を表す（23ページ）。諸注釈書は、「哀《あわれ》な事」・「悲しい話」・「気の毒な話」などとする。「こと」には、（1）ことば・うわさ、（2）行為・儀式・できごと、などの意味がある。

⑥かひなし…行動してみたものの期待した結果が得られない、効果がない、ということ。転じて、しかたがない、取るにたりない、といった意味が生じた。

⑦めでたき事…「めでたし」は、「めづ（賞賛する）」に「いたし（甚だしい）」がついた「めでいたし」から生じた語。優れている・立派であることへの賞賛、祝いたくなるような喜ばしさを表す。諸注釈は、「素晴らしいこと」・「めでたいこと」などとする。**探究のために**参照。

◆◇鑑賞のヒント◇◆

❶どのようなことが「はしたなきもの」として挙げられているだろうか。

❷❶で挙げたそれぞれの状況は、誰にとって、なぜ「はしたなきもの」なのだろうか。

❸話のはずみで言った噂話や悪口を、なぜ幼い子どもは聞けたのだろうか。

❹他人が泣いている時に、一緒に泣けないことが、なぜ「いとはしたなし」なのだろうか。

❺清少納言はなぜ「めでたき事」ならすぐに涙が出てくると書くのだろうか。

◆◇鑑賞◇◆

「はしたなし」は、ある理想的な形のイメージがあって、そのイメージ通りにならず過不足が出てしまうような状況および、それによるきまり悪さや恥ずかしさなどを表す言葉である。本章段には大きく分けて三つの状況が取り上げられているが、ここに敬意表現がないことから、描かれている人々の行為は清少納言たち女房や、それと同等以下の身分の人のものと考えてよいだろう。

一つめは、ある人を呼んだとき、別の人が勘違いしてやってきたという状況（以下㊀）、二つめは、はずみで言ってしまった他人の噂話や悪口を子どもたちが聞いていて、本人の前で言ってしまったという状況（以下㊁）、三つめは、他人がしみじみとした話をして泣いているのに共感しつつも、一緒に泣くことができないでいるという状況（以下㊂）である。それぞれ、呼ばれた人が間違いなく来ること、噂話や悪口が秘密のまま保たれること、泣いている人と一緒に涙を流すことが、その場における理想的で完璧なありかただ❶。

㊀については、一般に「はしたなし」と感じているのは自分が呼ばれたと勘違いして出ていった人物であると限定する。だがその場に居合わせた人はそれぞれの立場で、その状況を「はしたなし」と感じていると見ることもできるだろう。たとえば、呼んだ方《ほう》は思っていたのと違う人が現れて戸惑うだろうし、呼ばれたと勘違いして出て行った方《ほう》はとにかく恥ずかしい、みっともないという思いに駆られるだろう。加えて、こういう状況では、周囲にいる人々も

どう反応すればよいのか——無視したほうがよいのか、勘違いした人物を注意すべきなのか、笑ってよいものか、慰めるべきなのか—さまざまに戸惑い、やはりいたたまれないような気持ちになるはずだ。むろん、本当に呼ばれた人物も、どのような顔をしてあとから出て行けばよいのか困るに違いない。このように、「はしたなし」は多角的に場面を捉えることのできることばである。清少納言はきまりが悪い場面を挙げ、それを聞いている人がそれぞれの経験によって同調できるような書き方をしている。

さらに清少納言は、呼び出した人物が何かものをやろうとしている状況にも言及する。やはり、呼び出した人物はひっこみがつかず、思っていたのと違う人物にそれをやらなくてはならないような雰囲気に戸惑うだろう。やるのも不本意、やらないとケチなようでみっともなく、また、相手に恥をかかせることになると思うといたたまれなくなる。勘違いして出て行った人物は、いかにも物欲しそうでやはりみっともないと恥ずかしく思うだろう。本当に呼ばれた人物も、改めて自分が出ていけばやはり物欲しそうに見えて恥ずかしい。モノの贈与が絡む場合、「ますます」誰もが「はしたな」き思いをすることになるわけだ❷。

㊁では、人の噂話や悪口を聞いている子どもが、それらを本人の前で言ってしまったきまり悪さが描かれる。清少納言は、「人の上言ふを腹立つ人こそ」（二百五十二段）で、とくに嫌いな人の噂話（悪口）は言わずにいられないものであり、むしろそれを制したり、悪口を言われて恨んだりするほうが筋の通らぬものとする。

だが一方で、「はづかしきもの」（百二十段）では、若い女房たちが夜通し他人の噂話（悪口）で盛り上がっているのを上臈《じょうろう》女房が「あなうたて。かしがまし（まあいやな、うるさいこと）」と腹を立てていさめている様子や、逢瀬《おうせ》中の恋人の前でほかの女の悪口を言う男などを、うしろめたく信用できないと批判的に捉えてもいる。

また、「弘徽殿《こきでん》とは」（百五十六段）には、源中将《げんちゅうじょう》（源宣方《みなもとののぶかた》）の噂を聞いた清少納言が、その噂をネタに宣方をからかったところ、宣方が「味方だと思って頼りにしていたのに、噂のとおりに解釈なさるようだ」と怒り、それきり二人は絶交に至ったという話が記されている。この時代でも噂話や悪口は、たとえそれが悪気のないものであろうと、人を傷つけ信用を失い人間関係を悪化させるものだった。が、宣方のように噂話や悪口を言われた者は、言った相手に対してはっきりと不快の念を示してもいた。清少納言が言う噂話や悪口についての批評を、現代のＳＮＳなどに見られる交流のありかたと比較して考えてみてもおもしろいだろう。

さて、㈡では、特に相手を嫌っているわけでもないのに、噂話や悪口を言ってしまったことが相手に知られてしまった。絶交の危機とも言える。だから悪口を言った本人にとってこの状況は不都合で、子どもの行為が迷惑で、相手に対してもきまりが悪く、いたたまれない気持ちであるに違いない。弁解も謝罪も、口を滑らせた子どもを叱ることもできない、どうにもならない心情を「はしたなし」は表している。むろん、噂話や悪口を言われた人も、やはり決まり悪いだろう。それまで親しくしてきた相手が突然信用できなくなる。かといって、すぐに口論もできず、その場を離れることもできず、いたたまれない気持ちになっているだろう。また、その場にほかの人が居合わせていたとすれば、その人も戸惑うはずだ。その場をどうフォローすればよいのかわからない。心身とも未成熟で大人の世界を解さない「幼き子ども」だけが、その場で無邪気にしている光景が目に浮かぶ❷。

なお『枕草子』には、宮中の局《つぼね》（廊下にある狭い女房の部屋）に女童《めのわらは》が参上している様子や（「うちの局」（七十三段））、母とやって来た近所の子どもが部屋を散らかす様子が描かれている（「人ばへするもの」（百四十六段））。私的空間で交わされる大人たちの話を幼い子どもは里邸でも宮中でもしばしば聞いていたのである。壁を極力排した、防音効果のない寝殿造りという当時の建築様式のもとでは、㊁のような状況はどこにでも見られる光景だったろう❸。

最後に㊂について考えてみよう。私たちは、自分とともに泣いてくれるひとを自分の理解者だとか親友だとか思いがちだ。あるいは、ともに泣くことは集団の一体感や結束力の証であるかのように思う。だから相手に合わせて泣けないと、友達や集団の輪から外れた、浮いた存在になっているような気がして気まずくなる。

そういう感覚は、平安時代にもあった。教科書でもおなじみの『伊勢物語』九段を思い返してみよう。都を離れざるをえない状況に至って東国に向かう昔男が、隅田川で都鳥に語りかけるように望郷の和歌を詠むと、船に乗った人々はみんな泣く。それはむろん昔男の和歌がすばらしいからだが、つまりは、その場にいる全員が昔男の心に共感し、一体化したということだ。このように、人々がともに泣く状況は古典文学には珍しくなく、『源氏物語』にも、光源氏と頭中将（三位中将／内大臣）が親友として同じ思いを共有し、泣く場面（**資料A**）や、光源氏の詩吟や舞を見聞きして、桐壺帝をはじめとする宴席の一同が感動して泣く場面がある（**資料B**）。そこでは、ともに泣くことは友情の証であり、また、帝を頂点とする貴族集団の一体感の証でもある。

清少納言は定子後宮という女房集団の一員だった。集団の一員にとって、泣いている相手に共感しているにもかかわらず、ともに泣くという共感の表現ができない状況は集団の一体感を乱すためそうとう不都合だろう。泣けないからといって泣き顔をつくって顔色や態度を変えてみても全く効果がないし、きまり悪さは増すばかりだ。清少納言が、ほかのどの状況にも増して㊂を「いといはしたなし」と強調するのは、宮廷社会という集団に求められた共感の表現の実情が関わっているのではないだろうか❹。

清少納言はさらに、「すばらしいことを見聞きすれば、まっさきに涙が溢れ出てくる」とも言う。涙を流すことが集団における共感の表現であるならば、すばらしいこととは具体的にどのような状況なのだろうか。本文の続きには清少納言の経験したすばらしさに涙を流した状況が描かれている。**探究のために**で考察してみよう。

◆◇探究のために◇◆

▼「めでたき事」に流す涙　掲載した本文のあとには、涙を流すほどの「めでたき事」として、長徳元（九九九）年十月の石清水八幡宮《いわしみずはちまんぐう》行幸《ぎょうこう》還御《かんぎょ》の出来事が描かれている（**資料C**）。

石清水八幡宮は、都の南西、現在の京都府八幡《やわた》市に位置する神宮で、桂川《かつらがわ》、宇治川《うじがわ》、木津川《きづがわ》の合流地点（淀川水系）のすぐ近くにあり、男山の丘陵上にあることから男山八幡宮《おとこやまはちまんぐう》とも呼ばれる。祭神は応神《おうじん》天皇・神功《じんぐう》皇后・比咩大神《ひめおおかみ》で、九世紀半ばに鎮護国家《ちんごこっか》（都の守護）のため大分県宇佐八幡宮《うさはちまんぐう》を勧請したのが起源である。当初より皇室の信仰が厚く、平安時代には伊勢神宮に次ぐ重要な神宮に位置づけられ、十世紀半ばの藤原純友《ふじわらのすみとも》・平将門《たいらのまさかど》の乱平定の守り神として、また疫病流行時にはたびたびその鎮静化を祈願する神として、祀られている。

十五歳の一条天皇は、十月二十一日に内裏を出発した。行幸は、その日時・道順・大祓《おおはらえ》の日・御読経《みどきょう》の日などが陰陽寮《おんみょうりょう》であらかじめ決められる。道順が決まれば官人や諸国受領によって道作りや整備がなされ、出発の前には祓や読経など行幸の無事を神仏に祈る儀式まで行われる。盛大でおごそかな国家的行事である。『日本紀略』には、この日「淀河に浮橋《うきはし》なし。以《もっ》て数百艘《すうひゃくそう》の船で渡る所也《ところなり》」（原漢文）とある。浮橋《うきはし》は水上に舟や筏《いかだ》を並べて縄でつなぎ、上に板を乗せて渡れるようにしたものを指すが、それが準備されなかったので、天皇以下行列の人々は数百艘の船に乗って「淀河」（木津川のことか）を南下し、石清水八幡宮にたどり着いたようだ。神宮では神に捧げる神楽が舞われたと思われる。淀川を渡った数百艘の船といい、神楽を舞う舞人や演奏する楽人たちの存在といい、この行幸の行列がいかに長大で華やかなものだったかが想像できる。

翌日、大勢の見物人が見守るなか、行列を従え、輿に乗って行幸から帰ってきた一条天皇は、二条大路の桟敷《さじき》でその行列を見物する母・詮子女院のもとに宰相中将《さいしょうのちゅうじょう》・斉信《ただのぶ》を派遣した。それは、女院の御前を行列一行が下馬せずに通過してもよいかと、一条天皇が女院に許可を得るための挨拶だった。天皇七歳の即位時に、一つの輿《こし》に同乗して石清水八幡宮に行幸した女院にしてみれば、それは子の成長を実感する記念的な光景だったろう。女院はむろんそれを許可する。いっぽうの清少納言は、天皇という至高の存在であっても母・女院に礼をつくす一条天皇の行為を「世に知らずいみじき（たとえようもなくすぐれてすばらしい）」ものと感動し、化粧が崩れるほど泣いたのだった。そして斉信の魅力的な姿を語ったあと、至高の存在である天皇を子に持ち、礼を尽くされ敬われる女院の心中をあらためて想像し、感動のあまり長々と泣いたと清少納言は語る。

はじめに描かれた化粧が崩れるほどの涙は、むろん一条天皇称賛の涙である。そして詮子の心中を想って流す涙も、やはり一条天皇称賛の意味を持つだろう。天皇を子に持つなんてどんなに幸せな気分なんだろうという女院への想いは、一条天皇のすばらしさを前提としているからだ。またこの場面には斉信の魅力的な姿が描かれるが、それも魅力的な官人を配下に持つという点で、天皇のすばらしさを際立たせている。このように石清水行幸還御の記事のテーマは一条天皇称賛であり、それはまた、そういうすばらしい一条天皇を夫に持った定子への称賛にも繋がっている。

しかし、これまでも清少納言は、一貫して一条天皇と定子を称賛してきた。なぜこの場面では特別に涙を流すのだろうか。そこで、清少納言が感動した一条天皇の姿についてあらためて考えてみたい。それは、立派に成長して一人前になっても、母に対して礼を尽くすことを決して忘れない若き一条天皇の姿だった。この姿の背景には、君臣・父子・夫婦兄弟・朋友とは年齢や社会的立場の秩序を守って接するのがよいという儒教の精神がある。清少納言は、この若き天皇にそういう儒教の精神が立派に備わっているのをあらためて実感し、感動して泣いているのだろう。さらに言えば、そういう心を持つ一条天皇なら、定子が時流から取り残されても、中宮としてなお愛を分け与えてくれるにちがいないという祈りをこめて。

すでにこの年の四月に父である関白・道隆《みちたか》を亡くしていた定子やその兄弟伊周・隆家（中関白家《なかのかんぱくけ》）は、このころ、右大臣・藤原道長と政治的対立のさなかにあった。すでに道長は伊周に先んじて右大臣に昇進しており、むしろ中関白家がこれまで手にしていた権勢は、道長の手に移ろうとしていた。そういう不穏な空気のなかで、このように秩序を重んじる一条天皇の姿は、定子たちを心配する清少納言に希望を与えるものだったのではないだろうか。だからこそ清少納言は、一条天皇に感動して泣き過ぎるほどに泣くのだ。なお、詮子・斉信は道長派の人物であり、清少納言が彼らに感動するのを不審視する向きもある。しかし、たとえ敵対する人物であれ、すばらしいものはすばらしいと認め、称賛するところに、清少納言の雅で貴族らしい精神性があらわれているのだとここでは読みとりたい。

さて、こんどは泣き過ぎた清少納言が皆から笑われたことに注目してみよう。どうやらその場や身分に応じた泣き方（様式）があったらしい。『枕草子』にはもう一例、「めでたき事」を見て泣く場面が「関白殿《かんぱくどの》、二月二十一日に、法興院《ほこいん》の」（二百六十段）にある。法興院積善寺《ほこいんさくぜんじ》の盛大な仏事を見物しようとする定子の部屋（桟敷）にやってきた定子の父・関白道隆が、北の方（貴子）に命じて定子の裳（身分の高い人の前に出る時に着用せねばならない女性装束）を脱がせさせ、「この中の主君《すくん》には、わが君こそおはしませ（この中の御主君としては、わが中宮定子こそがいらっしゃる）と涙すると、「皆人《みなひと》（清少納言ら女房達）」も涙ぐんだ。

これら「めでたき事」に流す涙は、身分の低い者から高い者に対する称賛の涙であり、そういうときには、涙ぐむ程度がよいのだろう。周囲もそれにならい共感して泣くのである。

▼「めでたきもの・こと」あれこれ

清少納言にとって、「めでたき事」「めでたきもの」とは一般にどのようなものだったのだろうか。「めでたし」の用例は『枕草子』に一三〇例以上あり、「めでたき事」としては豪華な宗教的儀式・儀礼（「小白川といふ所は」（三十三段）、「なほめでたきこと」（百三十六段））、高貴な人物の立派で美しい姿（「関白殿、二月二十一日に、法興院の」（前出））、秀句や機知にとんだ応酬（「木の花は」（三十五段48ページ）、「返る年の二月二十余日《よひ》」（七十九段））などが挙げられる。また「めでたきもの」（八十四段）に繰り返し語られるのは、六位蔵人《ろくいくろうど》、一の人（摂政関白）、そして紫色である。六位蔵人は、六位という地下《ぢげ》階級ほどの位でありながら、天皇に近侍し、伝宣・進奏・諸儀式、除目《じもく》や衣食の奉仕など宮中の諸事を司る役人で、勅許によって天皇専用の麹塵色《きくぢんいろ》（モスグリーン）の装束を着ることができた。それまで全く取るに足りない身分だった者が六位蔵人になって人々からちやほやされる様子を、清少納言は「天降り人《あまくだりびと》（天から降臨してきた人）」と表現している。紫色は、衣装の場合、青色と赤色を織ることで色を出すこともできるが、染色する場合は貴重な紫草《むらさきぐさ》を使うため高価である。のみならず紫色には高貴なイメージがあり、とくに濃紫は禁色《きんじき》として一般の着用が禁じられた。『枕草子』では定子の兄・伊周《これちか》や、華美で有名な藤原宣孝《ふじわらののぶたか》（紫式部の夫）の濃紫色の指貫姿《さしぬきすがた》が印象的に語られる。そして一の人（摂政関白）はむろん高貴な身分である。総じて、清少納言にとって「めでたし」とは、自分の手には届かないほど高みにある高貴さや権威、そういう権威・権勢に支えられた豪華なできごと、そしてハイレベルな知的センスに対する評語と言えそうである。むろん本章段で「めでたき事」として語られた石清水八幡宮行幸還御も、一条天皇という最高権威のもとに展開する豪華な行事だった。のみならず、そのときの一条天皇の姿は、若くして儒教的倫理観を体現した、知的で立派なものだった。

心的距離の近い対象に関するできごと＝「あはれなる事」（23ページ）には泣けず、権威的で高貴で華やかなできごと＝「めでたき事」に泣くことは、貴族社会すなわち階級社会のなかで、個人としてよりも女房という共同体の一員として生きる清少納言にふさわしい❺。

（咲本英恵）

【資料】

A『源氏物語』「葵」（抜粋）

ならはぬ御つれづれを心苦しがりたまひて、三位中将は常に参りたまひつつ、世の中の御物語など、まめやかなるも、また例のみだりがはしきことをも聞こえ出でつつ慰めきこえたまふに、（略）はてはては、あはれなる世を言ひ言ひてうち泣きなどもしたまひけり。

（現代語訳：妻・葵の上を失って、馴れないさびしさのなかにいる光源氏をお気の毒にお思いになって、三位中将（のちの頭中将）は常におそばに参上しては、世間のできごとなど、まじめなものも、またいつものように乱れた色恋沙汰なども申し上げて、光源氏のお心をお慰めになるのだが、（略）さいごは、互いに無常の世の中を語りあって、ついお泣きになるのだった。）

B『源氏物語』「紅葉賀」（抜粋）

詠などしたまへるは、これや仏の御迦陵頻伽の声ならむと聞こゆ。おもしろくあはれなるに、帝涙をのごひたまひ、上達部親王たちもみな泣きたまひぬ。

（現代語訳：詠などなさると、これこそ仏の御国の迦陵頻伽の声だろうかと聞こえる。楽しくて感動的な青海波の舞を見て、桐壺帝は涙をお拭いになり、上達部や親王たちもみな（感動のあまり）お泣きになった。）

C 本章段省略部分（「はしたなきもの」後半部）

八幡《やはた》の行幸《ぎやうかう》の、かへらせたまふに、女院《にようゐん》の御桟敷《さじき》のあなたに御輿《こし》をとどめて、御消息《せうそこ》申させたまふ。世に知らずいみじきに、まことにこぼるばかり、化粧《けさう》じたる顔みなあらはれて、いかに見苦しからむ。宣旨《せんじ》の御使《つかひ》にて斉信《ただのぶ》の宰相《さいしやうの》中将の、御桟敷へまゐりたまひしこそ、いとをかしう見えしか。ただ随身《ずいじん》四人、いみじう装束《さうぞ》きたる、馬副《むまぞひ》の、ほそく白くしたてたるばかりして、二条の大路《おほぢ》の広く清げなるに、めでたき馬をうちはやめていそぎまゐりて、すこし遠くより下《お》りて、そばの御簾《みす》の前に候《さぶら》ひたまひしなどいとをかし。御返しうけたまはりて、また帰りまゐりて、御輿《こし》のもとにて奏したまふほどなど、言ふもおろかなり。さてうちのわたらせたまふを、見たてまつらせたまふらむ御心地《ここち》思ひやりまゐらするは、飛び立ちぬべくこそおぼえしか。それには、長泣きをして笑はるるぞかし。よろしき人だに、なほ子のよきはいとめでたきものを。かくだに思ひまゐらするもかしこしや。

（現代語訳：石清水八幡宮行幸からお帰りになるとき、（主上《おかみ》は）詮子女院の御桟敷の遠くに、お乗りになっている輿をおとどめになって、（女院へ）ご挨拶をなさる。そんなことはこれまで聞いたことがないくらいひどくすばらしいことなので、本当に、涙がこぼれおちるほど流れて、化粧がみんな崩れて顕わになってしまって、どんなに見苦しいことだろうか。天皇のお言葉を伝える御使者として、斉信の宰相中将が女院の御桟敷へ参上なさったのは、たいそうすばらしく見えたことだった。ただ随身四人、それもたいそう着飾っているのと、馬副で、ほっそりとして白くお化粧をしているのだけを従えて、二条大路の広く掃き清められている所に、すばらしい馬をすばやく走らせて急いで参上して、桟敷の少し遠い所で馬から降りて、女院がいる場所のそばの御簾の前に控えなさったのなんかはたいそうすばらしかった。女院からの御返事をお受け取りになって、また主上のもとへ帰参して御輿のそばで奏上なさる所などは、言い尽くせないほどすばらしい。それはそうと、主上が前をお渡りになるのを見申し上げなさる女院の御心を想像し申し上げると、飛び立ってしまいそうに思われたことだった。それに対しては長いこと泣いてみんなから笑われることだ。悪くはない身分の人でさえ、やはり子が優れているのはたいそうすばらしいものを（まして子が天皇のように至高の存在であるなんてよっぽどすばらしい気持ちがすることだろうよ）。こんなふうに思い申し上げるのでさえ、恐れ多いことだ。）

秋、雨上がりの朝

九月ばかり・百二十五段

九月《ながつき》ばかり　①夜一夜《よひとよ》降り明かしつる雨の、今朝《けさ》はやみて、朝日いと②けざやかにさし出《い》でたるに、③前栽《せんざい》の露はこぼるばかり濡《ぬ》れかかりたるも、いとをかし。④透垣《すいがい》の羅文《らんもん》、軒の⑤上《うへ》などは、かいたる　⑥蜘蛛《くも》の巣《す》の⑦こぼれ残りたるに、雨のかかりたるが、⑧白き玉を貫《つらぬ》きたるやうなるこそ、いみじうあはれにをかしけれ。

⑨すこし日たけぬれば、⑩萩《はぎ》などの、いと重げなるに、露の落つるに、枝うち動きて、人も手触れぬに、ふと上《かみ》ざまへあがりたるも、いみじうをかし。と言ひたる事どもの、人の心には、つゆをかしからじと思ふこそ、またをかしけれ。

【現代語訳】

九月のころ、夜通し降って夜明けを迎えた雨が、今朝はやんで、朝日がとても鮮やかにさし昇った時に、庭の植込みの露は、こぼれ落ちるほどに濡れて草木に置いているのも、ほんとうにすばらしい。透垣の羅文や軒の上などは、張っている蜘蛛の巣の破れ残っているところに、雨の降りかかったのが、まるで白い玉を糸に貫き通しているようなのは、たいへんしみじみとした風情で趣きがある。

少し日が高くなると、萩などが、（露で）ひどく重たそうなのに、露が落ちると、枝がふいに動いて、人も手を触れないのに、さっと上の方へ跳ね上がったりするのも、たいへん魅力的だ。とこんなふうに私の言ってきたことが、他の人の心には、少しもおもしろく感じないだろうと思うのは、またおもしろいことだ。

【語注】

①夜一夜降り明かしつる雨…雨が夜通し降り続いて、そのまま夜明けを迎えたこと。旧暦九月頃（現在の十月頃）の京都の日の出時刻は午前六時前後。

②けざやかに…秋の雨上がりの朝日が鮮やかで明瞭に照らすさま。「けざやか」は「ケ（界）とサヤカ（清か、はっきりしているさまの意）の複合語。（中略）二つのものが接するときに、その二つの境界がくっきりと目に見えること。（中略）陽・灯火などの光が直射し、くっきりと明るいさま」（大野晋）。「物事の状態や動作が明瞭であるさまを形容する語」（武山隆昭）。

③前栽の露…庭に植えられた草木の葉や花などの上に置かれた、昨夜降った雨の水滴。

④透垣の羅文…板や竹で間を透かして作った垣根（透垣）の上に、細い木や竹を二、三本菱形に組んで装飾としたもの（131ページ**図**参照）。

⑤軒…屋根の下方で、建物の壁面よりも外に張り出した部分。

⑥蜘蛛の巣…蜘蛛の多くは初夏から晩秋が活動期で、和歌では秋の景物として多く詠まれる。秋に人家の近辺でよく見かけるのはジョロウグモの巣であり、ここもそれであろうか。

⑦こぼれ残りたる…（蜘蛛の巣の）昨夜の雨によって破れて残っているさま。

⑧白き玉…破れて残った蜘蛛の巣に付いた雨の水滴が、鮮やかな朝日に照らされて、美しい白い玉（真珠や宝石）のように輝いて見えるさま。

⑨すこし日たけぬれば…朝日が出てから時間が経って、もう少し日が高く上がった頃。

⑩萩…夏から秋に、紅紫色の蝶形の花を房状《ふさ》につけるマメ科ハギ属の落葉低木。高さ2メートルほどで細長い枝が放射状にしなう。葉は2～4センチメートルの楕円形または卵形で、先端がややくぼみ露が置きやすい。秋の七草のひとつ（131ページ**図**参照）。

◆◇鑑賞のヒント◇◆

❶秋の雨上がりの朝に日が昇った時の前栽の情景について、作者はどのようなところに「いとをかし」と感じているのだろうか。

❷雨で破れて残っている蜘蛛の巣の情景ついて、作者はどのようなところに「いみじうあはれにをかしけれ」と感じているのだろうか。

❸露が落ちて萩の枝が上方にはね上がる情景について、作者はどのようなところに「いみじうをかし」と感じているのだろうか。

❹❶〜❸のように「をかし」と感じたことを、作者はどうして他の人は「をかし」とは感じないだろうと思うのだろうか。

❺他の人は「をかし」とは感じないだろうと思いながら、そのことを作者はどうして「またをかしけれ」と思うのだろうか。

❻この段に描かれている三つの情景全体をとおして、作者はどのようなことを表現しようとしているのだろうか。

◆◇鑑賞◇◆

『枕草子』の自然描写は、一見、何げないような、いたって簡潔な表現でありながらも、独創的な感性のきらめきが鋭く発揮されていて、読む者の心を新鮮な感動で魅了してやまない。この章段では、晩秋の雨上がりの朝日が照らし出すきわめて美しい情景が描き出されるが、とくにここでは、作者ならではのその表現や感性の特徴を、他の章段よりひときわ明確に理解させてもくれるようである。

まず冒頭には、晩秋の頃、雨上がりにさし昇った朝日に照し出される、前栽の上に置く雨露のありさまが描かれる。夜明け前の薄明の前栽に、朝日の鮮やかな光が射し込んで、一面の花や葉の上にこぼれるばかりに濡れ掛かっていた露が一斉に光りを放ちはじめる。その息を呑むような美しい瞬間の情景が見事に表現されていることに注意したい。いかにもこの作者らしい鮮烈な情景描写ともいえるのだが、しかしそれは、実は過去の文学作品とはかなり異質で独創的な、新たな美の発見といってもよいものなのである。例えば当時の美意識を代表する和歌文学の世界において、秋の情景といえば一般に、「春はただ花のひとへに咲くばかりもののあはれは秋ぞまされる」（『拾遺集』雑下・五一一、春はただ花がひたすら咲くばかりであり、ものの情趣は秋の方がはるかに増さっている。）のように、しみじみとした情趣（もののあはれ）を感じさせるものであり、また「ものごとに秋ぞ悲しきもみぢつつうつろひゆくを限りと思へば」（『古今集』秋上・一八七、あらゆるものごとにつけて秋は悲しく思われることである。草木の色が変わりながら枯れてゆくようなことが、結局はものごとの最後の姿だと思うと。）のように、徐々に寒さが増して草木なども変色し枯れていく、ともすれば悲哀や憂愁を感じさせる季節なのでもあった。とくに晩秋はそのような季節感がより深まっていく。しかし、現実における日本の秋の気候は、そのような和歌的美意識とは異なる様相もさまざまにみられる。例えば、俳句の季語「天高し」や「名月」などによっても知られるように、日本の秋は、空気が澄んで空が高く見え、日や月の光がとりわけ美しく感じられる、一年の中でもっとも爽やかな季節でもある。そのような日本の秋の気候は、乾燥した大陸性高気圧の影響で大気中に水分が少ないことや、日差しが弱まり上昇気流が少なくなって水蒸気が発生しにくいことなど、固有の気象条件によるものである。さらにこの段では、一晩中雨が続いたとされており、それによって大気中のほこりや地面の土ぼこりがすっかり洗い流されたことで、一段と大気の透明感が増しているはずである。また、雨で水分が地面などにたまっていても、明け方はまだ気温が低く、上昇気流が起こりにくい時間帯でもある。つまりこの段では、一年のうちでもっとも大気の澄んだ秋の季節の中でも、とくに澄み渡った気象条件の時が選び出されているわけである。作者は、伝統的な和歌の美意識にはこだわらず、日本固有の秋の気候のもとに生み出される自然美を感じるままに捉えて、その格別に美しい姿を表現してみせているのである。

そのような気象条件の中であればこそ、雨上がりの朝日は「いとけざやかに」（くっきりと明瞭なさま。**語注**②参照）さし昇ることになる。能因本・前田本・堺本などは、「はなやか」（「花が開くように、ぱっと明るく美しいさま」大野晋）の本文となっており、夜明けの朝日の明るさを強調するような表現となっているが、この段では光が透み渡った秋空を通ってくっきりと明瞭に景物を照らすさまを表すものとして、やはり「けざやか」の本文（本書底本の三巻本）の方がよりふさわしいようである（本文系統は「『枕草子』について」8ページ参照）。ちなみに、和歌や『枕草子』以前の散文作品において「けざやか」の語が用いられた例はほとんどなく（『蜻蛉日記』で人物の発言の仕方に対して用いられた一例のみ。武山隆昭）、この表現には自然を捉える作者ならではの独自で鋭い感性が発揮されてもいる。

秋の露が日の光に美しく輝くさまは当時の和歌にも多く歌われている（**探究のために**参照）が、この段の「露」は、特別な透明感に満ちあふれた朝日の中でより鮮やかに光り輝いている。そして、その光輝く「露」のこぼれ落ちるほどに一面に濡れ渡った前栽の情景が、夜明けとともに目の前に現れてくるさまは、前日までとは異なる、まるで生まれ変わったような新鮮なつややかさに満ちて目に映ることであろう。その鮮烈な美の情景を「いとをかし」と感じているのである❶。この段の以下の叙述も同様であるが、日本固有の気象条件の中で生み出される自然美を、独創的な感性で鋭く捉えてみせる作者の、簡潔ながらも絶妙な表現力を十分に読み味わう必要があろう。

続いて、透垣の羅文（131ページ**図**参照）や軒の上などに掛けられていた蜘蛛の巣が、一晩中降り続いた雨によって破れながら残っていて、そこに付いている昨夜のたくさんの雨粒は、まるで白い玉を糸に貫いているようだという。透明な蜘蛛の巣は、日の光などに反射しなければ目に映じることはむずかしいものであるから、輝く朝日に照らされた蜘蛛の糸は光に白く反射して、まるで絹糸のように美しく目に映ずるはずである。さらに、その蜘蛛の糸に光輝く雨粒がたくさん付いているさまを、「白き玉をつらぬきたるやう」(白い玉を糸に貫いているようだ)というのである。

日頃当たり前のように見慣れていたであろう、透垣の羅文や軒の上などの蜘蛛の巣は、前夜降り続いた雨の名残を感じさせて、今ははかなく破れ残り、いかにも哀れげなさまである。それが絹糸を貫く白い玉のようにきらきら輝く雨粒によって彩られていることで、胸に深く染み入るようなはかなく哀れな美を感じさせるのであろう。そのはかなくも印象的な哀愁美が「いみじうあはれにをかしけれ」と評されているのである❷。

なおこの段では「をかし」が4回用いられているが、この蜘蛛の巣の情景でのみ「あはれ」とともに用いられている。「あはれ」は、対象に対して何らかの共感を抱いている場合に用いられ、とくに悲哀の感情を表す傾向があり、一方「をかし」は、対象に対して批評的な意識があり、明るさをともなう陽性的な心情を表すとされる(大野晋)。他の二つの情景は明るく陽性的な「をかし」の美であるのに対して、蜘蛛の巣のはかなく哀れげなさまは「あはれ」という悲哀の感情を作者に共感的に喚起させているわけである。ただしそれは、輝く雨粒によって美しく彩られており、はかなさと同時に明るく陽性的な美しさもあり、やはり「をかし」をともなわせることになるのである(❷)(「をかし」について初段22ページ参照)。

続いてさらに時間が経って、もう少し日が高く昇った時の情景が描かれる。まず「萩などのいと重げなる」という叙述がみられ、昨夜の雨露が萩などの前栽にたくさん置いているさまが表されている。それがとても重たそうだと表現されているのは、時間の経過によって、雨露が徐々に下方へと移動し、草木の枝葉が全体に重たそうにしなっているさまを想像させる。とくに萩のように、枝が細長くまた葉が窪んだ形状の植物は、雨露が枝先の葉の窪みなどにたまることでいっそう重たそうにしなるのであろう（121ページ**語注**⑩、131ページ**図**参照）。そして、葉先にたまった露が重みに堪えずに下に落ちると、下方に引っ張られ、その反動から、自然にまた上方へとすばやく跳ね上がることになる。それは、人の手が触れないところに営まれる自然界の自発的な作用であり、重苦しい雨露を振り払ってまたもとの姿へと復元しようとする、植物の命の躍動を思わせるようなしなやかな動きである。そのささやかながらも、すばやくしなやかな命の躍動感に魅了され、作者は「いみじうをかし」と感じているのである❸。

最後に作者は、ここまで述べてきた三種の情景（と言ひたることども）について、他人の心には「つゆ（少しも）をかし」とは感じられないだろうと述べている（この「つゆ」には「露」の意を掛けて、軽くしゃれめかしているのであろう）。そのことは、これら三種の情景が当時の規範とされていた和歌文学の世界の美意識と深く関わる景物を扱いながらも、それとは大きく異なる作者独自の感性を発揮した表現となっていること（**探究のために**参照）から、一般常識に囚われた他の人の心には理解できないであろうと批判的に評したものらしい❹。そもそも「をかし」という語は、当時の和歌では用いられることのなかった語なのである（大野晋）が、この段のすべての情景にそれが用いられていることからも、和歌的な題材を扱いながら、それとは大きく異なる表現世界を生み出していることが明瞭に理解されよう。

さらに作者は、そのように他の人の心には少しも「をかし」とは思うまいと思うと、それが「またをかしけれ」といって章段を結ぶ。『枕草子』は「をかし」の文学とも評されるように、見聞した対象を「をかし」と表現する叙述は数多い。しかし、他者はそのように思うまいとして、そのことをさらに「をかし」と表現する例はここのみであり、とても興味深い。おそらく、当時の規範的常識的な美意識の世界とは一線を画した独自な感性を発揮し、他者の気づきえない新たな美を発見し表現しえたことへの深い喜びや満足を「をかし」と感じているのであろう❺。いわば、誰も知らないこの上なく美しい別天地を見出して、一人自在に遊ぶ愉悦の境地とでもいおうか。

この章段の三種の情景は、それぞれ美の趣きを異にしながらも、時間的に連続する自然の様相として、秋の雨上がりの朝の一情景を構成している。まず、前夜降り続いた雨がようやく止んだ静かな明け方、おもむろに差し出た鮮やかな朝日によって光り輝く前栽の上の雨露が目の前に現れる。目を転じれば、昨夜の雨の名残りで破れ残ったはかなく哀れげな蜘蛛の巣は、白玉のようにきらめく雨露に彩られている。しばらくすると、萩などの草木は雨露をすばやくしなやかに降り落として、またもとの姿へと立ち返っていく。この三種の情景は、それぞれ作者がそこで選び取ったひときわ美しく印象的な自然界の様相なのであろうが、それらが連続する表現世界として一体化されて構成されることによって、秋の雨上がりの朝のこの上なく美しい一情景が見事に現出することになるのである❻。

◆◇探究のために◇◆

▼**『枕草子』の自然表現―和歌文学との類同と相違―**　**鑑賞**に述べたように、この章段では当時の和歌文学の世界とは異なる独自な表現がなされる一方で、そこで扱われている素材そのものは実は和歌文学のそれと深く関わってもいる。その問題について、具体例を挙げながら考えてみたい。

最初の情景における前栽に置く露は、**資料A**（1）にみられるように当時の和歌にしばしば表現される美的素材である。しかしこの章段の場合は、一晩中降り続いた雨が止んで、その後に朝日が輝き出た時の露の様相を表現するものであり、時間の経過とともに連続的に展開・変化して現出する自然現象として、その美しさも表現されている。常に移り変わり留まることのない自然現象は、そのように連続的に展開・変化する動態として現出するものであるから、ここではその自然の実態に即した表現となっているわけである。それは、『枕草子』が散文作品であることから、自在に変転する自然現象にも対応しうる、自由で制約のない散文表現こそが可能にしたものである。一方、和歌の場合は、五句三十一音の短詩型韻文学であり、その表現は必然的に多くの制約を抱え込まざるをえない。（1）の歌では、宇多院所有の前栽の上に玉のように置かれた露の美しさへの感動を表現するが、『枕草子』のような自然現象の時間的な経過や連続的な展開・変化はほぼ捨象されており、その露の美的様相は、一時的で静観的な情景にすぎない。もちろん和歌文学には、詩型の制約ゆえの豊かさともいうべき表現世界があり、短詩型内の決め事としての掛詞や縁語、比喩表現等さまざまな修辞技法の発達や、韻律を利用した叙情性の生彩で奥深い発現など、その特有の詩型の中でこそ生み出されえた文学的な豊饒についてはあらためていうまでもなかろう。この章段の場合もまた、従来さまざまに論じられてもきたように（鈴木日出男、西山秀人など）、類同的な素材の選択や比喩表現等において和歌文学の影響を当然受けているのであろうが、しかし述べたように、そこでは散文の表現力によって、自然現象の実態に即した独自な動態的表現を新たに生み出しえているのである。

続く蜘蛛の巣や萩などに露が置く情景も同様であり、それらの素材そのものは、**資料A**の（2）や（3）にみられるように、やはり当時の和歌にしばしば表現されるものである。しかしそこでも、一時的静観的に景物の美しさへの感動を表現しようとしており、やはりこの章段の表現のような、自然現象の時間的な経過や連続的な展開・変化などはほとんど感じられないであろう。さらに**鑑賞**に述べたように、この章段では三つの情景が連続的に構成され、秋の雨上がりの朝の一情景として一体化されて表現されているが、それもまた、文の長短や形式に制約のない自由な散文表現ゆえに可能となっているものである。

▼『枕草子』の時間表現―自然の連続的・動態的描写―　『枕草子』における自然表現の特徴について、沢田正子は「作品全体には動き、躍動感が顕著であって、時を刻みながら刻々と変容してゆく自然の趣をビデオカメラで追うように随所に披瀝しその美をめでているのである」と指摘している。『枕草子』の自然表現やその美の特徴を時間の連続的な展開や動態的描写において捉えているのは、本章段に述べてきたところとおおむね共通している。ただし、沢田は「その時間であるが（中略）季節単位、せいぜい一年単位のサイクルのものである。悠久の時間の中に深遠な美の世界を掘り起こしてゆくというのではなく、あくまで単発的、循環的な時の消化なのである」と批判する。確かに、本章段の表現も「悠久の時間」などではなく「単発的」な時間ではあるが、しかしその短い時間の中にあって、その自然美は実に鮮やかに印象深く実感されてもくるのである。むしろ、短く限定された時間の中においてこそ、広大で複雑多様きわまりない、それゆえにきわめて捉えにくい動態的な自然の実態や美を、鋭く的確に切り取って捉え、鮮明に表現することを可能にしたともいえるのではなかろうか。

『枕草子』は作者の捉えた自然の実態や美を、規範的常識的な美意識に囚われず、いたって簡潔な散文表現の中に見事に表現してみせている。とくにこの章段では、和歌文学と類同する素材が扱われているために、他の章段と比べて、その表現の特徴や独自性がより明確にされてもいる。さらにまた、当時の物語文学や日記文学等の散文作品についていえば、それらはおおむね登場人物や作者の心情を中心に表現するものであり、『枕草子』のように自然の実態や美そのものに強い関心を寄せて、そこに焦点を当てて表現することはほとんどみられないようである（例を挙げると、**資料B**の『源氏物語』では、傍線部にみられるように、その自然描写は通常、自然の実態や美そのものに焦点が当てられることはなく、物語の世界を生きる人物の心情や言動を表現するための媒体として関心が寄せられることになる）。あらためて『枕草子』の平安文学史における類のない存在価値を痛感せざるをえないのである。

『枕草子』の跋文と称される章段には、「この草子、目に見え心に思ふ事を」「ただ心一つにおのづから思ふ事を」書いたのである、とあり、作者は直接目に見て心におのづから実感したことを書き記したのだと述べている（跋文228ページ・二百七段186ページ）。本章段にもみたように、その自然表現においても、目に見て実感したままに、その鋭く自在な感性によって独創的な表現世界を生み出してみせているわけであるが、しかし、そのきわめて精緻な表現の実態や意味などついてはまだ十分に解明されていないところが数多く残されているようである。本章段に述べてきたこともその解明への試みのひとつであり、本書の各章段にもまたさまざまに有益な考察がなされていると思われるが、今後さらなる探究が期待されるところでもあろう。

（吉見健夫）

【資料】

A　当時の和歌の用例

（1）前栽に置く露の歌

『後撰集』秋中・二八〇、伊勢

亭子院の御前の花の、いとおもしろく朝露の置けるを、召して見せさせ給ひて（中略）

植ゑ立てて君が標ゆふ花なれば玉と見えてや露も置くらん

（現代語訳：亭子院（宇多院の御所）の御前（院の居所の前）の花で、とても美しく朝露が置いたのを、（院が伊勢を）召してお見せなさって（伊勢の詠んだ歌）

この亭子院の花は院様が植えて自分の物としていらっしゃる花なので、まるで美しい玉のように見えて露が置いたのでしょうか。）

（2）蜘蛛の巣と露の歌

『古今集』秋上・二二五、文屋朝康

秋の野に置く白露は玉なれや貫きかくる蜘蛛の糸すじ

（現代語訳：秋の野に置く白露は玉なのであろうか、それを貫き通して掛けている蜘蛛の糸すじの美しいことよ。）

（3）萩に置く露の歌

『古今集』秋上・二二三、よみ人知らず

折りて見ば落ちぞしぬべき秋萩の枝もたわわに置ける白露

（現代語訳：折ってみるならば、きっと落ちてしまうだろう。秋萩の枝もしなうほどに（たくさん）置いている白露であることよ。）

B『源氏物語』「野分」

野分例の年よりもおどろおどろしく、空の色変りて吹き出づ。花どものしをるるを、いとさしも思ひしまぬ人だに、あなわりなと思ひ騒がるるを、まして、草むらの露の玉の緒乱るるままに、御心まどひもしぬべく思したり。

（現代語訳：野分が例年よりも激しく、空模様も急に変わって吹き始めた。いろいろの花が風に吹かれてしおれるのを見て、それほど秋の庭の様子にこだわらない者でも、まあ大変なことと、心配して落ち着かないのに、まして、秋好中宮は草むらの露の玉が乱れ散るのをご覧になると、お心も惑うほどに心配に思っていらっしゃる。）

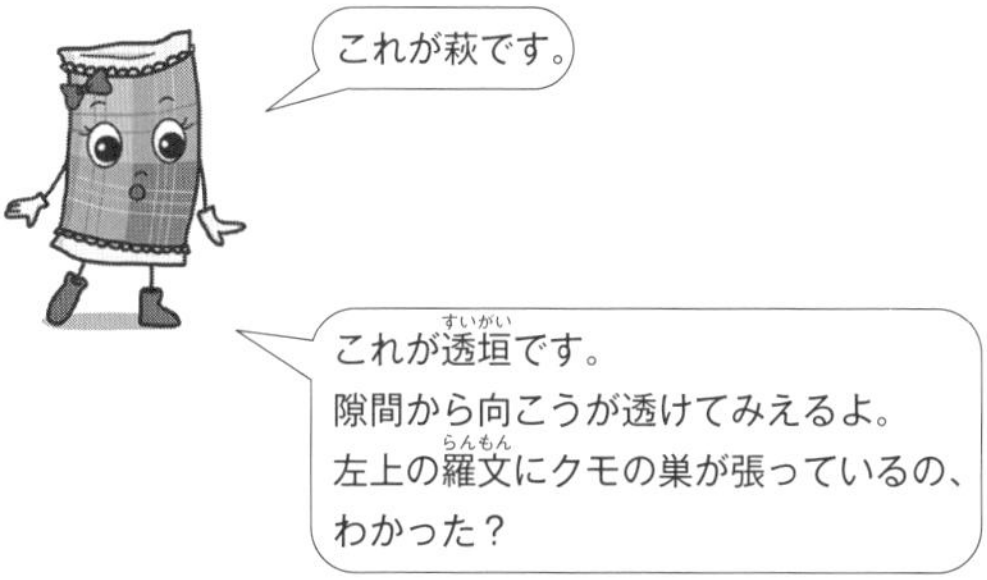
これが萩です。
これが透垣《すいがい》です。
隙間から向こうが透けてみえるよ。
左上の羅文《らんもん》にクモの巣が張っているの、
わかった？

まぁるくって、ちっちゃくて！

うつくしきもの・百四十五段

①うつくしきもの　②瓜《うり》にかきたるちごの顔。③雀《すずめ》の子のねず鳴きするにをどり来《く》る。④二《ふた》つ三《み》つばかりなるちごの、いそぎて這《は》ひ来《く》る道に、いと小さき塵《ちり》のありけるを、⑤目ざとに見つけて、⑥いとをかしげなる指《および》にとらへて、大人《おとな》ごとに見せたる、いとうつくし。⑦頭《かしら》はあまそぎなるちごの、目に髪《かみ》のおほへるを、かきはやらで、うちかたぶきて物など見たるも、うつくし。

⑧大きにはあらぬ殿上童《てんじやうわらは》の、⑨装束《さうぞ》きたてられてありくもうつくし。をかしげなるちごの、⑩あからさまに抱《いだ》きて、遊ばしうつくしむほどに、⑪かいつきて寝《ね》たる、⑫いとらうたし。

⑬雛《ひひな》の調度《てうど》。⑭蓮《はちす》の浮《う》き葉《は》のいと小さきを、池より取りあげたる。⑮葵《あふひ》のいと小さき。⑯何も何も、小さきものは、みなうつくし。

いみじう白く肥《こ》えたるちごの、二つばかりなるが、⑰二藍《ふたあゐ》の薄物《うすもの》など、⑱衣長《きぬなが》にて襷《たすき》結《ゆ》ひたるが、這《は》ひ出《い》でたるも、また短きが袖《そで》がちなる着てありくも、みなうつくし。八《や》つ九《ここの》つ十《とを》ばかりなどのをのこ子《ご》の、声⑲は幼《をさな》げにて文《ふみ》よみたる、いとうつくし。

鶏《にはとり》の雛《ひな》の、⑳足高《あしだか》に、白うをかしげに、衣《きぬ》短かなるさまして、ひよひよとかしがましう鳴きて、人の後先《しりさき》に立ちてありくもをかし。また親の、ともに連れて立ちて走るも、みなうつくし。㉑かりのこ。㉒瑠璃《るり》の壺《つぼ》。

【現代語訳】

かわいらしいもの　瓜に描いた子どもの顔。雀の子が、ねずみの鳴き方に似た声で呼ぶと、踊るように跳ねながらやって来る。二歳か三歳くらいの子どもが、急いで這い這いをしてやって来る途中に、とても小さなごみのあったのを、素早く見つけて、とてもかわいらしい感じに見える指でつまんで、大人たちそれぞれに見せているのは、とてもかわいらしい。頭髪は尼のように切り揃えている女の子が、目に髪がかかっているのを、かきあげることもせず、頭を傾けて物などを見ているのも、かわいらしい。

大きくはない殿上（に奉仕する）童が、装束をきれいに装わされて歩くのもかわいらしい。かわいらしげな子どもが、ほんのちょっと抱き上げて、遊ばせてかわいがっているうちに、抱きついたまま寝てしまうのも、とてもかわいらしい。

雛人形の道具。蓮の浮いている葉のとても小さいのを、池から取り上げたもの。葵のとても小さいの。どれもこれも、小さいものは、みなかわいらしい。

とても色白でふっくらしている子どもで、二歳ぐらいになるのが、二藍の薄物など、着物の裾が長くて、襷を結んでいるのが、這い這いして出て来るのも、また短い（丈が）着物の袖ばかりのようなのを着てあちこち歩くのも、みんなかわいらしい。八歳九歳、十歳ほどの男の子が、声は幼いが漢詩文を読んでいるのは、とてもかわいらしい。

鶏の雛が、足長に、白くかわいらしくて、着物が短い様子をして、ピヨピヨとやかましく鳴いて、人の後ろにあるいは前にと立ってついて歩くのもかわいらしい。また親鳥が、ともに連れだって走るのも、みなかわいらしい。雁の卵。瑠璃の壺。

【語注】

①うつくしきもの…「うつくし」は現代語の美しいとは異なり、かわいい・かわいらしいの意。特に「わが子や孫をかわいく思う気持ち」（『古典基礎語辞典』）のように、主に親から子、あるいは夫婦、恋人の間の、肉親的な非常に親密な感情をいう。

②瓜にかきたるちごの顔…瓜は美濃国真桑《まくわ》村（現岐阜県本巣《もとす》市）名産のまくわ瓜や姫瓜（まくわ瓜の一種）などをいう。主に食用だが、楕円球型の形状（6～12センチメートル前後）に魅かれて顔を描いたのだろう。平安時代の『源氏物語絵巻』や『扇面法華経《せんめんほけきょう》冊子《さっし》』などの類型化された引目鉤鼻《ひきめかぎばな》（ぼやかした眉《まゆ》、細い線の目、「く」の字の鼻、小さな口など）をより立体化させた幼児の顔を想像したい。ちごは27・67ページ参照。

③雀の子のねず鳴きするにをどり来る…「雀」はスズメ目ハタオリ

ドリ科の鳥。「頭は茶褐色、背面は褐色で黒色の縦斑があり、顔と腹面は灰白色。頬と喉に黒斑がある」(『日本国語大辞典』)。「雀の子飼」(「心ときめきするもの」二十七段)、「雀の子、犬君が逃がしつる」(『源氏物語』「若紫」)など、当時は雀も飼われた。「ねず鳴き」は口をすぼめてねずみの鳴き声をまねて雀を呼んでいる。そのさまは小さな雀が羽根を羽ばたかせて跳ねながら向かってくるさまを踊るととらえておく。

④二つ三つばかりなるちごの…数え年(生まれ年を一歳)から現在の〇~二歳くらい。「三ばかりなるちごの寝おびれて、うちしはぶきたるもいとうつくし」(「正月に寺に籠りたるは」百十六段)と三歳ほどの幼児が寝ぼけて怖がり咳をするさまを「うつくし」とする。

⑤目ざとに見つけて…「ざとし」は形容詞「さとし」(働きがすばやい、速い)の語幹。一目散にやってきた途中に誰も気づかないような埃を素早く見つけたのである。

⑥いとをかしげなる指にとらへて…「~げ」は「外から判断して……と見える」(ベネッセ古語辞典)の意。「をかし」の感情そのものよりも少し対象に距離を置く言い方。「指」は「和名由比　俗云於與比　手指也」(『二十巻本和名類聚抄』)とある。

⑦頭はあまそぎなるちごの…「あまそぎ」は「女の子の髪を、尼のように、肩や背中で切りそろえること。また、その髪の形をいう」(『仏教語大辞典』)。

⑧大きにはあらぬ殿上童の…「殿上童」は、公卿(朝廷に仕える高位の役人の総称。「公《こう》」(摂政・関白・大臣)、「卿《けい》」(大納言・中納言・参議およびその他の三位以上の者)や良家の子弟のうち、天皇に名簿が奏上され昇殿を許された者。「殿上が許された者は、童装束を着け参内する」(服藤早苗)。十世紀以降は元服以前に限られ、宮中の作法見習いのほか年中行事にも出仕した。「大きにはあらぬ」はすでに成長した姿と比べて未熟なさまをいう。ここは参内が許された直後に取材したものか。「をかしげなる殿上童乗せたるもをかし」(「見物は」二百六段)と車の後ろに一人で乗る様子や「五寸ばかりなる殿上童」(「みあれの宣旨の」百七十六段)と着飾った人形にも用いられる。

⑨装束きたてられて…「装束く」は名詞「装束」の動詞化。「装束きたつ」できれいに装わせる意の他動詞。「……たつ」は「……をりっぱにする意」(『枕冊子全注釈』)。受身の助動詞「らる」からきれいに着付けられたことがわかる。清少納言自らが着飾る「装束きたちてあるに」(「関白殿、二月二十一日に、法興院の」二百六十段)は自動詞の記述である。

⑩あからさまに抱きて…ほんのちょっと、一時的に抱っこをしていることをいう。

⑪かいつきて寝たる…「かきつきて」のイ音便化。「かき」は接頭語。抱きついて・しがみついての意。「おぼつかなきもの」(六十八段)には「物もまだ言はぬちごの、そりくつがへり、人にもいだかれず泣きたる」と対照的に泣き出す描写がある。

⑫いとらうたし…「労痛し・甚し」から「相手の弱っている状態を見ていう」「弱い者に対していたわってやりたいと思う気持ち」(『古典基礎語辞典』)をいい、かわいい・可憐だ、の意。

⑬雛の調度…雛は「紙や木などでこしらえ、着物を着せたりする小型の人形で、女児の玩具」、「雛遊びは中古頃から貴族の子女の遊びとして随時行われていたが小さな紙人形を用いた遊びであり、もともとは三月の節句と直接関係はなかった」（『日本国語大辞典』）。「調度」は人形に合わせて作った厨子《ずし》や几帳《きちょう》の道具。「雛遊びの調度」（「過ぎにし方恋しきもの」二十八段）の例や『紫式部日記』寛弘五（一〇〇八）年十一月、若宮誕生五十日目の記事に「小さき御台、御皿ども、御箸の台、洲浜なども、雛遊びの具と見ゆ」とある。

⑭蓮の浮き葉…「蓮」はスイレン科の多年性水草。葉は水面に浮かぶ浮葉と、長い葉柄の水上に出る空中葉があり、ここは前者。花が散った後の花托《かたく》は径約一〇センチメートルの短い倒円錐形に発達、蜂の巣状の穴に果実ができる。和名「蜂巣」。「蓮葉《はちすば》、よろづの草よりもすぐれてめでたし」（「草は」六十四段）とある。

⑮葵…賀茂祭にゆかりのフタバアオイのこと。「草は　菖蒲《しょうぶ》。菰《こも》。葵、いとをかし。神代よりして、さる挿頭《かざし》となりけむ、いみじうめでたし。物のさまもいとをかし。」とある。

⑯何も何も、小さきものは、みなうつくし…前項を受けた結論として、「うつくし」の底流に「小さきもの」があることを述べる。「夜鳴くもの、何も何もめでたし」（「鳥は」三十九段）・「すべて何も何も、紫なるものはめでたくこそあれ」（「めでたきもの」八十四段）などとある。

⑰二藍の薄物など…「二藍」は紅と藍とを重ねて染めた青みのある紫色。あるいは赤みがかった紫とも。「薄物」は「羅《ら》、紗《しゃ》などの薄い絹織物。また、それで作った夏用の衣服」（『日本国語大辞典』）。「夏は二藍」（「下襲は」二百六十六段）とある。

⑱衣長にて襷結ひたるが…「衣長」は着物の丈が長い様子。襷は「動きやすいように背から胸にかけて衣類を結び上げる紐」（『新編日本古典文学全集』）。「衣長にて～」と後続の「短きが～」は長短の対となる表現である。

⑲声は幼げにて文よみたる…「は」によって読んだ内容の割に声が幼いことを強調する。「文」は男子必須の教養である漢詩文。

⑳足高に…「ひよこの細長い脛が、むくむくとした産毛のかたまりからにゅっと出ているのを、人間の子供がつんつるてんの着物を着たところに譬え」（『新潮日本古典集成』）ている。

㉑かりのこ…雁の卵のことで、当時は高貴なもの。雁は冬鳥として飛来し、日本で産卵するのはカルガモの卵（萩谷朴）。「あてなるもの」（四十段）にもある。『万葉集』以来和歌に詠まれた。『源氏物語』には「仮りの子」（実子ではない子）や「仮りのこの世」（はかないこの世に残された子）と掛詞としての例がある。

㉒瑠璃の壺…三巻本系統のみの本文。能因本系統には「さり（仏舎利）の壺」。瑠璃は青色の宝石。平安後期の『新猿楽記《しんさるがくき》』には日宋交易の商人八郎真人《はちろうのまひと》の扱った唐物に「瑠璃壺《るりのつぼ》」があり、ここは小ぶりで薄手の色鮮やかな中国製のガラス器（河添房江）。『落窪物語』では黄金の橘を、『源氏物語』では薬を、『堤中納言物語』では小物を、『今昔物語集』では仏舎利（釈迦の遺骨）を入れた例があり、和歌では『曾禰好忠集』などに例がある（**資料G～K**参照）。

◆◇鑑賞のヒント◇◆

❶「うつくしきもの」とはどのような意味と使われ方をしているのだろうか。
❷「うつくしきもの」以下に示された内容（項目）にはどのような特徴があるだろうか。
❸「瓜にかきたるちごの顔」のどのようなさまが「うつくしきもの」なのだろうか。
❹「雀の子のねず鳴きするにをどり来る」のどのようなさまが「うつくしきもの」なのだろうか。
❺「二つ三つばかりなるちご」のどのようなさまが「うつくしきもの」なのだろうか。
❻「頭はあまそぎなるちご」のどのようなさまが「うつくしきもの」なのだろうか。
❼「大きにはあらぬ殿上童」のどのようなさまが「うつくしきもの」なのだろうか。
❽「をかしげなるちご」のどのようなさまが「うつくしきもの」なのだろうか。
❾「雛の調度」・「蓮」・「葵」のどのようなさまが「うつくしきもの」なのだろうか。
❿「何も何も、小さきものは、みなうつくし」にはどのような使われ方が読み取れるだろうか。
⓫「いみじう白く肥えたるちご」のどのようなさまが「うつくしきもの」なのだろうか。

⓬「八つ九つ十ばかりなどのをのこ子」のどのようなさまが「うつくしきもの」なのだろうか。

⓭「鶏の雛の、足高に～」のどのようなさまが「うつくしきもの」なのだろうか。

⓮「かりのこ。瑠璃の壺。」のどのようなさまが「うつくしきもの」なのだろうか。

◆◇鑑賞◇◆

冒頭に「うつくしきもの」とあり、『枕草子』の特徴のひとつ「もの」型の類聚的章段である。この構成は「うつくしきもの」という抽象的な書き出しに対して、「瓜にかきたる」以降には具体的な内容が列挙されていく。この冒頭の「もの」は題目（テーマ・タイトルなど）の役割を、下文に続く内容は項目の役割を担い、辞書類の一項目を読むように、当時の言葉に対する感覚を見出せる。そのため各項目のどのような点が題目「うつくしきもの」となるのかを理解することが学習の中心となる。ただし、現代人の我々には必ずしも共感を得られるものばかりではなく、違和感を抱く項目もあり、現代とは異なる清少納言の言語観を垣間見ることができる❶❷。**探究のために**参照。

まず、瓜に関する項目についてみると、「瓜にかきたるちごの顔はうつくし」とは示さず、「〜ちごの顔」で止められている。このため、読者は冒頭の「うつくしきもの」を〈フィルター〉のようにして項目を読むことが求められる。ちなみに、各項目は「うつくし」の語句を含むものと含まないものがある。**探究のために**参照。さて、顔が描かれた画材に瓜を用い、その出来栄えが「うつくし」というのである。『枕草子』に載る瓜はこの一例のみだが、同時代の和歌には『能宣《よしのぶ》集』（宮内庁書陵部蔵御所本『三十六人集』五一〇・一一二）の詞書《ことばがき》に「……人のもとに、ちひさきうりにかほかきておこせたり」と小さな瓜に顔を描いた例がある。また、従来は顔を描いた瓜を人形と理解する説もあるが、その背景には江戸後期の岩瀬醒《いわせさむる》（山東京伝）の随筆『骨董集《こっとうしゅう》』が影響していよう。同書には「姫瓜雛」の項目に、北村季吟《きぎん》『枕草子春曙抄《しゅんしょしょう》』の説を引き、瓜には「姫瓜の事なるべし」と注を付け、紅や白粉を付けて顔を描いた「姫瓜雛」の先例とともに本章段の例を引く。このことが後の「中古のすさびにて、姫瓜雛は、その遺風なる」（関根正直『枕草子集註』）や「女児が人の顔を描き、衣服を着せたりして、愛玩した」（萩谷朴『枕草子解環』）という説を導いたと考えられる。ただし、本章段では人形や玩具などを「うつくしきもの」というのではなく、素材としての丸くて小さな瓜からちごが想起され、顔を描いた一連の行為とその成果を「うつくし」と評するのである。一方、瓜を通して子を思い、和歌を詠んだ山上憶良の『万葉集』八〇二番歌と、きっかけや表現方法は異なるものの、瓜と子をモチーフにした様相は通じるものがあろう（**資料B**）。なお、『枕草子』には十八章段二十四箇所にちごの記述があり、その評価は好意的にとらえたものから、批判的なものまで幅広い（68ページ**鑑賞**参照）❸。

次の雀の子に関する項目は、人の鳴き真似に雀が反応したことを「うつくし」と評する。当時、実際に飼われていた雀ならば、愛着もある小雀であり、人と雀が互いに通じ合うことの喜びを伴う「うつくし」である。このことは小鳥などを飼う現代人にも共感しやすいだろう。なお、前項では特に目立つ動きもなく、瓜に描いた顔への叙述であったが、ここでは「ねず鳴き」や「をどり来る」という音や動きのある叙述になる❷❹。

次も再びちごに関する項目である。ただし前項の瓜に描かれたちごとは異なり、文字通り人物としてのちごを対象とする。また、前項の雀の子が「をどり来る」と移動してきたことをふまえると、このちごも這いながらではあるが、移動をして来るさまは共通している。さらに、小さな塵にすぐに反応してつまんで見せたさまは、大人にはない幼児ならではの思いのままの本能的な動きをうかがわせる。その一方で、周囲に見せようとかかわりを求めるところには自己の主張のあらわれとともに、幼児でありながら、社会性の芽生えを感じさせる行動を読み取ってもよいだろう。この本能的な部分と社会的な部分の交錯した魅力が「うつくし」なのである。この項目には（1）「這い来る」、（2）「塵を見つける」、（3）「塵を指にとる」、そして（4）「周囲に見せる」と段階を踏んで一連のちごの動きが展開される。その展開に「二つ三つ」・「いそぎ」・「めざとに」・「いとちひさき」・「をかしげなる」・「大人ごとに」などの修飾部が加わることで、より具体的な描写になるとともに周囲とのつながりが詳述されている。なお、「大人ごと」からは複数の大人の存在が推測される。このようなちごと大人たちの様子は必ずしも宮廷内に限定されず、時や場を越えて、広く読者に共感できる状況といえよう。実際の場面では周囲から「かわいいわねぇ」とか「あら、見せてくれるの」といった反応も聞こえてきたことだろう。だが、そのような場や声（＝音声）の様子は省かれ、読者の想像によって補える余白がある叙述といえる❺。

次もちごに関する項目である。「あまそぎ」や「目に髪のおほへる」から髪に焦点があてられ、さらに「かきはやらで」からは、その裏に「なぜ髪をかき上げないのか」、「髪がじゃまではないのか」、などといった目撃者のちごに対する思いも想像される。しかし、当のちごは髪を一切気にせず、一心に目の前の物を見つめている。このときのちごの集中する様子を象徴する、体を無意識に傾かせたさまを清少納言は見逃さずに的確にとらえている。仮に、この場に複数の目撃者がいれば、「何を見ているのかしら」という声がやはり聞こえてきそうである。前述の人と雀の項目では両者に呼応した関係が成り立っていたし、塵をつまんで見せたちごと大人たちにも、直接に声をかけるようなことはなかったものの、両者にはコミュニケーションを図る関係が認められた。この点、この描写では一方的な観察に徹し、対象のちごとの直接の交流はない。また、具体的な場所や時間帯、そして何を見つめていたかなどは省かれ、ちごに焦点をあてた筆致である。なお、髪により人物を造型する例は『源氏物語』「若紫」の幼少期の紫の上と尼君の描写にもある。雀の子の叙述と合わせて読み比べると、「若紫」では人物の造型や場面の構成に広がりのあることが理解できるだろう❻。

次は童に関する項目である。前項までのちごと比べると、やはり「ありく」ことから移動する動きの中に対象をとらえた点が共通している。そのさまは「大きにはあらぬ」とあって「小さき」とは異なる形容である。このニュアンスの違いは**語注**に示した考え方も許されよう。一方で、殿上童という宮中での役割―属性―が明らかとなる分、宮中のしきたり・ルールなどと深くかかわる状況の中で存在し、殿上童であれば、この状況を受け入れようと振る舞う姿にこそ「うつくし」の評価がなされるのであろう。たとえば、直前のあまそぎのちごは周囲からの影響を受けることはなかったが、この童は昇殿を許されたひとりとして、折に相応しい立ち居振る舞いが求められるべき童である。そのため、親をはじめ後見人の存在や、身支度を調えたり行事の所作を教えたりした周囲の者たちの存在を背負った童と考えるべきであろう。ここは殿上という公の場のひとりである童の属性や背景を考えて読み進めていきたい。そして未熟さをまとった童が公の場にデビューする姿を優しく見守る思いが「うつくし」の基盤にあることを理解したい❼。

これに続くちごは「をかしげなるちご」である。ここにはなぜ「をかしげなる」なのかは記されていない。だが、「うつくし」と評価する前提がここにあると考えてもよいだろう。そのようなちごを抱き上げるならば、自ずとそこにはひとつの予測が成り立ってこよう。それは抱き上げることでちごを喜ばせたり楽しませたりして、あやしたときのその反応こそが「うつくし」ということである。しかし、ちごが喜ぶさまも抱き上げた側が満足するさまも示されないまま、ちごは寝入ってしまうのであった。この結末はあやした者も、さらには読者にも、予測の外れた展開であろう。一般にあやされた子の笑顔は大人を魅了するが、それを凌駕する至福のさまがちごによる全幅の信頼の「かいつき」であり、さらに寝入ったちごの姿なのである。前項の塵を見せたちごと比べると、抱き上げられてかわいがるといったコミュニケーションは直接的で濃厚な交流である。なお、終盤には「うつくし」ではなく「いとらうたし」

と評されたのはちごへのいたわりへの思いが前面に示された結果と考えられよう❽。

さて、次にはこれまでとは趣向の異なる雛の調度・蓮・葵などがモチーフとなる。これらは「何も何も、小さきものはみなうつくし」が示すように小さいゆえにかわいらしいと評された。ただし、一口に「小さきもの」といっても、その内実には違いがあることを読み取りたい。たとえば雛の調度とは雛を主とすると、調度は従であり、人形に限らずこの調度にも焦点を当てるため、独自の観察眼が表れる。一方、蓮や葵は、もともと植物の中でも評価が高いことが他章段からもわかるが、特に小さな蓮は、池から取り上げたものに限定される。それに比べて葵はどこで採取されたのかにはこだわらず、とても小さいことのみを述べる。このように植物への視座も一方では限定的なこだわりをみせ、他方ではこだわらない自由な筆致が確認できる。これらを「何も何も」と総評的にまとめることは、本章段の中で何を対象に「うつくしきもの」と評価したのか、その共通性を明らかにする上では重要な一節である。ただし、この「何も何も～」の一文が置かれたことで、ここに注目しすぎると、かえって各項目の叙述に位相差があることを見落としかねない〈落とし穴〉にもなるため注意が必要となろう❿〈**探究のために**参照〉。

次に続くのは、再びちごに関する項目である。この「白く肥えた」ちごが這い出るさまや衣服を着て歩くさまなど、前項までのちごや殿上童の項目と通じる点がある。その一方で殿上童の装束がきちんと着させられていたのに対し、薄物は衣長のために襷を結うことや、丈が短く袖が大きいさまから、いずれも衣服と色白でふっくらしたちごの大きさが合っておらず、対照的である。また、衣長と短き袖がちといった長短に注目した書かれ方も後文の鶏の雛のさまに通じる叙述である❾⓫。

続いては「をのこ子」に関する項目である。前述のちごからはやや成長した子どもが、声質には幼さがあるものの、読んでいた内容が漢詩文であったために一人前の男として学問に向き合うさまを聴き取り、子どもと大人との両方の性質をもつ「をのこ子」に魅力を感じている。この点では殿上童が装束を着させられたアンバランスな点の前述に通じるといえよう⓬。

次は鶏の雛に関する項目である。ここでも前項までの叙述と比べてみたい。たとえば、雀の子が「をどり来る」のに対して、鶏の雛は「人の後先に立ちてありく」と鳥の動くさまを述べる。前者のきっかけが「ねず鳴き」に対し、後者は人が歩くことによるものである。雀の子が鳴いたかどうかは想像の範囲となるが、鶏の雛は「かしがましう鳴」く。さらに、前述のちごにあった「衣長にて」という表現も、比喩的に「衣短かなるさま」と対比的に継承され、雛の足高のさまを人事に寄せて述べている。また、「雀の子」や「ちご」あるいは「殿上童」に示されていた「ありく」さまにも共通する。一方で、塵を見つけ「大人ごと」に見せたちごや、ちょっと抱き上げられたちごにもあるような親密な関係も、鶏の親子のさまと連想させながら読むことができよう。つまり、前述までの項目をふまえることで表現の理解を深めることができるのである。このように既存の内容・知識を土台にして読み解く手法は、汎用性も高く、読解力の養成に有効な手立てといえる⓭。

末部はかりのこと瑠璃の壺に関する項目である。このような「ひとつの連体修飾部＋名詞」や、単独の「名詞」による端的な叙述は、ここまでの項目とは異なり、メモ書きのようでもあり、あとから追記したようにもみえる。和歌や物語などにもみられたこれらがなぜ「うつくしきもの」の対象となったのかを考えると、両者はいずれも小ぶりな上に高貴かつ珍しいものであったためと考えられる。それらを「うつくしきもの」ととらえたところに現代とは異なる価値観を考えてもよいだろう⓮（**資料C～F、G～K、探究のために**参照）。

◆◇探究のために◇◆

▼題目と項目について―「うつくし」の反復が意味すること― 随想的章段や日記的章段と比べると類聚的章段はひとつの題目に複数の項目のある様式をもつ。項目は詳細な叙述のものから、単語レベルのものまであり、長短の違いが認められる。これらは清少納言ひとりの発想によるものというよりも多人数の協力がなければ成り立たないものもあり、具体的には、「定子に仕える女房集団」（石田穣二）に代表されるように、複数の意見の反映と考えられる。清少納言は周囲―中宮定子や同僚の女房たち（「雪のいと高う降りたるを」（二百八十段214ページ）・「雪のいと高うはあらで」（百七十四段）他）や「まらうど」ら（訪問者の意、「心ゆくもの」（二十九段）他）―との交流を「物語る」（話を交わす意）と示しているが、このような機会を通して取材したのであろう。その結果が「物づくしが、個人の作品として出発する場合は、その対話性を内包するかたちで、一人の話者が話し手になり受け手になって事項を列挙していく方法」（三田村雅子）といえる。三田村がいう「対話性」とは、たとえば〈「うつくしきものとは何か」の問いと答え〉、つまり〈問答〉を軸とする。実際に〈問答〉が行われたか否かは明確ではないが、想像するならば、章段内に再三反復された「うつくし」こそ複数の人たちがそれぞれ主張した痕跡と考えることも可能なのではないだろうか。一方で「うつくし」を含まない項目との違いはどこにあるのか。その理由として章段を叙述する段階で、追補された可能性を考えてみてもよいだろう。題目に「うつくしきもの」と提示されながら改めて「うつくし」を反復する点については、その主張が繰り返されることで強調される、といった機能も認められる。なお、表現の重複は必ずしも熟考された文体ではないといった立場をとれば、本章段の叙述に対して完成稿以前の草稿過程としての評価も可能であろう。

▼類聚的章段の性質について―和歌の詠作手法を視野に入れて― 類聚的章段にみる題目と項目の関係は題詠（歌題

によって詠む和歌の創作方法）に資する『古今六帖』のような類題和歌集にも通じる。その性質は「は」型が広く歌枕的要素をはじめとした折りや場の主体となる要素を対象とした主語的世界であるのに対し、「もの」型は心情を中心とした述語的世界ととらえられる（59ページ）。特に「もの」型の題目には心情を表す語（すさまじ・かたはらいたし・はしたなし・うつくしなど）が用いられ、項目にはそれを誘発する事象が示されている。つまり「もの」型の題目となった心情がどのようなきっかけで生じるのかを具体的に示したのが項目といえる。これは随想・日記的章段とは異なり、宮廷内での人々との交流における心の発露を知る資料であり、結果として当時のさまざまな社会の断面や発想の広がりを知ることができるのである。こうした心情を誘発する要因の具体的用例が類聚的章段を支えているとすれば、『枕草子』以降の和歌はもちろん、物語などの人物造型にも援用されたことは想像できるだろう。

▼項目の列挙について―何がどう書かれているのか―　今日、本章段を教材とする場合の基本的な学習の過程は、（1）題目の意味を理解する、（2）項目の意味を理解する、（3）題目と項目のかかわりを理解する、（4）項目どうしのかかわりを理解する、などがあげられる。この中で、多くの教科書は項目間の共通性とは何かを問う。しかし、注意すべきことは前述したように共通性を見出すことの一方で差異性を明らかにすることである。また、これらを比較することが可能なのは、項目が列挙されているためである。以下、項目を振り返ると、まずは「瓜にかきたるちごの顔。雀の子のねず鳴きするにをどり来る」に関しては「をどり来るなど」と省略を示す用語のない点に着目した論がある。それは項目に連続性が存在し、省略を避ける志向―「省略性への抗議」―があると指摘する（森雄一）。この指摘は、文字数に制限がある場合や紙幅に限りがある場合の外的要因とは異なる点で、どの程度まで執筆を続け、どこで止めるのかという書き手側の内的要因を問題としたものである。省略の意図や明記の有無への注目は、項目の列

挙あるいは執筆の限界を考える上でも魅力的な視点である。なお、項目の書き方という点では「ちご」関連にも特徴がみられる。塵を見つけ、髪を気にせずに物を見つめ、抱かれたまま寝入ってしまう「独自に条件づけられた児（ちご）の「うつくし」き状態」（鈴木日出男）が述べられ、それらの動作は「〔動詞＋て＋動詞〕」の用法」（〔いそぎ・て・這ひ来る〕〔装束きたてられ・て・ありく〕〔抱き・て・遊ばしうつくしむ〕〔着・て・ありく〕〔立ち・て・ありく〕〔たち・て・走る〕）といった接続助詞「て」を中心に示される（中西健治）。複合した動作がちごの動きに深みを与え、清少納言の詳細な叙述力が読み取れよう。

ここに読者は列挙された項目をさらに比較することから清少納言の対象の捉え方や叙述の仕方を知るのである。これらの項目は、読者側の知識や経験からの既視感により、一見共感できる世界と思わせる一方で、その内実は清少納言の語彙の選択や列挙の仕方を単純に模倣、再現のできるものではなく、独自の世界を生み出している。ちなみに、読者から共感を得るための叙述の仕掛けは、冒頭に「今からかわいらしいものとは何かを述べますよ」といった宣言とも読める題目が示されていることにある。いわゆる演繹的である題目の提示は、たとえどのような項目があがっても、それは「かわいらしいもの」という〈フィルター〉を通した読みへと導かれていくのである。

（中田幸司）

【資料】

A『和泉式部集続集（榊原家本）』三五四

ほかなるはらからのもとに、いとにくさげなる瓜の、人の顔のかたになりたるにかきつけて

もし我を恋しくならばこれをみよつける心のくせもたがはず

（現代語訳：よそにいる姉妹のもとに、とてもひどい瓜で、人の顔の形のものに書きつけて　もし私を恋しくなったならば、これを見てよ。外見の顔形だけではなく心のひねたところも私と同じよ。）

B 『万葉集』5・八〇二、山上憶良

瓜食《は》めば子ども思《おも》ほゆ　栗《くり》食めばまして偲《しの》はゆ　いづくより来《きた》りしものそ　目交《まなか》ひにもとなかかりて　安眠《やすい》しなさぬ

（現代語訳：瓜を食べると子どものことが自然に思われる。栗を食べるといっそうしのばれる。子どもたちはいったいどこから来たものなのだろうか（どのような縁によって、私の子どもとなったのだろうか）。目の前にやたらと（子どもたちの姿が）ちらついて、安眠させてくれないことよ。）

C 『万葉集』2・一八二

とぐら立て飼ひしかりのこ巣立ちなば真弓の岡に飛び帰り来《こ》ね

（現代語訳：鳥屋《とや》を建てて飼った雁の雛よ、巣立ったら今度は真弓の岡に飛んで帰って来い。）

D 『うつほ物語』藤原の君・宰相実忠

卵《かひ》の内に命籠めたるかりのこは君が宿にてかへらざらなむ

（現代語訳：卵の中に命を籠めている雁の雛は、あなたの家で孵化しないでほしい。）

E 『源氏物語』「真木柱」・髭黒大将

巣がくれて数にもあらぬかりのこをいづ方にかはとりかへすべき

（現代語訳：巣の中に隠れて数にも数えられない鴨の卵（―仮の子―玉鬘）を、どこに取り返したりすることができましょうか。）

F 『源氏物語』「橋姫」・八の宮

うち捨ててつがひさりにし水鳥のかりのこの世にたちおくれけん

（現代語訳：父鳥の私をうち捨てて母鳥の妻が先立ってしまったが、あの水鳥のかりの子（鴨の卵）が、仮のこの世の中にどうして残されてしまったのだろうか。）

G 『落窪物語』巻之三

「今日だにとぶらひに物せむと思ひつれども、脚の気《け》起りて、装束することの苦しければなむ。これは、しるしばかり捧げさせたまへとてなむ」とあり。青き瑠璃の壺に黄金の橘入れて、青き袋に入れて、五葉の枝につけたり。

（現代語訳：「せめて今日だけでも参詣しようと思いましたけれども、脚気が起こって装束を着ることが苦しいので失礼いたします。この品はしるしばかりですが仏前にお供えくださるようにということで」とある。青い瑠璃の壺に金製の橘の実を入れて、それを青い袋に入れて五葉松の枝に結びつけてあった。）

H 『源氏物語』「若紫」

紺瑠璃の壺どもに御薬ども入れて、藤桜などにつけて、所につけたる御贈物ども捧げたてまつりたまふ。

（現代語訳：紺瑠璃の壺などにもお薬などを入れて、藤や桜などの枝につけ、この場所にふさわしい御贈物などとしてご献上なさる。）

I　『堤中納言物語』貝合
八《やつ》、九《ここのつ》ばかりなる女子《をんなご》の、いとをかしげなる、薄色の袙《あこめ》、紅梅などみだれ着たる、小さき貝を瑠璃の壺に入れて、あなたより走るさまの、あわただしげなるを……。

（現代語訳：八、九歳ほどになる少女で、とてもかわいらしいのが、薄紫の下着に、紅梅色の上着などを取り合せて着て、小さい貝を瑠璃の壺に入れて、あちらから走ってくる様子が、いかにもあわてている様子なので……。）

J　『今昔物語集』巻第十一「聖徳太子此《こ》の朝《てう》にして始めて仏法を弘めたまふ語《こと》第一」
亦《また》、百済国《はくさいこく》より弥勒《みろく》の石像《いしのざう》を渡し奉《たてまつり》たり。其《そ》の時に、大臣《おほおみ》蘇我《そが》の馬子《むまこ》の宿禰《すくね》と云《い》ふ人、此の来《きた》れる使《つかひ》を受《うけ》て、家の東に寺を造り、此れを居《す》へて養ふ。大臣、此《こ》の寺に塔を起《たて》むと為《す》るに、太子《たいし》の宣《のたま》はく、「塔を起てば、必ず仏の舎利《しやり》を籠《こ》め奉るなり」と。舎利一粒《いちりふ》を得《え》、即ち瑠璃の壺に入《いれ》て塔に安置《あんぢ》して、礼奉《らいしたてまつ》る。惣《すべ》て、太子此《こ》の大臣と心一つにして、三宝《さむぽう》を弘《ひろめたまふ》。

（現代語訳：また、百済国から弥勒の石像をお運びした。その時、蘇我馬子宿禰という大臣が、この渡来した使者を迎えて、自分の家の東に寺を造り、そこに住まわせてもてなした。大臣はこの寺に塔を建てようとすると、太子がおっしゃるには、「塔を建てるのであれば、必ず仏の舎利をお入れしなくてはならないということだ」と。（そこで）舎利一粒を手に入れて、それを瑠璃の壺に入れて塔に安置して、礼拝申し上げた。何によらず、太子はこの大臣と心を一つにして三宝（仏教）を広められたのである。）

K　『曽禰好忠集』五四四
瑠璃の壺ささらゐさきはちす葉にたまれる露にさも似たるかな
（現代語訳：瑠璃のささやかな壺は、蓮の葉にたまった露によく似ていることであるよ。）

『枕草子』の現代における受容

二〇一九年課金額世界最高ソーシャルゲーム『Fate/Grand Order』の二〇二〇年バレンタインイベントに、『枕草子』の著者清少納言が登場し話題となったり、「歴史縛りファンクネスバンド」のレキシが「なごん」（二〇一八年発売アルバム『ムキシ』収録）を発表するなど、『枕草子』や清少納言は現代文化においても有効なコンテンツといえよう。ここでは、まず近年の日本国内における文学や映像作品に関する『枕草子』の受容について、その特徴である類聚的章段に対する態度に注目しつつ概観し、最後に海外における『枕草子』についてもふれたい。なお、本稿は文化庁メディア芸術データベース(https://mediaarts-db.bunka.go.jp/)を用いたが、データの整備途上であり、利用時には気をつけたい。

文学作品としては、文筆家による現代語訳・小説化・エッセイに分類できよう。現代語訳に関して、小説家橋本治『桃尻語訳枕草子』（河出文庫）は、一九八〇～九〇年代のいわゆる「ギャル語」で全章段を逐語訳的に訳し、詳細な注を付すことで『枕草子』を、新たな小説として「話し言葉・枕草子」として現代に蘇らせたような稀有な作品。『枕草子REMIX』（新潮文庫）などを著するエッセイスト酒井順子の「枕草子」『日本文学全集07　枕草子　方丈記　徒然草』（河出書房新社）は、「です・ます調」での全章段の現代語訳。この「です・ます調」の文体に関する上野千鶴子の「人生の屈託も男女の機微も味わった年増女」による「丁寧語の原文を訳すのにふさわしい」との指摘（同書月報）は、清少納言像をどうとらえるべきかを考えるきっかけとなろう。それに対して、杉本苑子『杉本苑子の枕草子』（集英社文庫）や、大庭みな子『21世紀版・少年少女古典文学館第四巻　枕草子』（講談社）は抄出であり、「だ・である」調で訳されている。『枕草子』の小説化は、年少者向けノベライズと一般向けに『枕草子』を利用して清少納言の人生を描く二つに大きくは分類できよう。前者には、日記的章段の記述を中心に小説化した時海結以『枕草子　清少納言のかがやいた日々』（青い鳥文庫）や類聚的章段をも比較的利用して描いた福田裕子『枕草子　平安女子のキラキラノート』（角川つばさ文庫）がある。後者には、『文車日記　私の古典散歩』（新潮文庫）などのエッセイも記す田辺聖子『小説枕草子　むかし・あけぼの』（文春文庫）がある。これは、日記的章段や随想的章段だけでなく、類聚的章段をも巧妙に織り込んでおり、『枕草子』の小説化の代表的作品といえよう。その後、古典への造詣が深い瀬戸内寂聴『月の輪草子』（講談社文庫）、歴史小説家冲方丁『はなとゆめ』（角川文庫）、「校閲ガール」シリーズ（角川文庫）がテレビドラマ化された人気作家宮木あや子『砂子のなかより青き草　清少納言と中宮定子』（角川文庫）などがある。また、藤原眞莉「姫神さま」シリーズのスピンオフ「清少納言椰子」シリーズ『華めぐり雪なみだ』『華くらべ風まどい』『華つづり夢むすび』（コバルト文庫）はミステリー仕立て、本宮ことは「魍魎の都シリーズ」のスピンオフシリーズ『姫様、出番ですよ』『姫様、それはなりませぬ』（X文庫ホワイトハート）は、ファンタジー色が濃く、楠木誠一郎「タイムスリップ探偵団シリーズ」の『お局さまは名探偵』『清少納言は名探偵!!』（青い鳥文庫）はエンターテイメント性が高い。

『枕草子』のマンガ化は、『赤塚不二夫の古典入門　枕草子』（学研）など学習参考書マンガも多いが、紙幅の関係上商業誌マンガのみを取り上げる。SF作家光瀬龍原作による歴史少女マンガを多数手がける河村恵利『枕草子』（プリンセスコミックス）、次いで『イラスト古典枕草子』（学研）も描いた大和和紀『春はあけぼの殺人事件』（講談社漫画文庫）、一九八八〜八九年にNHK総合テレビで放送された「まんがで読む古典・枕草子」を面堂かずきが独自に脚色した『NHK　まんがで読む古典1・枕草子』（ホーム社漫画文庫）と平成初めに相次いで作品化され、その後も、主人公が宮中の清少納言のもとに時空移動を繰り返す朱間ひとみ『恋枕』（プチフラワーコミックス）、『枕草子』を作品中に引用して平安時代を描いた瀧波ユカリ『あさはかな夢みし』（アフタヌーンコミックス）や、装束などが現代的なかかし朝浩『暴れん坊少納言』（ガンコミックスプラス）が刊行された。くずしろ『姫のためなら死ねる』（竹書房）とPEACH-PIT『清少納言と申します』（ビーラブコミックス）は現在も連載中である。これらに対して、サメマチオ『春はあけぼの　月もなう　空もなお』（ネクストコミックス）は、舞台を現代社会に置き換え、類聚的章段も正面からマンガ化する意欲作である。なお、アニメ化され二〇一二年にテレビ東京系列で放送（後にDVD化）されて話題になった渡部泰明監修の杉田圭「うた恋。」シリーズの『超訳百人一首　うた恋。3』（メディアファクトリー）は、あたかも中関白家と清少納言の巻とでもいうべきもので、彼ら自身と関係のあった人々の百人一首の和歌をマンガ化しているが、その中で『枕草子』のエピソード（初段など）を用いている。因みに、このシリーズのスピンオフ「うた変。」シリーズの『超訳百人一首「うた恋。」【異聞】うた変。2』（メディアファクトリー）には、百人一首とは関係のない『枕草子』のエピソード（三十三段など）を用いて清少納言の周辺の人々を描いている。また、江平洋巳『恋ひうた　和泉式部異聞』（フラワーコミックスα）は、和泉式部の人生を描いた作品だが、和泉式部が『枕草子』を読み、清少納言にファンレターを送ったことから始まった交遊によって、定子周辺のエピソードを彼女は知っており、それを彰子に請われるままに披露していくという形式で進む場面がいくつかあり、『枕草子』二百八十段など著名な章段がマンガ化されている。

映像では、片渕須直監督の『マイマイ新子と千年の魔法』（二〇〇九年公開）は、高樹のぶ子の自伝的小説『マイマイ新子』（ちくま文庫）のアニメ化だが、原作に無い周防守元輔と幼い娘の清少納言を登場させることで周防の歴史を示唆する役割を果たしている。アニメの中で、屋根などに卯の花らしき枝を大量に飾って里から町中へと移動する幼い清少納言が乗る牛車の描写は、『枕草子』九十五段のイメージかと思われる。

最後に、簡単に海外における『枕草子』の受容を見てみたい。伊藤鉄也らの平安文学翻訳史データベース（https://genjiito.org/heian_ltrt/heian_history/）によると、『枕草子』は、明治時代初期にドイツ語に翻訳されて以来フランス語や英語はもちろんのこと、近年ではトルコ語やラトビア語訳も刊行されており、現在十八か国語で読むことが出来る（抄訳も含む）。英訳は様々な人の手によってなされてきたが、『源氏物語』などの翻訳で有名なアーサー・ウェイリーによる『The pillow-book of Sei Shōnagon』が、一九二八（昭和三）年刊行以来近年まで版元をかえながらも版を重ねて多くの人に読まれている。ところで、一九九五年ヴェネチア映画祭公開のピーター・グリーナウェイ『The Pillow Book』（邦題「ピーター・グリーナウェィの枕草子」）は、監督がウエィリー訳『枕草子』に想を得たと述べているが、四方田犬彦（前出『杉本苑子の枕草子』解説）は、それ以前の一九八三年にフランスのドキュメンタリー作家クリス・マルケルが『Sans soleil』（邦題「サン・ソレイユ」）を撮る際、清少納言の類聚的章段の手法から大きな霊感を得たと述べていると紹介した上で、彼らの心を捉えたのは、その物事をひたすら対等の資格で羅列していく手法であり、それは統合へ向かうヨーロッパ文学における「リスト手法」とは異なるもので、映画においても映像を列挙することで世界の多様なあり方や美を描き出せると考えたためではないかと述べている。このように海外においても『枕草子』の類聚的章段は、新たな創作の契機となっているといえよう。（以上、二〇二〇年五月の情報に基づき記す。）

（岩田久美加）

中宮様の指先にうっとり

宮にはじめてまゐりたるころ・百七十七段

①宮にはじめてまゐりたるころ、物のはづかしき事の数《かず》知《し》らず、涙も落ちぬべければ、②夜々《よるよる》まゐりて、③三尺の御几帳《みきちやう》のうしろに候《さぶら》ふに、④絵など取り出《い》でて見せさせたまふを、⑤手にてもえさし出づまじうわりなし。⑥「これはとあり、かかり。⑦それか、かれか」などのたまはす。⑧高坏《たかつき》にまゐらせたる御殿油《となぶら》なれば、髪の筋なども、なかなか⑨昼よりも顕証《けそう》にて見えてまばゆけれど、念じて見などす。⑩いとつめたきころなれば、さし出でさせたまへる⑪御手のはつかに見ゆるが、いみじうにほひたる⑫薄紅梅《うすこうばい》なるは、限りなくめでたしと、見知らぬ⑬里人心地《さとびとごこち》には、「かかる人こそは、世におはしましけれ」と、おどろかるるまでぞ⑭まもりまゐらする。

暁《あかつき》には、とくおりなむといそがるる。⑮「葛城《かづらき》の神もしばし」など仰せらるるを、⑯「いかでかは筋《すぢ》かひ御覧ぜられむ」とて、なほ臥《ふ》したれば、⑰御格子《みかうし》もまゐらず。⑱女官《にようくわん》どもまゐりて、「これはなたせたまへ」など言ふを聞きて、女房のはなつを、「まな」と仰せらるれば、笑ひて帰りぬ。物など問はせたまひ、のたまはするに、久しうなりぬれば、「おりまほしうなりにたらむ。さらばはや。夜《よ》さりはとく」と仰せらる。

⑲ゐざりかくるるやおそきと、⑳上《あ》げ散らしたるに、㉑雪降りにけり。㉒登華殿《とうくわでん》の御前《おまへ》は㉓立蔀《たてじとみ》近くてせばし。雪、いとをかし。昼つ方、「今日《けふ》はなほまゐれ。雪に曇りてあらはにもあるまじ」など、たびたび召せば、こ

の㉔局《つぼね》の主《あるじ》も、「見ぐるし。さのみやは籠りたらむとする。㉕敢へなきまで㉖御前《おまへ》ゆるされたるは、さおぼしめすやうこそあらめ。㉗思ふにたがふはにくきものぞ」と、ただいそがしに出だしたつれば、㉘あれにもあらぬ心地すれど、まゐるぞいと苦しき。㉙火焼屋《ひたきや》の上《うへ》に降り積みたるも、めづらしうをかし。（以下、資料D参照）

【現代語訳】

中宮様の御殿に初めて参上したころ、何かと気後れすることが数知らずあり、涙も落ちてしまいそうなので、毎日、夜になったら出仕して、（中宮様のそばにある）三尺の御几帳の後ろに控えていると、中宮様は絵などを取り出してお見せくださるのを、手でさえも出せそうにもなくどうにも耐えがたい。「（この絵は）ああで、こうで。それかしら、あれかしら」などおっしゃる。高坏にともし申し上げている御灯火なので、髪の筋なども、かえって昼よりもあらわに見えて恥ずかしいけれど、我慢して（絵を）見などする。たいそう冷えるころなので、（袖から）お出しあそばしていらっしゃる御手がちらっと見えるのが、たいへんつやつやと薄紅梅色をしているのは、この上もなくすばらしいと、雅やかな優雅さとは縁がなかった人の心情では、「こうした方が、世の中にはいらっしゃったのだ」と、はっとしてしまうほど（中宮様を）見つめ申し上げる。

夜明け前には、早く自室に下がろうと自然急がれる。（中宮様が）「（あなたが）葛城の神としても、もうしばらくいなさい」などおっしゃられるのを、「どうして私の姿を斜めからご覧にいれることができよう」と思って、やはり顔を伏せているので、部屋の御格子もお上げしない。女官たちが参上して、「この格子をお上げになってください」と言うのを聞いて、女房が開け放とうとするのを、（中宮様は）「いけません」とおっしゃるので、（女官たちは）笑って帰った。（中宮様が私に）何かをお尋ねなさり、おっしゃったりするうちに、長い時間がたったので、「自室へ下がりたくなったのでしょう。それならば早く下がりなさい。夜になったら早くいらっしゃいね」と仰せになる。

（私が）膝行して中宮様の御前から隠れるやいなや、（女官が）さっさと格子を上げたところ、雪が降っていたのだったよ。（中宮様がいらっしゃる）登華殿の前は、立蔀が近くにあって狭い。（そこから見える）雪はとても趣がある。昼頃、（中宮様が）「今日はやはり（昼だけれど）参上しなさい。雪で空が曇って、姿がすっかり見えることもあるまい」など、たびたびお召しになるので、私の部屋の古参の女房も「見苦しいですよ。どうしてそんなふうに引きこもろうとするのです。あっけないくらい中宮様の御前近くに仕えることを許されたのは、そうお思いあそばす理由がおありなのでしょう。人の好意に背くのは憎らしいものですよ」と、ただせきたてて出仕させるので、無我夢中の気持ちがするけれど、参上するのがとてもつらい。（出仕したところ）火焼屋の上に雪が積もっているのも、珍しくておもしろい。

【語注】

①宮にはじめてまゐりたるころ…「宮」は中宮（定子）がいらっしゃる場所のこと。当時は登華殿（語注㉒参照）であった。清少納言の初出仕がいつであったかは不明だが、正暦四（九九三）年が通説。初出仕を正暦四年のこととすると、定子は十七歳。この頃、清少納言は二十八歳くらいか。8ページ参照。

②夜々まゐりて…毎夜、毎夜、夜になったら定子のもとに出仕するのである。明るい場所での宮仕えが恥ずかしいという心境は、「いとどものはしたなくて、かかやかしきここちすれば、昼はをさをさし出でずのどやかにて、（より一層きまりが悪くて、おもはゆい感じがするので、昼はめったに彰子様の前に出ずのんびりと）」（『紫式部日記』）過ごす紫式部の態度からもうかがえるし、「上（祐子内親王の所）には時々、夜々ものぼりて、知らぬ人の中にうち臥して、つゆまどろまれず」（『更級日記』）と、孝標女が夜の出仕ですら苦しく思う姿からも読み取れる。

③三尺の御几帳…一尺は約三〇・三センチメートル。「三尺」は一メートル弱。

④絵…何の絵なのかは不明。当時、貴族の姫君たちは、物語絵や歌絵を愛好した。

⑤手にてもえさし出づまじう…能因本・前田本には「にて」なし。三巻本の「にて」は古来不審とされ、「手だにも」「手も」などの誤りともいわれるが、直訳できないわけではない。「物のはづかしき事の数知らず」という状態の清少納言は、定子自ら「取り出でて」見せてくださる「絵」に対して、気後れし、手であっても差し出すことができそうにないのである。後の定子の「手」と対照的に叙述されている。「手」を筆跡ととり、「（これが不得手な絵画ではなくお得意の）筆跡であっても、とても口出しできそうにもないほど恥ずかしくてたまらない」（萩谷朴）との解もある。本章段の後半に筆跡についての記述があるとはいえ、ここで示されているのは「絵」であり、定子が絵を「取り出で」る動作や、後述される定子の美しい「手」との対照と見、ここでは清少納言の肉体の一部としての「手」と解する。

⑥とあり、かかり…連語。「かかり」は、「かくあり」の略。ああであり、こうであり。

⑦それか、かれか…「それが、かれが」とも読め、「か」を係助詞とするか「が」の格助詞と解するか、二通りに分かれる。係助詞でとれば、「あの場面だったかしら、違ったかしら」、「誰の絵かしら、あの人の絵かしら」などとなり、格助詞と解すれば「それが何々、あれが何々」、「その人が（どうして）、この人が（こうして）」などとなる。係助詞ととれば、定子による絵についての清少納言への質問となり、格助詞ととれば、絵についての説明となる。

⑧高坏にまゐらせたる御殿油…「高坏」は物を盛る器の総称。これ

を逆さまにして、灯台の代用とし、「御殿油」（灯火）を燃やす。低い位置の明かりとなるので、近くが明るくみえる。

⑨昼よりも顕証に…「顕証なり」は、あらわだ、目だっているの意。わざわざ「夜々」出仕しているのに、「昼よりも顕証に」姿がさらされる。

⑩いとつめたきころなれば…「つめたき」を「寒い」と解する注釈も多いが、それならば「寒きころ」でよかったはずで、ここは「冷える」もしくは「冷たい」と訳すべき。「ツメタシはツメ（爪）イタシ（痛し）の約か。ものに触れるとその手先が痛いと感じられるまでに、対象の温度が低いさま。ツメタシは平安中期から用いられるが、『名義抄』（十一世紀末頃成立の古辞書＝稿者注）にはツメタシの訓はない。その語も「八代集」には用いられず、『源氏物語』『栄華物語』にも現れない。『枕草子』『紫式部日記』『更級日記』に、わずかに用いられている。中でも『枕草子』『紫式部日記』では、きわめて口語的な箇所に見えることから、まだ新しい単語で、雅語とは共存できず、通常の文章語にも交じらず、口語的な文章にのみ使われていた段階であったことが知られる。」（『古典基礎語辞典』「さむし」項）**資料A**参照。「……なれば」は、「いみじうにほひたる薄紅梅《うすこうばい》なる」にかかる。

⑪御手…定子の手。通常、高貴な女性は袖の中に手を入れている。絵を積極的に扱うため袖口から出ているのが見える。「はつかに（ちらっと）」であるから、指先がのぞいているのだろう。

⑫薄紅梅…色の薄い紅梅の花のような色。体が冷えて肌が赤くなっている。定子の手のつややかな肌の色の形容。「御手の、綾の単衣の黒きよりさし出でたまへる、いとうつくしげなり（いぬ宮の御手が綾織りの単衣の黒っぽい袖からはみ出ていらっしゃるのが、（とても白くて）実にかわいらしい）」『うつほ物語』「楼の上上」や、「物縫ひ居たまへる手つき、いと白うをかしげなり（物を縫っていらっしゃるその手がとても白く美しい）」（『落窪物語』巻二）のように、姫君の手の美しさは「白」さに代表させることが多かったようである（**探究のために**参照）。

⑬里人心地…「里人」は、宮仕えをしないでいる人。また、宮仕えをせず、結婚生活を送っている人。ここでは、雅な宮中の生活に慣れていない清少納言が自らを「里人」ととらえ、俯瞰的に見ている。まだ「宮人」になりきれていないことを自覚している言葉である。

⑭まもりまゐらする…お見とれ申し上げる。「まゐらする」は謙譲の補助動詞「まゐらす」の連体形。「美しさに対する感嘆であるが、同時に他ならぬ中宮の肉体の一部である「手」を我が眼で現実に見た衝撃に対する反応」（永井和子）。

⑮葛城の神…役《えん》の行者が、葛城山と吉野の金峰山《きんぷせん》の間に石橋を渡そうとした時、葛城山の一言主の神が、容貌の醜いのをはばかって、昼は出ず、夜の間だけ仕事をしたため完成しなかったという

故事。ここでは、清少納言が夜だけ出仕して、夜が明ける前に自室に戻ろうとするのを、定子が戯れて言った。この故事は和歌にもよく詠まれ、当時よく知られており、『枕草子』内にも他に二度、引かれている（**資料B**参照）。

⑯いかでかは筋かひ御覧ぜられむ…「いかでかは」は反語。「筋かひ」は、斜め、斜《はす》かい。能因本・前田本「すぢかひても」。どうして斜め（からの顔）をご覧に入れられようか。「早く退出したいのだが、退出には伏せた顔を持ち上げねばならず、そうしたらいくら顔をそむけても、定子に斜めから顔を見られることになる。どうしてそんなことができようか、ということで、従って「なほ臥したれば」と続く」（新大系）。『源氏物語』「東屋」に、絵に夢中になって顔を隠すのを忘れる浮舟を異母姉である中の君がじっと見つめる場面がある。「絵など取り出でさせて、右近に詞読ませて見たまふに、向ひてもの恥もえしあへたまはず、心に入れて見たまへる灯影、さらにここと見ゆるところなく、こまかにをかしげなり（中の君が絵を取り出させて、右近に詞を読ませ、それを御覧になると、この浮舟も向かいあって、もう恥ずかしがってはいらっしゃれず、熱心に見入っておいでになるその灯影に照らしだされるお姿は、じっさいここがと思われる欠点もなく、いかにもきめこまやかに美しい器量である）。」

⑰御格子…85ページ**図**、215ページ（二百八十段）参照。

⑱女官ども…掃司《かもんのつかさ》の女官たち。外にいて、中の女房に話しかけている。

⑲ゐざりかくるるやおそき…「ゐざりかくる」は、膝行して、定子の前から姿を消すこと。「膝行」はひざで歩くこと。「……やおそき」で、姿を隠すやいなや、の意。

⑳上げ散らしたる…「上げ」は格子を上げること。「散らす」は動詞の連用形につく補助動詞。むやみに……する。無造作に……する。格子を早く上げたかった女房達の動作。

㉑雪降りにけり…「にけり」は……なのだったなあ。「すでに完了している事柄について、その事実にあらたに気づいた気持ちを表す。詠嘆の気持ちを伴うことが多い。……してしまった（ことよ）。……してしまっている（ことだなあ）」（『日本国語大辞典』）。「雪」に気づいた清少納言の感動。

㉒登華殿…弘徽殿の北にある御殿（104ページ）。中宮御在所。東側に立蔀がある。母屋は南北七間（一間は六尺〈約一・八メートル〉）、東西二間で、東西に廂があった。江戸期の故実書である『大内裏図考証』でも間取りなどいっさい不明である。『源氏物語』「賢木」には「登花殿のうもれたりつるに」とあって、弘徽殿の華やかさと対照的な引き籠もった陰気な御殿のように語られるが、一条天皇の中宮藤原定子はこの登花殿に住んだ（『王朝文学文化歴史大事典』）。

㉓立蔀…細い木を格子状に組み、裏面に板を張った蔀の一種。他の蔀のように開閉しない。多くは目隠し用として庭に立てるが、室内の仕切りに用いることもある。ここは、庭の立蔀。

㉔局の主…清少納言の自室の古参の女房のこと。女房は数人同室となることも多かった。

㉕敢へなきまで…「敢へなし」は張り合いがない、気落ちする、の

意味。古参の女房からすると「敢へなく」と感じるほど、定子は清少納言が側近く仕えることを許すのである。
㉖御前ゆるされたる…定子の身近に伺候すること。通常は一部の上﨟女房にのみ許される。
㉗思ふにたがふは…「おぼすにたがふ」と敬語が使われていないので、一般的なこととして言った。
㉘あれにもあらぬ…「われにもあらず」と同じ。「自分が自分のようでない。われを忘れて茫然としている。夢中である。
㉙火焼屋…宮中や東宮御所で夜の警固のための衛士が篝火をたいて詰める小屋のこと。

◆◇鑑賞のヒント◇◆

❶なぜ「宮にはじめてまゐりたる時」や「日」ではなく、「宮にはじめてまゐりたるころ」なのか。
❷清少納言はなぜそんなにも姿を見られたくないのか。
❸清少納言から見た定子はどのような人として目にとまったか。
❹中宮御所である登華殿の後宮の雰囲気はどのようなものだったか。

◆◇鑑賞◇◆

清少納言は敬愛してやまない定子のもとへの初出仕の日を、忘れることはなかったはずである。しかし、作者はそれを「ころ」と「漠とした広がり」（中田幸司）をもたせて書こうとした。この章段は、「はじめてまゐりたる」としながらも、初めて定子のもとに出仕した「その時」「その当日」だけの感動を描こうとしたものではないのである。

「〜ころ」という書き出しは、『枕草子』中、八箇所あり、それぞれ次にあげると、

・職の御曹司におはしますころ、木立などのはるかにものふり（七十四段）

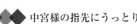

・職の御曹司におはしますころ、西の廂に（八十三段）
・ねたきもの……南の院におはしますころ（九十一段）
・五月の御精進のほど、職におはしますころ（九十五段）
・職におはしますころ、八月十余日の（九十六段）
・故殿の御服のころ（百五十五段）
・宮にはじめてまゐりたるころ（百七十七段）
・三条の宮におはしますころ（二百二十三段）

というように、本章段以外は、動作主はすべて定子であり、その時期も定子が職の曹司にいたころもしくは、道隆薨去後にある時期を振り返ったものとして記されている。その意味で、本章段と他の「～ころ」章段を同じ意識でとらえることはできないが、他の章段も「おはしますころ」であって「おはしましころ」や「おはしましけるころ」でないことに留意すべきだろう（三田村雅子）。例えば、「この段の執筆は後のことだから、これも回想による喚起なのだが、いま現在の描写のような臨場感がある。清少納言は、「宮にはじめて参りたるころ」と書くだけで、直ちに回想される事件の時の、現在の人となり得たようである」（『新日本古典文学大系』）とするように、本章段の「宮にはじめてまゐりたるころ」という書き出しは、回想しつつも、過去の時間（過去の出来事）を現在に再現する役割を果たしている。「まゐりたり」と「たり」という存続の助動詞が用いられていることもあわせて、読者は過去の、ある出来事を、現在の時間のように感じながら読んでゆくことができる❶。

清少納言は、出仕するのも毎夜毎夜、「夜」ばかりであり、出仕した後も、「三尺の御几帳のうしろ」に控え、定子を含めた他者から「見られる」ことを避けようとする。そんな引っ込み思案な清少納言を側近くに召し寄せ、中宮御所に馴れさせようとするのが定子であり、「絵」を見せようとするのも、そのためである。「絵」を見るためには、几帳の後ろに隠れているわけにはいかず、「絵」を見るための灯火に照らされることになり、自分の「髪の筋など」が見られることを耐えがたく思いながら絵を見なければならない。繰り返される「見る」という言葉に、見られることに対する清少納言の怯えが現れている。通常、宮仕えをしない貴族の女性は、人前に姿をさらしたりはしない。宮仕え生活の関門の一つが、様々な人の前に出ることに馴れることであった。『枕草子』「関白殿、二月二十一日に、法興院《ほこゐん》の積善寺《さくぜんじ》といふ御堂に」（二百六十段）は、この章段と近い時期の出来事と思われるが、「御簾の内に、そこらの御目どもの中に、宮の御前の見苦しと御覧ぜむばかり、さらにわびしき事なし。汗のあゆればつくろひたてたる髪なども、みなあがりやしたらむとおぼゆ。（御簾の内側にある、大勢のお方のお目のなかでも、中宮様が「見苦しい」と御覧あそばすことくらい、あらためてまたやりきれない気持ちがすることはない。汗がにじみ出るので、きれいに整えた髪なども、みな逆立っているであろうと感じられる。）」や、「……いますこし明う顕証なるに、つくろひそへたりつる髪も、唐衣の中にてふくだみ、あやしうなりたらむ。色の黒さ赤ささへ見えわかれぬべきほどなるが、いとわびしければ、ふともえ下りず」（もう少し明るくあらわであるので、かもじを入れて整えてある私の髪も、唐衣の中でそそけ立ち、妙なかっこうになってしまっているであろう。その髪の色の黒さ赤さまで見分けられてしまうにちがいないほどの明るさであるのが、とてもやりきれない感じなので、急にも（牛車から）降りるわけにもいかない。）と書かれ、自らの姿がどのように見られているかを気にする清少納言の心情・行動が描かれている。これほどまでに見られることを苦痛とする心情を記すことで、清少納言が新参者であるということも雄弁に語っている❷。

本章段に描かれる定子は、清少納言と違って行動的である。高貴な女性は、限られた女房にしか姿を見せない。『枕草子』には、定子の母親である貴子が、清少納言をはじめとする新参者の女房に姿を見せようとしなかったことが記されている（資料C参照）。しかし、定子は出仕間もない清少納言に姿を見せ、「絵」を取り出し、「これはとあり、かかり。それか、かれか」と絵の説明までもする。冷える時期であるから、袖口からちらりと見える中宮の「手」、つまり指先は寒さで紅潮している（語注⑪）。夜明け前に自室に戻ろうとする作者をからかい「葛城の神」にたとえる。女房が格子を上げようとするのを止め、清少納言を思いやる。自室へ下がることを留めつつも、時間が経ったからと、下がることを許し、一方で「夜さりはとく」と、次の参上を促す。雪を理由に「夜さり」を待たず「昼」のうちに再び召し寄せようとする定子の言動には、作者への様々な配慮と、清少納言を特別な女房として重用しようとする強い思いが読み取れる。

定子の態度・発言は極めて作者と対照的であった。絵を見せる時に定子の発話が「これはとあり、かかり。それか、かれか」と指示語が繰り返され、会話の具体的内容が再現されていないこと、さらに清少納言の返答がないことから、気の利いた教養あふれるコミュケーションなどは全くなかった（出来なかった）ことも窺える。定子からのあふれんばかりの配慮がありながら、一方で出仕するのが「いと苦しき」としか受け止められなかった新参女房清少納言は、まだ機知とは無縁の場所にいた。

定子自ら「絵」を選び出す行為や「葛城の神もしばし」との冗談に、定子の明るく才気ある性格があらわれているが、「絵」よりもむしろ、清少納言の感動は「いみじうにほひたる薄紅梅なる」定子の「手」（指先）に向けられ、「かかる人こそは、世におはしましけれ」と、定子を雲上人として、異世界の人として賞賛している。定子はその姿だけでなく、その「手」(指先)まで清少納言に見せることを許しているのだ。緊張して「絵」の鑑賞を楽しむどころではない清少納言の心を動かしたのは、「いみじくにほひたる薄紅梅」の肌をした定子の「手」(指先)の美しさなのだった。雪が降り冷える季節に、「いみじくにほひたる薄紅梅」と春の美を思わせる表現がなされているのは、清少納言にとって定子こそが「春」のような人だったからだろう❸。

後述するように、ここにあげた本文は、本章段の一部に過ぎないが、引用箇所からみえる登華殿の雰囲気について考えたい。定子の圧倒的存在感はさておき、暁方になって格子を上げようとした女官や女房たちも、定子の「まない(いけません)」の一声ですべてを察し、「笑ひて」帰っていく。新参女房である清少納言が何かと「恥づかしい」「涙も落ち」そうになりながら、「夜々」参上する状態であったことは、周囲の女房にもよく知られていることだったようである。周囲の「笑ひ」に、中宮後宮自体が明るい雰囲気であったことが窺われるし、女官たちの察しの良さもみてとれる。清少納言の「局の主」による苦言も、定子の御前に参上するよう指示する点で、清少納言に身の処し方を的確に指導しているといえる。新参女房としての清少納言は、定子だけでなく、周囲からもあたたかく受け入れられている。そして、受け入れられていたことを、この章段執筆時には経験豊かな女房となっていた清少納言が振り返り記しているのである❹。

◆◇探究のために◇◆

▼**「手」に魅せられる**　初出仕のころの、定子の美しさを、清少納言は定子の「手」を描くことで表現した。『枕草子』の中で、定子の「手」について触れているのは、ここだけである。更に言えば、当時の貴族の女性の「手」は通

常袖の中に隠れているから、あまり人の目に触れることはない。そのため、他の古典文学作品でも、「手」について言及されることはそれほど多くはない。

『源氏物語』に登場する空蟬は「手つき痩せ痩せ」（「帚木」）であるのを恥じて「手」が目立たないよう隠しながら振る舞い、宇治十帖のヒロイン大君は、自身の「御手つきの細やかにか弱くあはれなる」（「総角」）ことに絶望していた。逆に肉感的な手は男を惹きつける。次にあげるのは、光源氏が亡き恋人夕顔の娘玉鬘の手を捉える場面である。

……御手をとらへたまへれば、女かやうにもならひたまはざりつるを、いとうたておぼゆれど、おほどかなるさまにてものしたまふ。（中略）……手つきのつぶつぶと肥えたまへる、身なり肌つきのこまやかにうつくしげなるに、なかなかなるもの思ひ添ふ心地したまうて……。

（光源氏は玉鬘の手をお取りになるので、女（玉鬘）は、こんなこと（男に手を取られるようなこと）は初めての経験なので、本当にいやにお思いになるけれど、おっとりと気にしない風を装っていらっしゃる。（中略）……（光源氏から見て）玉鬘の手つきはふくよかに肥えていらっしゃる、その体つきや肌つきがきめ細やかでかわいらしくいらっしゃるので、かえって恋しいもの思いが加わるような感じがして……。）

光源氏は、直接玉鬘の手をとらえることで、彼女の「手つきのつぶつぶと肥えたまへる」や、「こまやかにうつくしげなる」肌を目の当たりにし、強く惹かれ、この後、玉鬘への慕情を何度も訴えることになる（「胡蝶」）。

美しい「手」の色は「白」であったようだ。『うつほ物語』や『落窪物語』に姫君の白い手を美しいものとして描いた箇所（**語注⑫参照**）があり、『源氏物語』「須磨」でも、光源氏の手を同様の形容を用いて表現している。

……涙のこぼるるをかき払ひたまへる御手つき黒き御数珠に映えたまへるは、古里の女恋しき人々の心みな慰みにけり。

（涙がこぼれてくるのをお払いになる光源氏の御手つきが（白く）、黒い数珠に映えていらっしゃるそのお姿は、故郷にいる恋人が恋しい供人たちの心がすっかり慰められるほどなのであった。）

光源氏の手を見ることで故郷の恋人を恋しいと思う気持ちを抑えられるというのは、男である供人たちが、光源氏の手に女性的な美を見ているということである。白という表現は用いられていなくても、黒い数珠に映えるという点から、「手」の白さを表した叙述であることがわかる。

このように、「白」い手が美しさの代表格とすると、定子の「薄紅梅」の「手」は、その類型を超えた清少納言が作り出した美的表現としてとらえることができる。定子が「白」い手をしていることを前提として、寒さで紅潮し「薄紅梅」に変化しているその様子を生き生きと描きあげることに成功している。そしてその「手」は、定子後宮の「絵」よりも魅力あるものであり、清少納言を感動させたのだった。

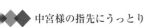

▼すばらしかった雪の日の記憶

『枕草子』内の「雪」に関する叙述は五〇例を超え、清少納言が「雪」を好んだことはよく知られているが、ここでの清少納言の「雪」への対し方は、極めて消極的である。「雪」が積もっていることを、知らなかったこともあろうが、「御格子もまゐらず」という状態で、暁方になっても格子を上げさせない、という配慮を定子にさせている。登華殿から見える「雪」を「いとをかし」「めづらしうをかし」と感動する心情はあるが、そのことで、定子や周囲の人々と対話するわけではない。「登華殿の御前は立蔀近くてせばし」と「雪、いとをかし」はどのように繋がるのだろうか。なぜ、「火焼屋の上に降り積もりたる」雪が「めづらしうをかし」と認識されるのか。これらは、必ずしも自明ではない。一見、「宮にはじめてまゐりたるころ」の、「雪」を「をかし」と思う初体験の記録に過ぎないようにも感じさせる。有名な「雪のいと高う降りたるを」（二百八十段）と本章段を比較すると、清少納言の態度の違いがはっきりとわかる。「少納言よ、香炉峰の雪はいかならむ」との定子の問いに対して、「御格子上げさせて、御簾を高く上げた」清少納言の態度は、定子を満足させ、周囲から「なほこの宮の人にはさべきなめり」と言わしめる。本章段で「里人心地」だった清少納言は、二百八十段のころには、他者からも認められる「宮の人」となっているのである。12、214ページ参照（初段、二百八十段）。

本章段で省略した後半部分にも「雪」は描かれており、伊周と定子による、和歌を下敷きにした雅なやりとりが描かれていた。「雪」は単なる自然現象ではなく、清少納言が身につけるべき文学的機知を導く素材としてあった（**資料D**参照）。後半部にも繰り返し描かれる「雪」の描写と繋いでゆくと、前述の「雪、いとをかし」の意味も見えてくる。他者へ働きかける言葉や行為ではないけれども、緊張で余裕がない清少納言が発見した「をかし」であり、定子や他の女房たちと同調できた「いわば執筆時現在にも通じた普遍性のある《雪》の叙述」（中田幸司）といえよう。初出仕の頃の、はためには逃げるように退出した新参者として映っていたであろう自分の姿を、実は、心内では「雪」を「をかし」と思っていたというその事実を、誰にも伝わらなかったであろうその思いを、今、言語化することで「雪」を通して周囲の人々と共有した思いが確かにあったことを伝えるために書き留めたのではなかろうか。

▼**「宮にはじめてまゐりたるころ」省略部分紹介及び清少納言の女房としての成長**　この章段は、『枕草子』の中でも長編に属する章段の一つである。本書では、教科書に収載されることが多い前半の一部をとりあげたが、それ以後の概略を紹介したい。

清少納言は、雪の日の昼間に定子に召されたが、御前の女房たちは当然ながら宮仕えにみな馴れていて、「つつましげならず」話をしにこにこ笑うといった様子であった。くだけた雰囲気の中、ただ一人「つつましき（固くなる）」ばかりの疎外感。そんな中、大納言（定子の兄伊周）がやってくる。姿を見られたくない清少納言は、奥にひっこむが、一方で見たいと思う好奇心には勝てず、几帳の隙間からのぞくと、伊周の雪に映える素晴らしい姿が目に入る。大雪の見舞いに来たという伊周に、定子は「道もなしと思ひつるにいかで」と古歌の一節で答え、伊周は「あはれともやご覧ずるとて」と古歌の下の句で応じた（資料D参照）。これらの洗練された会話を見聞きし、物語世界であるかのような感動を覚える。伊周は新参女房の清少納言が几帳の後ろにいるのに気づいて、声をかけてくる。清少納言は扇で顔を隠しながら汗びっしょりになって、何も答えられずに控えているが、扇を取り上げ、なおも戯れる伊周。顔を見せないよう伏している清少納言を思いやって、定子は伊周に筆跡鑑定をもちかけ、気をそらそうとした。それでもなお伊周は「それ（作者）ぞ、世にある人の手は、みな見知りてはべらむ」と清少納言に応答させようと試みる。ここからは、華やかな定子後宮で、気後れしている清少納言を、好意的に受け入れようとする定子や伊周といった中関白家の優しい姿が見て取れる。清少納言はそんな中宮御在所につどう人々を「変化のもの、天人などのおり来たるにや」と感じていたものの、日数がたつとそうでもなくなった、と回想する。

また、別の日と思われる回想として、定子に「われをば思ふや（私を好いているか）」と問われた出来事が描かれる。清少納言は「いかがは（どうしてお思い申し上げないことがありましょうか）」と答えるが、ちょうどその時、台盤所から誰かがくしゃみをする音が聞こえてくる。当時くしゃみは嘘がばれる仕草とされていたようで、「そら言（嘘）を言ふなりけり」と定子は、奥に入ってしまった。宮仕えをはじめたばかりで、弁解もできず夜を過ごした清少納言だったが、翌朝、「浅緑なる薄様に、艶なる文」が届き、そこには定子からの「いかにしていかに知らましいつはりを空にただすの神なかりせば（どういう方法でどのようにあなたの嘘を知ったろうか、嘘を空で証拠がなくても判断する糺の神がいらっしゃらなければ、嘘とわからなかっただろうに）」という和歌が書かれてあった。清少納言は「薄さ濃さそれにもよらぬはなゆゑに憂き身のほどを見るぞわびしき（花であれば、花びらの色の薄さ濃さで判断するでしょうが、ここは鼻（くしゃみ）ですから、あなた様への思いの薄さ濃さは左右されません。そのくしゃみのために（あなた様への思いを疑われて）つらい我が身のほどを知るのは心憂く思われます。）」と答え、定子に返歌したあとにも、昨夜誰かがくしゃみをしたのを嘆かわしく思う、ということを記して回想を終える。

以上、このように、本章段は、出仕しはじめたばかりのころの複数の挿話が記される。恥ずかしがってばかりで、気の利いた答え一つもできない清少納言と、新参女房である清少納言に配慮し、定子後宮の機知あふれる世界に引き入れようとする中宮の優しい姿が繰り返し語られる。姿を見られたくないという意識を持ちながら、最初はうつむいてばかりで気のきいたやりとりができなかった清少納言が、少しずつ定子とコミュニケーションをとり、傍観者から、和歌の贈答の当事者として定子後宮の一員になってゆく様が描かれた章段といえる。

（岡田ひろみ）

【資料】

A　『紫式部日記』

「なぞのこもちが冷たきにかかるわざはせさせたまふ」と、聞こえたまふものから……。」
（現代語訳：どのような子持ちが、この冷たい時節にこんなことはなさるのか」と中宮様に申し上げなさると……。）

B　『枕草子』内の「葛城の神」に関する記述

・……奥に、「このをのこは、みづからまゐらむとするを、昼は容貌わろしとて、まゐらぬなめり」と、いみじうをかしげに書いたまへり。「二月、官の司に定考といふことすなる」（百二十七段）
（現代語訳：……その先に、「この下男は自分自身で参上しようとするのですけれど、昼は顔がみっともないと言って参上しないようです」と、たいへん美しく見える筆跡でお書きになっている。）

・……あまり明かうなりしかば、「葛城の神、今ぞずちなき」とて逃げおはしにしを、七夕のをりに、この事を言ひ出でばやと思ひしかど、宰相になりたまひにしかば……。

「故殿の御服のころ」（百五十五段）

（現代語訳：……あたりがあまり明るくなったので、「葛城の神も、今はお手あげだ」と言って、逃げておいでになった、ということがあったのだが、七夕の時に、このことを言いだしたいものだと思ったけれど、斉信様も参議におなりになってしまったので、……。）

C　新参女房に姿を見せない貴子（定子母）

・上もわたりたまへり。御几帳引き寄せて、あたらしうまゐりたる人々には見えたまはねば、いぶせき心地す。

「関白殿、二月二十一日に、法興院《ほこゐん》の積善寺《さくぜんじ》といふ御堂にて」（二百六十段）

（現代語訳：関白様の北の方もこちらへおいでになる。御几帳を引き寄せて、わたしたち新参の女房どもにはお姿をお見せにならないので、心が晴れない気持ちがする。）

D　本章段省略部分における「雪」にかかわる叙述

大納言殿のまゐりたまへるなりけり。御直衣、指貫の紫の色、雪に映えていみじうをかし。柱のもとにゐたまひて、「昨日今日、物忌みに侍りつれど、雪のいたく降りはべりつれば、おぼつかなさになむ」と申したまふ。「『道もなし』と思ひつるにいかで」とぞ御いらへある。うち笑ひたまひて、「『あはれと』もやご覧ずるとて」などのたまふ御ありさまども、これより何事かはまさらむ。物語にいみじう口にまかせて言ひたるに、たがはざめりとおぼゆ。

（現代語訳：大納言様が参上なさったのであった。御直衣、指貫の色が、雪に映えて非常におもしろい。柱わきにお座りになって、「昨日今日、物忌みでございましたが、雪がひどく降りましたので、どうしておいでか気がかりでございまして」とお話し申し上げになる。「「道もなし」と思いましたのに、どうして」と、中宮様の御応答がある。大納言様はお笑いになって、「「あはれと」も私を御覧あそばすかと思いまして」などとおっしゃるそのお二方のご様子は、これよりまさろうものは何があろうか。物語にひどく口にまかせて言っているのとまったく同じようだと思われる。）

（参考）

引歌《ひきうた》　山里は雪降り積みて道もなし今日来む人をあはれとは見む

（『拾遺集』二五一・冬・題知らず、兼盛）

（現代語訳：山里は雪が降り積もって道もない。今日来るような人を友情に厚い人と思って歓迎しよう。）

引歌　我が宿は雪降りしきて道もなし踏み分けて訪ふ人しなければ

（『古今集』三二二・冬）

（現代語訳：私の住処は雪が一面に降って道もない。この雪を踏み分けて訪ねてくれる人なんて一人もいないから。）

台風の余韻

野分のまたの日こそ・百八十九段

①野分《のわき》のまたの日こそ、いみじうあはれにをかしけれ。②立蔀《たてじとみ》、③透垣《すいがい》などの乱れたるに、④前栽《せんざい》どもいと心苦⑤しげなり。大きなる木どもも倒《たふ》れ、枝など吹き折られたるが、萩《はぎ》、女郎花《をみなへし》などの上《うへ》に、⑥よころばひ伏せる、いと思はずなり。⑦格子《かうし》の壺《つぼ》などに、木の葉をことさらにしたらむやうに、こまごまと吹き入れたるこそ、荒かりつる風のしわざとはおぼえね。

いと⑧濃《こ》き衣《きぬ》の⑨うはぐもりたるに、⑩黄朽葉《きくちば》の織物、⑪薄物《うすもの》などの⑫小袿《こうちき》着て、⑬まことしう清げなる人の、夜《よる》は風の⑭さわぎに、寝られざりければ、⑮久しう寝起きたるままに、母屋《もや》より、すこしゐざり出でたる、髪は風に吹きまよはされて、すこしうちふくだみたるが、肩にかかれるほど、まことにめでたし。物あはれなるけしきに、見出《みい》だして、⑯「むべ山風を」など言ひたるも心あらむと見ゆるに、十七、八ばかりやあらむ、小さうはあらねど、わざと大人《おとな》とは見えぬが、⑰生絹《すずし》の単衣《ひとへ》の、いみじうほころび絶え、花もかへりぬれなどしたる、⑱薄色の宿直物《とのゐもの》を着て、⑲髪、色に、こまごまとうるはしう、末《すゑ》も尾花《をばな》のやうにてたけばかりなりければ、衣《きぬ》の裾《すそ》にかくれて、袴《はかま》のそばそばより見ゆるに、童《わらは》べ、若き人々の、⑳根《ね》ごめに吹き折られたる、ここかしこに取りあつめ起し立てなどするを、うらやましげに㉑押し張りて、簾《す》に添ひたるうしろでもをかし。

【現代語訳】

台風の翌日というものは、たいそう情趣も深くおもしろい。立蔀や透垣などが壊れているので、庭の植え込みがかわいそうな感じだ。大きな木々も倒れ、枝などが吹き折られているのが、萩や女郎花などの上に横倒しになっているのはあんまりだ。格子のます目などに、木の葉をわざわざしたようにこまやかに吹きいれてあるのこそは、荒々しかった風のしわざとは思えない。

とても（紅の）濃い着物で艶がなくなったのに、赤っぽい黄色の織物、（夏の）薄い織物などの小袿を着て、律儀できれいな人で、夜は台風のさわぎで寝られなかったのでなかなか起きられず（やっと起きて）そのまま、母屋から少し膝歩きで出ている人が、髪は風に吹き乱されてふくらんでいるのが、肩に掛かっている様子は、ほんとうにすばらしい。感慨深げな表情で外を眺めて、「なるほどそれで山風を」などと言っているのも教養のある人だろうと見える。（そこへ、）十七、八くらいであろうか、小さくはないけれど、特に大人とは見えない人が、生糸の織物で仕立てた単衣の、ひどく縫い目がほころび切れ、薄藍色が褪めて濡れなどしたのに、寝るときに掛ける薄紫色の衣を着て、髪は艶やかできちんと整えられていて、毛先もススキのようであって身の丈ほどだったので、衣の裾に隠れて、袴の襞《ひだ》のはしばしから見える。（そこへ、）女の童や若い女房たちが、根ごと吹き折られたのを、あちこちで取りあつめ、起し立てなどするのを、うらやましそうに簾を（外側に）大きく張り出して、簾にくっついている後ろ姿もおもしろい。

【語注】

①野分…台風。『和名抄』巻一「史記云、暴風雷雨」の注に「漢語抄云、暴風、波夜知《はやち》、又能和岐《のわき》乃加世」とあり、秋に野を吹きわける風の意で、暴風。

②立蔀…細い木を組んで格子にし、裏に板を張った、衝立型の板塀。室内でも用いられたが、庭の建物の近くに目隠しとして立てたものであろう。

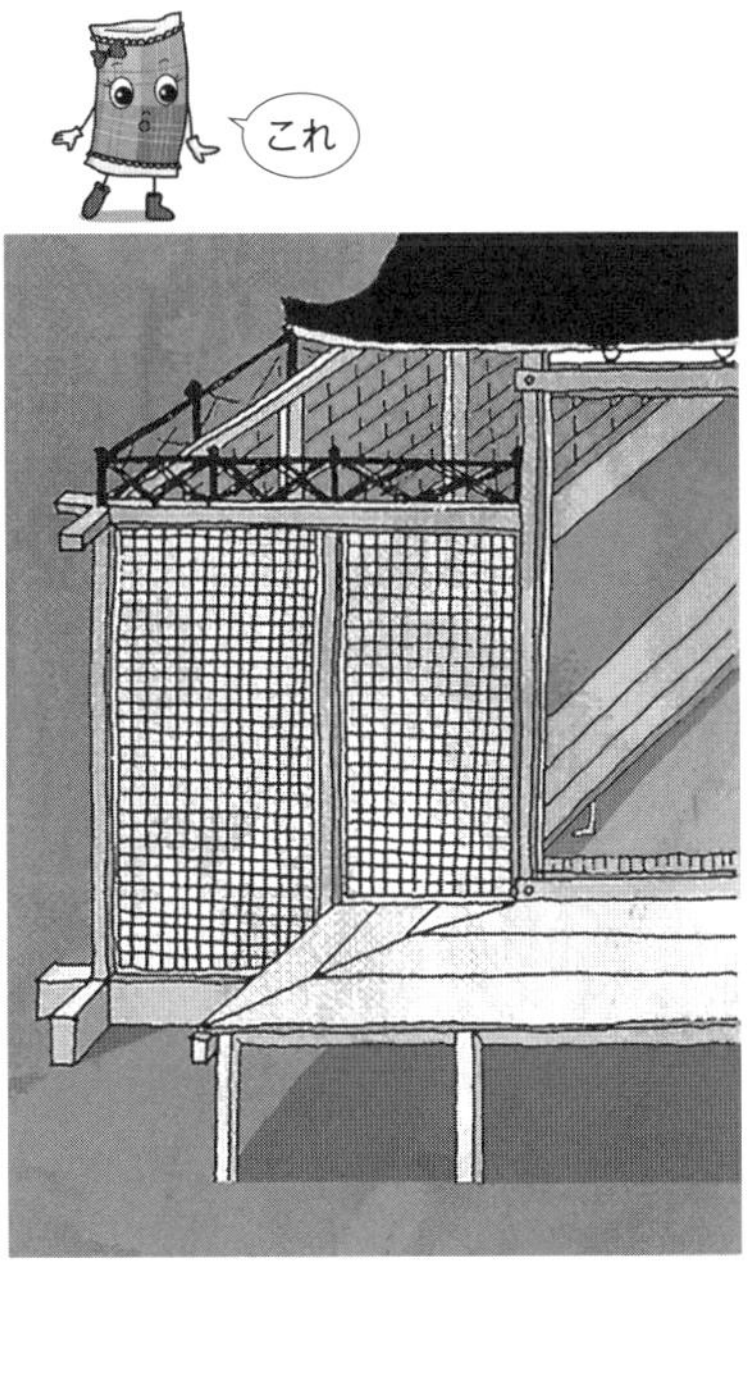

③透垣…板や竹を少し隙間をあけて組んだ垣。131ページ図参照。

④乱れたるに…立蔀や透垣が壊れている「ので」とする注釈と、「うえに」とする注釈がある。前者は格助詞（動作や作用の原因・理由）、後者は接続助詞（添加）ととるのであろう。「心苦しげ」にかかる部分は、次の「よころばひ伏せる、いと思はずな

り」と同様、擬人化した表現と見られるから、前栽が立蔀や透垣の上に折り重なるように倒れていることをいうものと考えて、格助詞とみておく。

⑤心苦しげなり…「(「こころぐるしい」の語幹に接尾語「げ」の付いたもの)気の毒そうなさま。いかにもいじらしいさま。心配そうであるさま。せつなげ」(『日本国語大辞典』)。「げ」は「様子の意を表す体言「け」が、上接語と密着して濁音化したもの。体言、動詞の連用形、形容詞の語幹などに付いて、様子、けはい、などの意を表す。……外からみて、どうもそれらしい様子である、……の様子、いかにも……という印象をうける。「心細げ」「うつくしげ」「はずかしげ」「ありげ」「おわしげ」など(『日本国語大辞典』)。

⑥思はずなり…『日本国語大辞典』では「(1)思いがけないさま。意外なこと。思いも寄らないさま。(2)期待がはずれて気にくわないさま。心外なさま。」として、(2)に本用例をあげる。

⑦格子の壺…格子のくぼみ。板を貼った手前に組んだ木によってできる小間。85ページ図参照。

⑧濃き…紫の濃い色。「一般的にいえば、何色であれ濃く出した色ということになるわけだが、有職《ゆうそく》の色目でいう「こきいろ」は、とくに紫の濃い色という意味に用いられている。染め色では、濃い紫に、ときとして赤みの加わった、蘇芳《すおう》または葡萄《えび》に近い色、織り色では経緯《たてよこ》ともに濃い紫で織り出した色をいう。染料は紫根および蘇芳、これに附子鉄漿《ぶしかね》を加えて色を出したといわれる。平安時代以来若年未婚の高貴な女性の用いた袴《はかま》がこの色である(『日本大百科全書(ニッポニカ)』(山辺知行))。

⑨うはぐもりたる…表面の色がさめてつやがぬけている。

⑩黄朽葉…「子《くちなし》に茜《あかね》または紅を混ぜた色。織物では、経《たていと》を紅、緯《よこいと》を黄とする。秋用いる。」(『日本国語大辞典』)。

⑪薄物…「薄織の絹布の総称で、絽《ろ》、紗《しゃ》、明石《あかし》、越後上布《えちごじょうふ》のような生地でつくった夏用の単衣《ひとえ》の衣類をいう。「軽羅《けいら》」「薄絹《うすぎぬ》」「薄《うす》機《ばた》」の意で、『日本書紀』にすでにみられるように、きわめて古くから衣料として用いられたらしく、『延喜式』にもしばしば現れている(『日本大百科全書(ニッポニカ)』(宇田敏彦))。また、『日本国語大辞典』は「平安時代の実際の「うすもの」としては、織り方がより簡単であることから、紗のほうが多く用いられたか。」と推測する。

⑫小袿《こうちき》…「小形の袿《うちき》の意で、袿を裾短に仕立てたもの。「こうちぎ」とも。女房装束の略装として、唐衣・裳を省略した重袿《かさねうちぎ》(五つ衣《ぎぬ》)姿の上に着用するため、華やかな織物を材質にして袿を裾短に仕立てた。後宮にあっては、中宮・女御等の私服として常用された。」(『平安時代史事典』(小川彰))。「関白殿、二月二十一日に、法興院の」(二百六十段)には、

殿の上は、裳の上に小袿をぞ着たまへる。

(関白様(=道隆)の北の方(=貴子)は、裳の上に小袿をお召しになっている。)

とあり、貴子が、娘の定子が中宮であることから臣下の礼をとって裳を着用した上に、唐衣ではなく小袿を着用したという。

普段着の小袿だと袖が短いから、
下に着ているものもよく見えるね。
下の着物の色と合わせて
おしゃれします。

⑬まことしう清げなる…「まことしう」は本当に、と強調する意とも考えられるが、そのような用例が少ないので、「実直」「律儀」の意とみておく。「きよげ」は形容詞「きよし」の語幹に接尾語「げ」の付いたもので、けがれなく美しく見えるさま。さっぱりとしているさま。特に、平安時代では、美一般を表す語として、いまの「美しい」とほぼ同義に用いられた。平安時代には、人物の容貌を中心に、身近な調度や食品などの美をあらわす語として頻出した。『源氏物語』では光源氏をはじめとする第一級の皇族貴族などについては「きよら」が用いられるが、「きよげ」は薫や頭中将、及びそれ以下の者について用いられているという。

⑭さわぎ…「声や物音などがやかましいこと。さわがしいこと」、「忙しさや心配事などで心が落ち着かないこと。また、そうしたときの混雑、取りこみ」という意味がある。どちらにしても、台風のせいで安眠できなかったのである。

⑮久しう寝起きたるままに…「久し」は「物事をするのに多くの時間を費やす。暇がかかっている」、「寝起く」は「目覚めて起きる」という意味であるから、なかなか起きられないことをいう。

⑯「むべ山風を」…この一句は、『古今集』（秋下・二四九）の次の歌の一部を口ずさんだもの（**探究のために**参照）。

是貞の親王の家の歌合の歌　文室康秀《ふんやのやすひで》

吹くからに秋の草木のしをるればむべ山かぜをあらしといふらむ

（吹くとともに秋の草木がしおれるので、なるほど、山風を「あらし（嵐・荒し）」というのであろうか。）

⑰生絹の単衣の、いみじうほころび絶え、花もかへりぬれなどしたる…生糸（練らないままの絹糸）で仕立てた裏地のない衣。「ほころび絶ゆ」は衣服などの縫い目がすっかり切れてしまうこと、あるいは、ほころび（衣服や几帳《きちょう》などの、合わせめの一部をわざと縫い合わせないでおく部分）の前後の縫いめが切れる（『日本国語大辞典』）ことで、『枕草子』には、

童べの、頭《かしら》ばかり洗ひつくろひて、なりはみなほころび絶え、乱れかかりたるもあるが、屐子《けいし》、沓《くつ》などに、「緒すげさせ、裏をさせ」などもてさわぎて、いつしかその日にならなむといそぎおしありくもいとをかしや。

（女の童の、せいぜい頭ぐらいを洗って手入れをして、身なりの方はすっかりほころびて糸目が切れ、乱れて垂れ下がっているのもあるといった格好のが、足駄や沓などに、「鼻緒をすげさせてちょうだい、裏をさしてちょうだい」などとはしゃいで、早くその日になってほしいと大急ぎで歩きまわるのもおもしろい。）

（「正月一日は」三段）

という例もある。「花」は「露草の花のしぼり汁の青白い色。縹《はなだ》。さらに、藍染の淡い藍色をいう。また、花染」（『日本国語大辞典』）であるから、「花もかへりぬれなどしたる」は、薄藍色も褪せて濡れなどしている」ということである。「汗にぬれた」（山野井安栄『春はあけぼの—枕草子—』）とする見解もあるが、何によってぬれたのか、手がかりはない。

⑱薄色の宿直物…薄色は「（1）濃い色に対して淡い色のこと。（2）平安時代以降公家の染色では、紫色の薄い色に限って、「薄色」と呼んだ。織色（織物の経糸《たていと》と緯糸《よこいと》の色の組み合せ）で表す襲《かさね》色目では、経が紫、緯が白。衣服の表地と裏地の襲ね色目では、表が薄色、裏が薄色または白の組合せであった。『枕草子』三巻本巻末増補章段「女の表着《うわぎ》は」（六段）には「女の表着は薄色。葡萄染《えびぞめ》。萌黄《もえぎ》。桜。紅梅。すべて薄色の類。」（女の表着は薄い紫色。葡萄染《えびぞめ》。萌黄《もえぎ》。桜。紅梅。すべて薄い色のたぐい。）とあり、『源氏物語』「若菜下」には「童べは、容貌《かたち》すぐれたる四人、赤色に桜の汗衫《かざみ》、薄色の織物の衵《あこめ》、浮文の表袴《うへのはかま》、紅の擣《う》ちたる、さまもてなしすぐれたるかぎりを召したり。」（お供の女童《めのわらわ》は、顔だちのすぐれているのが四人、赤色の表着《うわぎ》に桜襲《さくらがさね》の汗衫《かざみ》、薄紫色の織物の衵《あこめ》、浮き模様の表袴《うえのはかま》、それは紅の艶出しをしたもので、姿も物腰もすぐれている者ばかりをお召しになる。）とある。ただし、紅色の薄い色も「薄色」とする説もある。」（『日本大百科全書（ニッポニカ）』（高田倭男））。宿直物は「（1）宮中などに宿直する時用いる夜具や衣類。（2）夜具・夜衣をいう。」（『日本国語大辞典』）であるから、寝るときに掛ける薄紫色の衣。

⑲髪、色に、こまごまとうるはしう…「色に」は、『源氏物語』で薫が大君を垣間見る場面で、

髪さはらかなるほどに落ちたるなるべし、末すこし細りて、色なりとかいふめる、翡翠だちていとをかしげに、糸をよりかけたるやうなり。

（髪はさっぱりとした程合いに抜け落ちたからであろうか、先が少し細くなって、それこそが髪の色というのだろうか、翡翠色めいていかにも美しく、糸を縒りかけたようである。）

（『源氏物語』「椎本」）

とあるように、光沢がある美しくつやのある髪、いわゆる緑の黒髪である。『枕草子』「小舎人童」（五十二段）でも、

小舎人童、小さくて、髪、いとうるはしきが、筋さはらかに、すこし色なるが、声をかしうて、かしこまり物など言ひたるぞ、らうらうじき。

（小舎人童は、小さくて、髪が非常にきちんと整っているのが、そしてその髪の筋はさらっとして、少し艶がある、そんな童が明るく美しい声で、かしこまって何か言っているのが、物慣れて利発な感じだ。）

とある。また、「こまごまとうるはしう」は手入れが行きとどいていて、繊細で美しいさまを表す。このように『枕草子』には髪についてのこだわりの表現が見られる。

⑳根ごめ…「込《ご》め」は下二段動詞「込《こ》む」の連用形が接尾語化したもので、名詞に付いて、それを含めていっしょに、の意を表す。……ごと。……ぐるみ。

㉑押し張りて…「おし」は接頭語で、「張る」を強めていう。「この御方のたよりに、たたずみおはしてのぞきたまへば、簾《すだれ》高く押し張りて、五節《ごせち》の君とて、されたる若人のあると、双六《すごろく》をぞ打ちたまふ。」（内大臣すなわちかつての頭中将が）弘徽殿女御の御方にお越しのついでに、そのまま姫君のお部屋にお立ち寄りになって中をのぞいてごらんになると、（近江君が）簾を中からぐんと大きく張り出して、五節の君といってしゃれた若女房がいるのだが、それを相手に双六を打っておいでになる。）（『源氏物語』「常

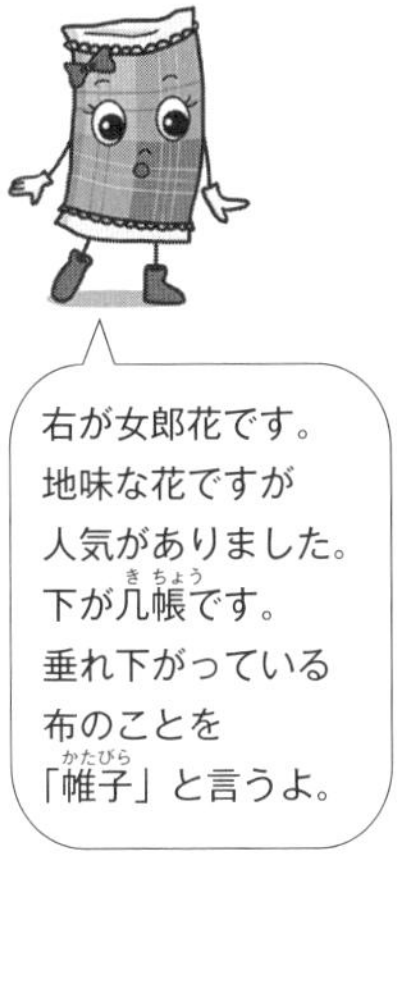
右が女郎花です。
地味な花ですが
人気がありました。
下が几帳《きちょう》です。
垂れ下がっている
布のことを
「帷子《かたびら》」と言うよ。

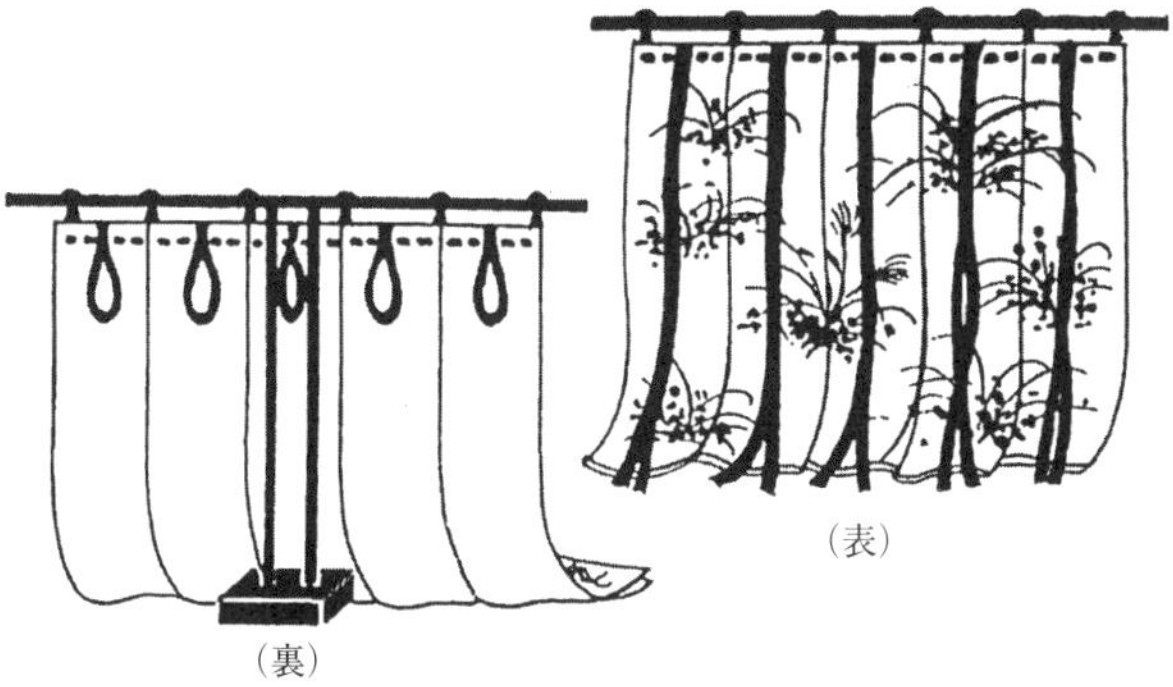
（表）
（裏）

夏」）が、本章段と近い用例である。

◆◇鑑賞のヒント◇◆

❶野分は、当時の人々にとってどのようなものだっただろうか。
❷野分は、清少納言にとってどのようなものだっただろうか。
❸「まことしう清げなる人」はどのような人物だろうか。
❹「むべ山風を」は、どのような歌の一句か。
❺「十七、八ばかりやあらむ、小さうはあらねど、わざと大人とは見えぬ」のは、どのような人物だろうか。

◆◇鑑賞◇◆

野分すなわち台風は、現代でも甚大な被害をもたらしており、当時の人々にとっても恐ろしいものであったことは想像に難くない。『源氏物語』「野分」（資料A）では、大宮が孫の夕霧の台風見舞いを喜ぶ様子が描かれ、『赤染衛門集』（三五七番歌）には、

野分したるあしたに、幼なき人をいかにとも言はぬ男に、やる人にかはりて
荒く吹く風ぞいかにと宮城野の小萩が上を露も問へかし
（野分の激しい風が吹いた翌朝に、幼い人を「大丈夫ですか」とも言ってこない男に、手紙をやる人に代わって
荒く吹く風は大丈夫ですかと宮城野の小萩のような（と『源氏物語』「桐壺」でも言われている）幼子のことを、ちょっとく

らい見舞ってよね。）

と、野分の翌朝、子どもを心配してくれない男を恨む歌が残されている❶。

この一つ前の「風は」（百八十八段）をこの章段と一続きとする見方がある。百八十八段は「風は　嵐」で始まり、嵐の折の情趣を詳しく述べるもので、たしかに本章段と共通する見方が示されている（**資料B**）。特に、「夏とほしたる綿衣《わたぎぬ》のかかりたるを、生絹《すずし》の単衣《ひとへぎぬ》重ねて着たる」は、本章段の「黄朽葉の織物、薄物などの小袿」が秋の色目の織物に夏用の小袿を羽織っていることへの注目と通じるものであろう。また、嵐による落葉への強い関心と観察眼も共通する。

しかし、「嵐」を詠みこんだ歌は『万葉集』や『古今六帖』にもあり、『後拾遺集』までの勅撰集では『古今集』に五首、『後撰集』に六首、『拾遺集』に七首、『後拾遺集』に十首あるのに対し、「野分」はそれらのいずれにもない。『枕草子』の書かれた時代までには、

野分してしらなみたたむ時だにもすぐさず君にあひみてしかな　（『敦忠集』五五）

（台風で白波が立つような時だけでも早くあなたに会いたいものだ。）

わがやどは野分はふかむ隣より荒れまさりたる心地こそすれ　（『公任集』三六六）

（私の家には台風がくるようだ。隣の家よりもっと荒れ果てている気がする。）

など、数首が残る程度である。「野分」は「六百番歌合」の歌題となり、新古今時代の歌人たちに多く詠まれ、

夜すがらの野分の風のあと見ればすゐふす萩に花ぞまれなる

（一晩中（吹きすさんでいた）台風の風の過ぎた跡を見ると、先の方が倒れている萩に花はほとんど残っていない。）

（『玉葉集』秋上・五〇八、後伏見院）

のような野分の後の静かな風景も好まれるようになるが、早く清少納言は、台風の翌朝の情景を「いみじうあはれにをかし」と捉えていたのだった。ここでは、立蔀や透垣、大木に押し倒された草花や格子のます目に吹き入れられた木の葉によって、台風一過の静けさの中に、昨夜の暴風が想起されている。さすがに台風のすさまじい夜中には情趣に浸っている余裕もないはずだが、実はその激しさを心のどこかで小気味よいものと感じ楽しんでいる部分があるのかもしれず、通り過ぎてみれば、すっかり昨日と変わってしまった非日常の光景に魅了されている、といったところだろう❷。

この場に中宮定子の存在は感じられず、庭の情景からしても貴族の屋敷であると想像される。当時の装束については不明なことが多いが、小袿は女房装束（十二単）の略装とされ、唐衣のかわりに中宮などが日常着として着用していたとされる。女房たちは、仕える女君の前ではフォーマルなファッションを身につけていたのであり、くつろいだ際には唐衣を省略することもあったが裳ははずさなかった（八條忠基）と言われるが、『枕草子』には「（定子が）おはしまさねば、裳も着ず、袿姿にてゐたる」（「返る年の二月二十余日」七十九段）という記述があり、日常生活では唐衣を小袿に替え、裳をつけないこともあったと考えられる。

母屋に寝ていた「まことしう清げなる人」がこの屋敷の女主人である可能性も否定できないとはいえ、「まことしう清げなる」、すなわち「律儀で美しい人」と表現されるのは、やはりこの屋敷に仕える上臈女房であるとみるほうがふさわしいように思う❸。

赤っぽく、艶がなくなった衣の上に、秋に用いる黄朽葉の色合いの織物や夏用の袿を重ねているのは、季節は秋になったけれどまだまだ暑い、まさにこの季節ならではの服装で、風で髪を乱され、寝起きの気だるさを漂わせている。そして、それにもかかわらず律儀に裳をつけているといった情景ではなかろうか。普段から申し分なくきちんとしている女房の、普段とは異なる珍しい様子もまたすばらしいというのである。

この女性の口をついて『古今集』所載の古歌が出るところには、当時の人々の和歌の教養が偲ばれる。

これは、『古今集』秋下の巻頭歌（二四九）で、文室《ふんや》（文屋）康秀《のやすひで》の（康秀の息子の朝康《あさやす》の作とする本もある）、

是貞親王《これさだのみこ》の家の歌合の歌

吹くからに秋の草木のしをるればむべ山風をあらしといふらむ

の第四句であり、『百人一首』でもおなじみである❹（**探究のために**参照）。

「十七、八ばかり」かと見える女性についても、記述は詳細である。薄藍色がさめた単衣が、濡れて色濃く見えるところに、涼感を感じられるようである。衣は夏用のものだが、身の丈ほどの髪は秋のスキのようにひろがりながら衣の間から見え隠れしている。「小さうはあらねど、わざと大人とは見えぬ」とあるのは、体つきのことであるかもしれないが、それよりむしろ、庭の手入れに動き回る下仕えの人々を羨ましそうに見ている様子を、子どもっぽいと評したのではないだろうか。

当時、その家の主人となる貴族の女性たちが庭に下り立つことはなかったが、『枕草子』には、女房たちが、前栽の風情を見るために庭に下りたことが記されている（倉田実）（**資料C**）。そうすると、庭に下り立つことが許されず、簾の内側にいるしかないこの女性は、この屋敷の姫君と推測したいところである❺。服装も先ほどの女性よりくだけて無頓着であるが、髪や後ろ姿は美しい。それでいて、強風にうちのめされた植栽を修復するために走り回る、下仕

えの童や若い人々を見るために、簾を押し張って庭先にせり出している様子は、貴族の女性の身だしなみとして褒められたものではなく、大人らしいとは言いがたい。しかし、清少納言はむろん、その女性の好奇心のありように共感しているのである。

◆◇探究のために◇◆

▼「むべ山風を」　康秀は六歌仙の一人で、小野小町との贈答歌とされる歌（『古今集』雑歌下・九三八）があり、『古今集』に五首、『後撰集』に一首が残されている。生没年未詳、貞観《じょうがん》二（八六〇）年、刑部《ぎょうぶ》中判事《ちゅうはんじ》から三河掾《みかわのじょう》、元慶《がんぎょう》元（八七七）年、山城大掾《やましろのたいじょう》、同三（八七九）年縫殿助《ぬいどののすけ》（古今集目録・中古歌仙三十六人伝）という経歴が判明している下級官僚である。

この歌は、同じく『古今集』「仮名序」の六歌仙評の部分に引かれ、

文室康秀はことばはたくみにてそのさま身に負はず、いはば商《あき》人のよき衣《きぬ》着たらむがごとし〈吹くからに野辺の草木のしをるればむべ山かぜをあらしといふらむ〉、深草のみかどの御国忌に、〈草深き霞の谷にかげ隠し照る日の暮れし今日にやはあらぬ〉

（文室康秀は、言葉づかいは巧妙だが、その「さま」が身に伴っていない。言うならば、商人が立派な衣装を身につけているようなものである。〈吹くとともに野の草木がしおれるものだから、なるほどそれで山風をあらしというのだなあ。〉、仁明天皇の御命日に、〈草深い、霞が立ちこめている谷にそのお姿を隠し、照る日が暮れてしまった昨年の今日ではなかったか。〉）

（哀傷・八四六）

と後代の注がつけられてもいる。さらに、『古今六帖』（一・あらし・四三二）にも、

吹くからになべて草木のしをるればむべ山風をあらしといふらん

というかたちで載る。

この歌は、一つの字を二つに分けて詠み込む離合詩という漢詩の技法と共通する言葉遊びの一種でできている。藤原公任は、『和歌九品《わかくほん》』でこの歌を「わづかに一ふしあるなり」として「下上」、すなわち九段階の上から七段階目の例歌とした。「余情」を重んじる公任の趣味には合わなかったのであろうが、平安後期の藤原範兼《のりかね》（のりかねとも）による歌仙歌合形式の秀歌撰『後六々撰《のちのろくろくせん》』、藤原定家『百人一首』『詠歌大概』にとられるなど、後世にも評価された歌である（❹）。

この歌が清少納言にどのように評価されていたのか確証はないが、『百人一首』にもとられた清少納言の藤原行成への和歌を見ても、清少納言が理屈のまさった和歌を否定的に捉えているとは言えないだろう（106ページ**コラム**参照）。**鑑賞**でみてきたように、ここに登場する女性たちが、この屋敷の女房と、その女房が仕える姫君であるとするならば、このような古歌を生活の一場面に当てはめて享受する女房の姿勢が、姫君の教育の一環ともなるのである。あえて想像すれば、この屋敷が京の郊外にあったことから、野分の風を山から吹き下ろす風と捉え、「むべ山風を」、なるほど山から吹いてくる風を庭の草花を荒らす風、すなわち嵐というのだなあ、と口ずさんだのかもしれない。

▼『源氏物語』への影響　表現の類似から、この章段が『源氏物語』「野分」（**資料D**）に影響を与えたのではないかということも推測されてきた。しかし、その創作方法には明らかな違いがある。『枕草子』はあくまでも対象の隅々を見ることにこだわり、人事や心情を断ち切ってその瞬間を鋭利に捉えるところに特徴があり、一つの世界を一瞬に

封じ込めた緊張感が感じられる。それに対し、『源氏物語』はおぼろな照明のもとでのまなざしを感じさせる言葉に留め、夕霧の心の密かで不逞《ふてい》な情念の嵐の象徴としての「野分」を描いて、作中人物の中に流れた時間を浮かび上がらせる（原岡文子）。

▼**場面描写の方法**　この章段は、前半では台風で荒れ果てた庭の情景の一つ一つに焦点を当て、草花に感情移入した描き方もしている。後半では一転して人物を描写するが、色や材質に至る登場人物の服装の細部まで描写されているのが印象的で、実際何らかの体験に基づいて執筆されたことは間違いないだろう。しかし、だからといって事実として描かれているわけではない。むしろ、固有名詞を極力廃し敬語も使わずに再構成したところに、日記的章段とは一線を画す章段の創作を意図しているように見える。

『枕草子』を、類聚的章段、随想的章段、日記的章段の三つに分類するならば（8ページ）、本章段は随想的章段ということになる。随想的章段に特定の形式はなく、ある意味で自由に書くことができたのだから、随想的章段にはさまざまなテーマを持つものが含まれることになる。

この章段の描く世界は、台風の吹き荒れる「非日常」から普段の生活、すなわち「日常」を取り戻すまでの、「台風一過」の短い時間の中の一瞬を切り取ったものである。

庭の植物、一人目の女性、二人目の女性とその視線の先に立ち働いている童べや若い人々、その一つずつに清少納言の視線が移動していく。

何人もの人物が登場するにもかかわらず、描写される声は「むべ山風を」という古歌の一節のみである。人々の心情が会話によって示されることはないが、「夜は風のさわぎに、寝られざりければ」と、一人目の女性の寝足りなさそうな理由を、確定した事実として全知的に表現する。一方で、「物あはれなるけしき」「心あらむと見ゆる」、「わざと大人とは見えぬ」「うらやましげに押し張りて」などと、第三者的な視点から女性たちを観察し、「まことにめでたし」「をかし」と評価する。

この章段では、前半部が自然の景を描くのに対し、後半部は人物像を中心に据え、あたかも一双の屏風絵のように仕立ててあること、さらに「九月ばかり」（百二十五段120ページ）や「雪高う降りて」（二百三十段）などの随想的章段に「文字による絵画」創出の自覚が見られること、絵画として仮構したこの章段の世界が『源氏物語絵巻』のいくつかの画面とよく似ていることが指摘されている（藤本宗利）。当時の貴族の人々の生活の中に、屏風などの調度品は欠かせないものだったから、屏風の絵を見てそこに描かれた世界を想像して語り合ったり歌を詠み合ったりすることもあったのである。

本章段は、台風が通り過ぎ、日常を取り戻すまでの非日常性に焦点を当て、その中の一瞬を切り取っている。第三者的な視点から観察した体でありながら、そこに主観的な批評を加えることで、いわば「物語」の一場面を描こうとしているのではないだろうか。

（宮谷聡美）

【資料】

A『源氏物語』「野分」（抜粋）

宮いとうれしう頼もしと待ちうけたまひて、「ここらの齢《よはひ》に、まだかく騒がしき野分にこそあはざりつれ」と、ただわななきにわななきたまふ。「大きなる木の枝などの折るる音もいとうたてあり、殿《おとど》の瓦さへ残るまじく吹き散らすに、かくてものしたまへること」とかつはのたまふ。

（現代語訳：大宮は、（中将、夕霧が来るのを）ほんとうにうれしく頼もしいこととお思いになって、「この年になるまで、わたしはまだこんなふうに激しい台風にあったことはありませんでしたよ」

と、ただもうわなわな震えてばかりいらっしゃる。「大きな木の枝などが折れる音もまったく気味が悪いし、御殿の瓦まで一枚残らず吹き飛んでしまいそうに荒れているのに、よくまあこうして来てくださったこと」と、（震えながらも）一方ではおっしゃる。）

B「風は」（百八十八段）

風は　嵐。三月ばかりの夕暮に、ゆるく吹きたる雨風。

八、九月ばかりに、雨にまじりて吹きたる風、いとあはれなり。雨のあし横ざまに、さわがしう吹きたるに、夏とほしたる綿衣《わたぎぬ》のかかりたるを、生絹《すずし》の単衣《ひとへぎぬ》重ねて着たるも、いとをかし。この生絹だにいと所せく暑かはしく、取り捨てまほしかりしに、いつのほどにかくなりぬるにかと思ふもをかし。

暁に格子《こうし》、妻戸《つまど》を押しあけたれば、嵐のさと顔にしみたるこそ、いみじくをかしけれ。

九月つごもり、十月のころ、空うち曇りて、風のいとさわがしく吹きて、黄なる葉どもの、ほろほろとこぼれ落つる、いとあはれなり。桜の葉、椋《むく》の葉こそいととくは落つれ。

十月ばかりに木立《こだち》おほかる所の庭は、いとめでたし。

（現代語訳：風は　嵐。三月ごろの夕暮れに、ゆるく吹いている雨《あま》風《かぜ》。

八月か九月ごろに、雨にまじって吹いている風は、たいへんしみじみとした感じである。雨足《あまあし》が横向きに、騒がしく吹いているので、夏中通して着た綿入《わたいれ》の着物の（衣桁に）掛かっているのを、生絹《すずし》の単衣《ひとえ》を重ねて着ているのも、とてもおもしろい。この生絹さえ、ひどく窮屈で暑苦しく、とり捨ててしまいたかったのに、いつの間にこんなに涼しくなってしまったのだろうと思うのも、おもしろい。

明け方に、格子や妻戸を押しあけると、嵐の風がさっと冷たく顔にしみてくるのは、たいへんおもしろい。

九月の末、十月のころに、空がかき曇って、風がひどくさわがしく吹いて、たくさんの黄色の木の葉が、ほろほろとこぼれ落ちるのは、たいへんしみじみとした感じである。桜の葉や椋の葉はとても早くから落ちることだ。

十月ごろに木立の多い所の庭は、たいへんすばらしい。）

C

（1）「職《しき》の御曹司《みぞうし》におはしますころ、木立などの」（七十四段）（抜粋）

有明のいみじう霧りわたりたる庭に下りてありくを聞《きこ》しめして、御前《おまへ》にも起きさせたまへり。うへなる人々の限りは出でゐ、下りなどして遊ぶに、やうやう明けもて行く。

（現代語訳：有明の月のころひどく霧が立ちわたっている庭におりて、（女房たちが）歩きまわるのをお聞きあそばされて、（中宮様におかせられても）お起きあそばしていらっしゃる。当番で御前に詰めている女房たちは全部、外に出て庭に下りなどして遊ぶうちに、しだいに明けはなれてゆく。）

（2）「故殿《ことの》の御服《おんぷく》のころ」（百五十五段）（抜粋）

……職《しき》の御曹司《みぞうし》を方《かた》あしとて、官《くわん》の司《つかさ》の朝所《あいたどころ》にわたらせたまへり。

……つとめて見れば、屋のさまいとひらに短く、瓦葺《かわらぶき》にて、唐《から》めき、さまことなり。例のやうに格子《こうし》などもなく、めぐりて、御簾《みす》ばかりをぞかけたる。なかなかめづらしくてをかしければ、女房、庭に下《お》りなどして遊ぶ。前栽《せんざい》に、萱草《くわんぞう》といふ草を、籬《ませ》結ひて、いとおほく植ゑたりける。花のきはやかにふさなりて咲きたる、むべむべしき所の前栽には、いとよし。

（現代語訳：職の御曹司は方角が悪いということで、太政官庁《だじょうかんちょう》の朝《あいた》所《どころ》にお移りあそばしていらっしゃる。……翌朝見ると、建物の格好はとても平らで背が低く、瓦葺きなので唐《から》風で風変わりである。普通の建物のように格子などもなく、まわりにぐるりと御簾ぐらいを掛けてある。かえって珍しく面白いので、女房は、庭に降りなどして遊ぶ。植え込みに、萱草《かんぞう》という草を、籬《まがき》を結って、とてもたくさん植えてあるのだった。花がくっきりと房になって咲き垂れているのは、格式ばった所の植え込みには非常によい。）

D　『源氏物語』「野分」（抜粋）

おはしますに当たれる高欄に押しかかりて見わたせば、山の木ども吹きなびかして、枝ども多く折れ伏したり。草むらはさらにも言はず、檜皮《ひはだ》、瓦、所どころの立蔀、透垣などやうのもの乱りがはし。日のわずかにさし出でたるに、愁《うれ》へ顔なる庭の露きらきらとして、空はいとすごく霧りわたれるに、そこはかとなく涙の落つるをおし拭《のご》い隠してうちしはぶきたまへれば……。

（現代語訳：（中将の夕霧が、紫の上の）ご寝所にあたっているお部屋のあたりの高欄《こうらん》にもたれてお庭を見渡すと、（風は）築山《つきやま》の木々を吹き倒して、枝が何本も何本も折れ伏している。草むらは言うまでもなく、屋根の檜皮《ひわだ》、瓦、あちこちの立蔀、透垣などといったたぐいが雑然と散らばっている。日がわずかに射してくると、悲しみを訴えるかのような庭の露がきらきらと輝いて、空はぞっとするほど美しく霧が立ちこめている景色に、（中将は）なぜというわけでもなく涙が落ちてくるので、それをおしぬぐい隠して咳ばらいをなさると……。）

恋の理想と現実

平安時代の貴族の女たちは、女房は別として、基本的に部屋の奥から出ることはない。だから、恋は男が女の噂を聞いたり垣間見たりするところから始まる。恋文のやりとりを経て、男は女のもとに通うことになるが、二人が会えるのは日暮れから夜明け前までの短い時間しかない。男は暗いうちに女のもとを去らねばならず、女も男を明るくなる前に送り出すのが嗜みとされていた。「暁のなからましかば白露のおきてわびしき別れせましや（もし暁がなければ、白露が置く中、起きてつらい別れをしなくても良かったのに。）」（『後撰集』恋四・八六二、貫之）の歌にあるように、「暁」（夜明け前のほの暗い頃）は相愛の男女が別れなければならない時間としてとらえられていたのである。

清少納言は『枕草子』の中で、逢瀬の際の理想的な男の姿を、男が女のもとから帰る「暁」の所作にみる。

人は、なほ暁のありさまこそ、をかしうもあるべけれ。わりなくしぶしぶに起きがたげなるを、強ひてそそのかし、「明け過ぎぬ。あな見苦し」など言はれて、うち嘆くけしきも、げにあかず、物憂くもあらむかしと見ゆ。（「暁に帰らむ人は」六十一段）

（男は、やはり暁の別れの様子が特に風情があってほしいものだ。どうしようもなく気がすすまず起きにくそうであるのを、女が無理に帰る気になるように仕向け、「夜が明けてしまいました。ああ見苦しいこと」など言われて、男がため息をつく様子も、なるほど満ち足りず、女と別れて帰るのがつらいのだろうと見える。）

起きるのが億劫そうであるのも、急かされてため息をつくのも、「帰りたくない、ずっと一緒にいたい」という女への愛情の深さを示す。当時、理想的な男のふるまいとして類型化されていたようで、物語の主人公光源氏にも確認することができる。

霧のいと深き朝《あした》、（六条御息所に）いたくそそのかされたまひて、（源氏の君が）ねぶたげなる気色にうち嘆きつつ出でたまふを、……（『源氏物語』「夕顔」）

この時、光源氏は夕顔に夢中で、六条御息所への愛情は薄くなっていたが、にもかかわらず「いたくそそのかされ」「ねぶたげなる気色にうち嘆き」ながら帰る姿に、理想的な男としての資質が透視される（無意識にでもこのように振る舞えるのがいい男、なのだ）。

とはいえ、現実は物語ではないから、なかなかそうもいかない。『枕草子』は現実の男を記すことも忘れない。「思ひ出でどころありて、いときはやかに起きて、ひろめき立ちて（男はほかに思い出す女の所があって、大層思い切りよく起きて、ばたばた帰り支度をして）」（「暁に帰らむ人は」六十一段）というように、別の女の事を思い出し、気もそぞろに帰ろうとする男。女との別れの名残りを惜しまない男。そういった男の態度に対して、「にくし」とも何とも評さないが、理想的な男と比較することで、「をかし」の対極に位置づけていることは間違いないだろう。『枕草子』は、王朝の人々が全員雅びやかにふるまえたわけではないということにも気づかせてくれる。

清少納言自身はどのような恋をしていたのだろうか。『枕草子』から読み取ることはなかなか難しいけれども、「里にまかでたるに」（八十段）に描かれる元夫、橘則光とのやりとりから想像することはできる。和歌が嫌いで機知に富んだやりとりもできず、雅やかとは決していえない則光のようなタイプの男を、清少納言は夫とし、離婚した後も気のおけない関係でいたのだ。いつの時代も理想と現実は違うし、理想と違う男を好きになることもある。

（岡田ひろみ）

ホトトギスの声、聞こえてる？

五月ばかりなどに山里にありく・二百七段

①五月ばかりなどに②山里に③ありく、いとをかし。草葉も水もいと青く見えわたりたるに、④上《うへ》はつれなくて、草生《お》ひしげりたるを、ながながと、⑤ただざまに行《い》けば、⑥下《した》はえならざりける水の、⑦深くはあらねど、⑧人などの歩《あゆ》むに、⑨走りあがりたる、いとをかし。

左右《ひだりみぎ》にある垣にあるものの枝《えだ》などの車の⑩屋形《やかた》などにさし入るを、いそぎてとらへて折らむとするほどに、ふと過ぎてはづれたるこそ、いとくちをしけれ。蓬《よもぎ》の、車に押しひしがれたりけるが、輪《わ》の廻《まは》りたるに、⑪近うちかかりたるもをかし。

【現代語訳】

五月ごろなどに（牛車で）郊外を動き回るのは、たいへんおもしろい。草も葉も水も一面にとても青く見えているのに、表面はどういうこともなく草が生い茂っているところを、ながながとまっすぐ進んでいくと、その下には、かなりの量の水が、（あの歌のように）深いというわけではないけれど、伴の人などが歩くと、バシャバシャとほとばしりあがるのは、とてもおもしろい。

左右にある垣根にある何かの枝などが、車の屋形などに入ってくるのを、急いで捉えて折ろうとするのだけれど、すっと行き過ぎて捉えそこなってしまうのは、とても残念だ。牛車におしひしがれてちぎれた蓬が、車輪が回るのに伴って、（自分の）近くにひっかかって（強い香りをはなって）いるのも、おもしろい。

【語注】

①五月ばかり…旧暦五月は新暦の六月前半ころ。梅雨を「五月雨」という。湿気の多い季節。木々は芽を吹き、山全体が青く、生き生きとしている。

②山里…上代には用例がなく、平安時代になってから発見された風景。都に対してその郊外、貴族の山荘（別荘）や寺院があった。太秦《うずまさ》・粟田《あわた》・北白河・東山・伏見・宇治・西山・嵯峨野《さがの》など、山のふもとにある。山の中にポツンとある里ということではない。

③ありく…「ありく」は動き回る。清少納言たちは、牛車に乗って山里を散策している。

④上はつれなくて…「つれなし」は、「変わりない」の意。表面は草が生い茂っていて、どうということもないが。

⑤ただざま…解釈が分かれるところ。本書では、別荘地の中をながながとまっすぐ進んでいく意に解した。

⑥下はえならざりける水…④「上はつれなくて」と対応（**鑑賞**参照）。

⑦深くはあらねど…挿入句。「水の」の述語ではない（**鑑賞**参照）。

⑧人などの歩むに…清少納言らは牛車に乗り、従者らは歩いている。

⑨走りあがり…勢いよく水が跳ね上がり。

⑩屋形…牛車の、人が乗るところ。

⑪近ううちかかりたる…本文に異同がある。本書は、三巻本系統の本文「うちかかりたる」を採り、車輪に踏みしだかれてちぎれた蓬が、車輻《しゃふく》（下のイラスト参照）に引っかかったまま、車輪が回るのに伴って屋形近くに上がってくる、それとともに蓬の香り急に強く感じられると解した（**鑑賞**参照）。

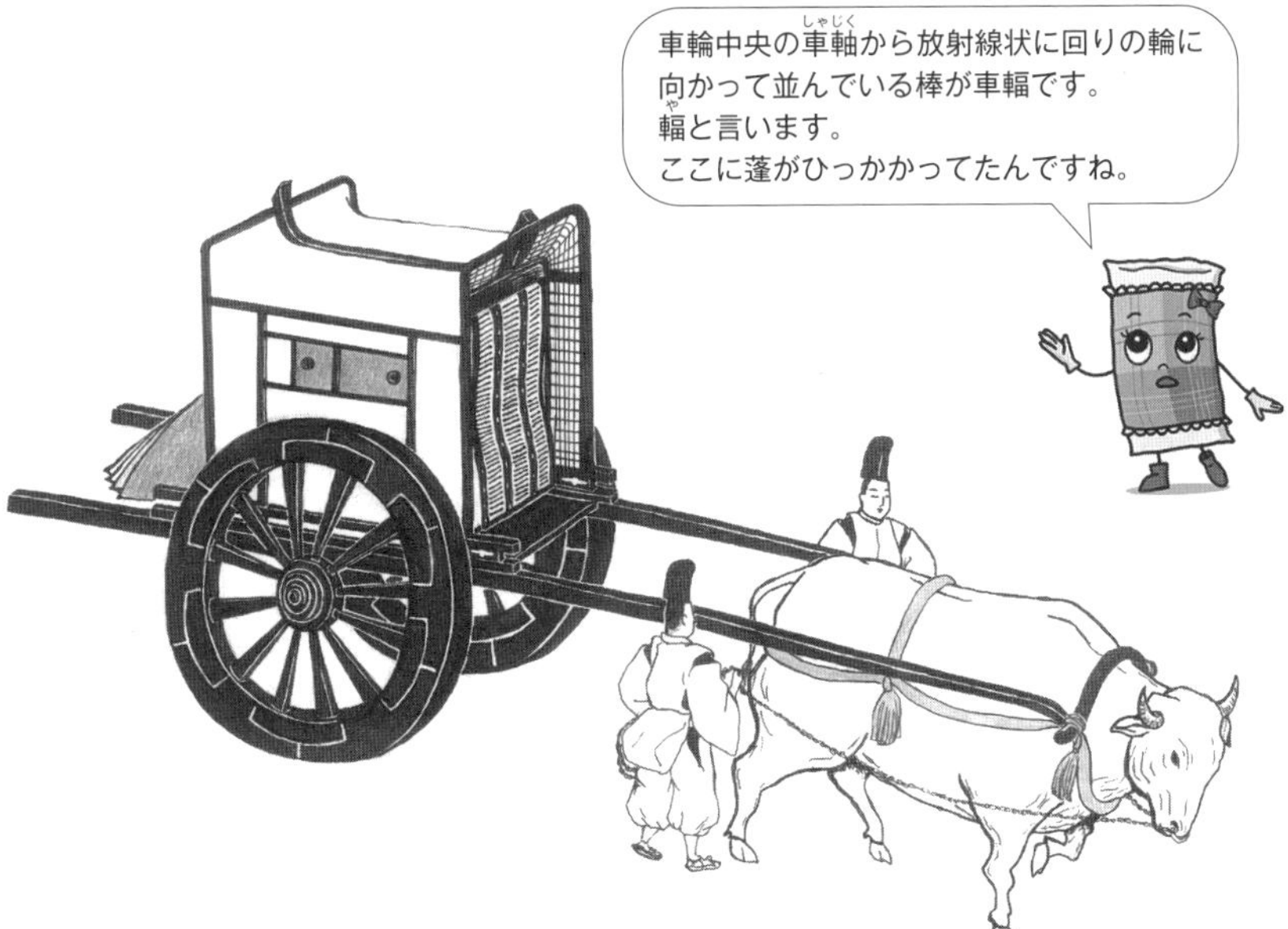
車輪中央の車軸《しゃじく》から放射線状に回りの輪に
向かって並んでいる棒が車輻です。
輻《や》と言います。
ここに蓬がひっかかってたんですね。

◆◇鑑賞のヒント◇◆

❶五月《さつき》とはどんな季節だったのだろうか。
❷清少納言は何のために山里（郊外）を牛車で動き回っているのだろうか。
❸草が生い茂る中を従者が歩くと水が跳ね上がる情景の、どこがおもしろいのだろうか。
❹なぜ牛車の屋形から差し込んだ枝を捉えてそこなったことが、とても残念なのだろうか。
❺車輪に踏みしだかれた蓬が、車輻にひっかかったまま屋形近くにやってくる情景の、どこがおもしろいのだろうか。
❻なぜ夏の代表的風物であるホトトギスが最後まで登場しないのだろうか。

◆◇鑑賞◇◆

五月は、新暦でいえば六月前半。さわやかな季節ではなく、梅雨がちでしっとりした時期である❶。山里は、都の郊外、山のふもとにある貴族の別荘地である。彼女たちは何のために山里を歩き回っているのだろうか。「五月の御精進のほど」（九十五段）には、「五月一日から雨がちで、曇ったり曇らなかったりと所在がないので、私が『ホトトギスの声を探しに行きたいものですね』と言うのを聞いて、『私も私も』ということで出発する」とある。雨がちな五月は、ホトトギスがさかんに鳴く季節であった❶。

清少納言はホトトギスが大好きだ。ホトトギスは、『万葉集』以来、夏を告げる鳥として和歌世界で詠まれてきた。例えば『古今集』夏歌の約八割はホトトギスを詠んでいる。清少納言もまた、前述した「五月の御精進のほど」（九十五段）のように、ホトトギスを探し求め、また「鳥は」（三十九段）においては、「ホトトギスはなんとも言いようもないほどすばらしい」と褒めたたえ、「五月雨のころの短夜《みじかよ》に、目をさまして、何とか人より先にホトトギスの声を聞こうと待ち遠しく思っていると、明け方の闇のかなたに鳴いたその声の巧みさ、かわいらしさは、魂もそちらにさまよい出るかと思われるほどに、気持ちが引かれてどうしようもない」と記している。

『拾遺集』に、

山里にやどらざりせば郭公《ほととぎす》聞く人もなき音《ね》をや鳴かまし　（夏・九九、よみ人知らず）

（山里に私が宿らなかったら、ホトトギスは誰も聞くことのない鳴き声を立てることになっただろうに。）

とあるように、ホトトギスは、山里で鳴くものとされていた。清少納言たちはホトトギスの声を聞くために山里にやった来たのであった。和歌的な美意識に従っての行動である❷。「五月ばかりなどに山里にありく、いとをかし」という命題が提示された時点で、読者には、あの途切れることのないホトトギスの鳴き声が聞こえているのである。生徒には是非、ホトトギスの鳴き声を聞かせたいところだ❻。

さて、一行は梅雨時のみずみずしく、匂い立つような草や葉、梅雨で増水した水が、ずっと一面、青一色に見える風景の中を進んでゆく。この描写は、寛平《かんぴょう》元（八八九）年ころ、宇多《うだ》天皇の母后班子《ははきさいはんし》邸で催された「寛平御時《かんぴょうのおんとき》后宮歌合《きさいのみやのうたあわせ》」（十巻本）の、

おしなべて五月の空を見わたせば草葉も水も緑なりけり　（七二）

（おしなべて五月の空を見渡すと、草葉も水も一面に緑であった。）

と共通することが西山秀人によって指摘されている。清少納言は、空も草葉も水も緑一色だという和歌的な美意識をここで再確認している。

こうした和歌的な景色の中で、清少納言が描くのは、表面はどういうこともなく草が生い茂っているが、その下には梅雨でたまったけっこうな深さの水があって、従者たちが歩くと、その足元から泥水がバシャバシャと勢いよく跳ね上がるというさまであった。和歌的美意識は空も草葉も緑一色であることを主題とするが、清少納言はその和歌的主題を背景として、跳ね上がる水しぶきの動的な面白さを描くのである。

表面はどういうこともないが、実は深い水が潜んでいるという情景もまた、和歌的なものであり、岩崎美隆『枕草子杠園抄《こうえんしょう》』（江戸時代後期に書かれた注釈書）以来、次の『拾遺集』歌を引き歌としているとされている。

葦根はふうきは上こそつれなけれ下はえならず思ふ心を　（恋四・八九三、よみ人知らず）

（葦根が這っている沼水は、表面は上澄みの水でなんということもないが、下はなんとも泥が深い、そのような深さであなたを思っている私の心を理解してほしい。）

表面はどうということもないが下には深い水が潜んでいるという情景を、この歌は、人知れず深く思う恋心の比喩としている。和歌の情景つまり、景物はつまるところ人間の心情に集約されていく。清少納言は「深くはあらねど」という挿入句によってこの歌をイメージさせつつ、その景物そのものに視点を置き、従者が足を踏み入れたとたんに跳ね上がる泥水によってはじめてその深さを理解したと、今、目の前で起こっている動的な情景として捉え直している。静的な和歌の景物がバシャバシャという動きを伴って印象づけられるところにおもしろさがある❸。

次に一行は、左右に生垣のある、かなり狭い道にさしかかる。本章段の前段、「見物《みもの》は」（二百六段）には、賀茂祭《かものまつり》の当日、斎王《さいおう》が紫野、野の宮の斎院に帰る行列（「祭りの帰《かへ》さ」）を見たのちの場面が次のように描かれている。清少納言たちは、見物後の混雑を避けて、「山里」めいた道を通ることになった。この道には、見慣れない「うつ木垣根」つまり卯の花の垣根が茂っていて、たくさんの枝が道にさし出ているが、花はまだ開き切らない蕾であった。清少納言はその卯の花の蕾のついた枝を折らせて、乗っていた牛車の屋形のあちこちに挿して楽しんだ。

卯の花は『古今集』に二首、『後撰集』に七首、『拾遺集』に九首掲載されるが、そのほとんどが垣根の花を詠んだものである。なかには、次の歌のように「卯の花」「垣根」とホトトギスが詠まれたものもある。

卯花の咲けるかきねの月きよみ寝《い》ねず聞けとや鳴くほとゝぎす　（『後撰集』夏・一四八、よみ人知らず）

（卯の花が白く咲いている垣根を照らす月が明るいので、「寝ないで聞いてください」と言ってか、ほととぎすがやって来て鳴いていることであるよ。）

清少納言は、先にも引いた「鳥は」（三十八段）で、「ホトトギスが卯の花や花橘などに好んでとまり、その姿を見え隠れさせるのも、心憎いほどの風情がある」といい、「見物は」（二百六段）で、卯の花に隠れるホトトギスを描いている。彼女はやはり、こうした和歌的美意識を契機として世界を見ている。

ここでも清少納言は、実際にいるかどうかは別として、卯の花に見え隠れしているはずのホトトギスを描かない。そればかりか、そもそも垣根が「うつ木垣根」（卯の花の垣根）であることすら明示しないまま、車の屋形に

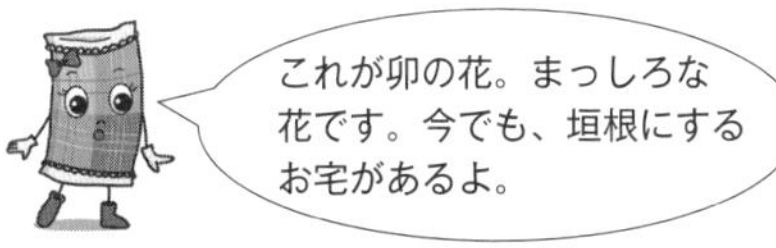
これが卯の花。まっしろな花です。今でも、垣根にするお宅があるよ。

入ってくる枝を、急いで折りとろうとするのだけれど、すっと行き過ぎて捉えそこなったのがとても残念だという。ここには、和歌的景物の一つである卯の花の動きを触覚的に描写するという方法がある❹。さらに、捉えそこなったのがとても残念なのですが、さて何の枝でしょうか、というような、なぞかけの楽しさまでもが感じられる。

さて、山里の細い道には蓬などの草が生えていた。清少納言を乗せた牛車はその中を進んでいく。そのとき、牛車の車輪に押しひしがれてちぎれた蓬が、輻《や》（車輻）に引っかかったまま、車輪が回って上がってくるにつれて、彼女のすぐ近くにやってきた。

和歌的世界において蓬は、

いかでかは尋ね来《き》つらん蓬生《よもぎふ》の人も通はぬ我が宿の道　（『拾遺集』雑賀・一二〇三、よみ人知らず）

（どうして訪ねてくることがあるだろうか。蓬が生い茂る、人も通うことがない私の家の道に。）

のように、荒れた宿に生えるものとされていた。『枕草子』一本二十五段にも、「荒廃している家の、蓬が深く生い茂り、葎が這っている庭に、月がくもりもなく明るく澄みのぼって見えている」とある。

しかし、清少納言は蓬の香りに、強く興味を持っていた。「節は」（三十七段）で、彼女は節句の中で、五月五日の端午の節句が一番だと言う。それは「菖蒲や蓬などが一緒に香りあっているのが、たいへんおもしろい」からだ。端午の節句には、宮中でも庶民の家でも、邪気を払うものとして菖蒲で屋根を葺いた。中宮の御殿では縫殿寮《ぬいどののつかさ》から薬玉《くすだま》が献上され、御帳台が立ててある母屋の、左右の柱に付けた。薬玉とは菖蒲や蓬など芳香性の強い薬や薬、香料を入れた袋を造花や糸で飾ったものである。そういう様子に清少納言はとても興味を惹かれている。そして、この段は、「夕暮れのころに、ホトトギスが自分の名を告げるように鳴き渡っていくのも、何から何まですばらしい」と結ばれる。清少納言にとっての五月端午の節句は、菖蒲や蓬の香りとホトトギスの鳴き声に彩られていた。

そもそも五月の雨季は、盛夏に向かって植物がぐんぐんと成長し、雨間にはその香りを発散する時期である❶。清少納言にとって五月の蓬は、前述の「節は」で見たように、その香りが興味の対象なのである。車輪が回っておしひしがれた蓬が、輻《や》にひっかかったまま近づいてくれば、当然その香りは急に強くなるはずだ。清少納言は嗅覚で蓬の香りの強まりを捉えようとする。そして忘れてならないのは、「節は」で清少納言が、菖蒲や蓬の香りの背景にホトトギスの声を聞いているように、この場面でもホトトギスは鳴き続けていることである❺。

本章段は、五月の山里で鳴くホトトギス、うつ木垣根に見え隠れするホトトギスという、伝統的な和歌の景物の連環に支えられた美意識を共有しながら、その肝心のホトトギスを描かない。清少納言が描くのは、山全体が青みがかっている中で従者が跳ね上げた水、捉えようとして捉えそこなった垣根の枝、急に近くなった蓬の香りという、自らの視覚、触覚、嗅覚に基づいた、景物の動的な姿である。ここには、和歌が景物を人間の心情に集約するのに対して、その景物の微細な動きを主題化するという、清少納言の意識的なスタイルが読み取れる。それに応じて、描かれないホトトギスの動的な姿や聴覚によって捉えられる鳴き声がリアルに想起させられるのである❻。

◆◇探究のために◇◆

▼描かれない風物―ホトトギス―　藤本宗利は、『古今集』仮名序に「春の花の朝、秋の月の夜」とあるように、伝統的な和歌的美意識は、「季節―風物―時刻」の連環によって捉えられるのに対し、『枕草子』は例えば「春はあけぼの」（初段）で、「春はあけぼの」「夏は夜」「秋は夕暮」というように、その中間項である風物を消去しているところ

に特徴があるという。夏であれば「夏―ホトトギス―夜」の連環の風物であるホトトギスが描かれないということだ。藤本はこうした方法は、「或る特定の風物の登場や、それを取り巻く各季節の主たる風物の描出を、読者の側に強く期待させる。実際の表現は空白となって読者の心象に残留する。……むしろ空白であるが故に、それが語られた際には当然陥らざるを得なかったであろう紋切型を、はるかに凌ぐ鮮明な印象を読者にもたらし得る」と述べる。

さらに藤本は、本章段にも言及し、ここで「ホトトギスが卯の花に隠れるなどと述べれば五月の山里とホトトギス・卯の花という既成の観念的連環に則った形になってしまい、もはや通念の範疇から一歩も外へ出ないこととなる。それ故に両素材について敢えて沈黙し、話題を跳ね上がる水、車に差し入る枝と蓬の香のみに絞って、その体験的な描写を行なっている」のだという。ホトトギスが描かれないことによって、逆に強く印象づけられるという指摘は、首肯すべきものであろう。ただし、本書は、ここでホトトギスを描かないのは、既成の観念的連環に則った紋切型になるのを避けるためというだけでなく、より積極的に、和歌が景物を人間の心情に集約するのに対して、それぞれの景物を主題化するための一つの方法であると考える。

ホトトギスを全く描かないことによって、和歌的世界においてホトトギスと連環している「五月」「山里」「卯の花」「蓬」といった景物一つ一つが丹念に見つめられることになる。そこに、山全体がしっとりした水分を帯びて、一面に青みがかっている自然の生命力、従者が足を踏み入れることで跳ね上がる水しぶきのきらめき、卯の花を取りそこねた感触のなまなましさ、蓬の香りが急に強くなって鼻をくすぐるすがすがしさといった景物の微細な動きがあざやかに印象づけられることになる。そして、そうした景物が再び結び合わされることで、描かれないホトトギスの動きや鳴き声がリアルに再現されることにもなるのである。

▼**和歌の景物を主題化するための〈見る〉** 清少納言は跋文「この草子、目に見え心に思ふ事を」（228ページ）の冒頭で、この草子は「目に見え心に思ふ事」を書いたものであり、また、世間の人が「をかし」、「めでたし」と思うことは書かず、「ただ心一つにおのづから思ふ事」を書きつけた（わたしの心の中だけで自然と考えること）と述べている。「目に見え心に思ふ」とは、人が「をかし」「めでたし」と思わないような自然を、〈見る〉ことによって発見したということだ。

本章段は、伝統的な和歌的美意識に基づく景物をもとに、実際にそれを〈見る〉ことによって発見した独自の自然を描く。独自の自然とは、前項末尾で述べたような、それぞれの景物の微細な動きである。そうした動きは、従者が足を踏み入れたり、卯の花を捉えそこなったり、蓬の香りが急に強くなったりという、視覚だけではなく、五感を通して和歌の景物を〈見る〉ことによって生まれた。

こうした方法は、「九月ばかり」（百二十五段120ページ）にも看取されるところである。「少し日が高くなると、萩などが、（露で）ひどく重たそうなのに、露が落ちると、枝がふいに動いて、人が手も触れないのに、さっと上の方へ跳ね上がったるするのも、たいへん趣がある」。清少納言は、露の重みで萩がしなるという『万葉集』以来の和歌的美意識をもとに、〈見る〉という経験を通して、日が昇ると露が落ちて枝がはねあがるという新たな自然のおもしろさを発見する。露の重みでしなっている萩の葉という静的な主題を背景化して、露が落ちたその瞬間に枝が動いて自然に跳ね上がる瞬間に視点を置く。それは、「人の心には、つゆをかしからじ」（他の人の心には、少しも趣きがあるとは思うまい）と評されるように、和歌的美意識を共有しつつも清少納言が〈見る〉ことによって発見した独自の自然であった。

（遠藤耕太郎）

紫式部のコダワリ

よく知られているが、『源氏物語』の作者紫式部は、その日記、『紫式部日記』（一〇一〇年）のなかで、清少納言を「人に異《こと》ならむと思ひ好める人（人と違ってとても優れていると思いたがる人）」とけなしている。なぜ紫式部はこんなことを書いたのだろう。

これを二人のお仕えした彰子と定子の政治的立場の違いとか、二人の性格の違いから考えようとする人もいるけれども、それはお昼のテレビのワイドショー的議論にしかならないだろう。立場が違っていても認める人はいるだろうし、千年も前の人の性格を今の私たちが理解することなどとうていできないからだ。私たちはまず、二人の違いを、その作品から知るほかはない。

本書で扱った「ホトトギスの声、聞こえてる?」（二百七段186ページ）で、清少納言の美意識の一端を指摘した。彼女は和歌の定型的な景物（ホトトギス）を全く描かないことによって、和歌的世界においてホトトギスと連環している「五月」「山里」「卯の花」「蓬」といった景物一つ一つを丹念に見つめる。そこに、それらの景物の微細な動きがあざやかに発見される。これが清少納言の方法だ。

翻って、紫式部はどういう方法を目指したのか。『源氏物語』「花散里《はなちるさと》」を見てみよう。

二十五歳の夏、政治状況が悪化し、須磨退去を決意するなかで、光源氏は亡き桐壺院の女御であった麗景殿《れいけいでんの》女御《にょうご》の妹、花散里を思い出し、五月雨の空が珍しく晴れた、雲の絶え間にお出かけなさる。

その途次、中川のあたりで、かつて関係を持った女の家を思い出した源氏が素通りもできずにいると、ちょうどホトトギスが鳴く。光源氏は気持ちが騒いで、従者の惟光に女への歌を託す。「ホトトギスの私は、あのころの気持ちに立ち返って、恋しさに堪えかねて鳴いています。」女からは色よい返歌はなく、源氏は諦めて、当初の目的、麗景殿女御の家に向かう。五月雨の頃にホトトギスが鳴くのは和歌の伝統的な発想法だ。

麗景殿女御の邸に着いた光源氏が、女御と昔の思い出話をしているうちに夜が更けていく。高い木立が一帯に暗く影を落とすなか、軒端《のきば》に近い橘の香りが懐かしく匂ってくる。物語はこのように描かれる。

昔話をしていると橘が匂ってくるという発想も、「五月まつ花橘の香をかげば昔の人の袖の香ぞする（ホトトギスのやってくる五月を待ちながら咲き始めた橘の花の香をかぐと、昔、親しくしていた人の袖の香がして、しみじみと思い出される。）」（『古今集』夏・一三九、よみ人知らず）に顕著に表れている。

その折、またホトトギスが鳴く。源氏は自らをホトトギスとみなして、「橘の香を懐かしみほととぎす花散る里をたづねてぞとふ（昔のことを思い出させるという橘の香りが懐かしいので、ホトトギスは橘の花の散るこの里を探してやってきました。）」と歌う。上の句はさきの『古今集』歌「五月まつ」を踏まえ、下の句は『万葉集』「橘の花散る里のほととぎす片恋しつつ鳴く日しそ多き（ホトトギスが花を散らす里のホトトギスは、報われない恋をしながら鳴き続ける日が多いことです。）」（『万葉集』8・一四七三、大伴旅人）を踏まえる。橘―昔―ホトトギス―花散る里という和歌的連想がここでも物語を展開させる。

『源氏物語』はこのように、和歌的連想が登場人物の心情や行動を必然化し、物語を展開させていくことが多い。こういう方法は、清少納言が同じく和歌的連想を強く意識しつつも、中心になる景物を隠し、その周辺の景物の新たな動的な側面を発見していくのとは対照的である。

紫式部が清少納言を「人に異ならむと思ひ好める人」とけなす背景には、和歌的発想によって物語を展開させる自身の物語の方法への自信とコダワリがあったのではないだろうか。

（遠藤耕太郎）

中宮様のお気遣い

御前にて人々とも、また物仰せらるるついでなどにも・二百五十九段

御前《おまへ》にて人々とも、また物仰せらるるついでなどにも、「世の中の腹立たしうむつかしう、かた時あるべき心地もせで、ただいづちもいづちも行きもしなばやと思ふに、ただの紙のいと白う清げなるに、よき筆、白き①色紙《しきし》、②みちのくに紙《がみ》など得《え》つれば、こよなうなぐさみて、さはれ、かくてしばしも生きてありぬべかんめりとなむおぼゆる。また③高麗《かうらい》ばしの④筵《むしろ》、青うこまやかに厚きが、縁《へり》の紋《もん》いとあざやかに、黒う白う見えたるを、ひきひろげて見れば、何か、なほ、この世はさらにさらにえ思ひ捨つまじと、命さへ惜しくなむなる」と申せば、「いみじくはかなき事にもなぐさむなるかな。⑤姨捨山《をばすてやま》の月は、いかなる人の見けるにか」など笑はせたまふ。候《さぶら》ふ人も、「いみじうやすき⑥息災《そくさい》の祈りななり」など言ふ。

さて後《のち》ほど経《へ》て、心から思ひ乱るる事ありて、⑦里にあるころ、めでたき紙、二十を包みて給はせたり。⑧仰《おほ》せ言《ごと》には、「とくまゐれ」など⑨のたまはせて、「⑩これは聞《きこ》しめしおきたる事のありしかばなむ。⑪わろかめれば、⑫寿命経《ずみやうきやう》もえ書くまじげにこそ」と仰せられたる、いみじうをかし。思ひ忘れたりつる事をおぼしおかせたまへりけるは、なほただ人にてだに⑬をかしかべし。まいて、おろかなるべき事にぞあらぬや。心も乱れて、啓すべきかたもなければ、ただ、

「⑭かけまくもかしこきかみのしるしには鶴《つる》の齢《よはひ》となりぬべきかな
⑮あまりにやと啓せさせたまへ」とて、まゐらせつ。⑯台盤所《だいばんどころ》の雑仕《ざふし》ぞ御使《つかひ》には来たる。⑰青き綾《あや》の単衣《ひとへ》取らせなどして。

まことに、この紙を⑱草子《さうし》に作りなどもてさわぐに、むつかしき事もまぎるる心地して、をかしと心のうちにもおぼゆ。（以下、**資料A**参照）

【現代語訳】

（中宮様の）御前で他の人々とも（話したり）、あるいは（中宮様が）お話をなさる機会などにも、「世の中のことがむしゃくしゃして気分が晴れず、ほんの少しの間でも生きていようという気持ちもしないで、むやみやたらとどちらへでも行ってしまいたいと思う時に、普通の紙でとても白くさっぱりと美しいものに、上等の筆、白い色紙、陸奥紙などを手に入れたところ、とても心が安らいで、どうともなれ、このようにしてちょっとの間でもきっと生きていても良いようだと思われる。それに高麗端《こうらいばし》の敷物（で）、青く細かく厚く（編んであるもの）が、縁《ふち》の紋がたいそうはっきりと、黒く白く見えているのを、広げて見ると、何だか、やはり、この世の中は決して決して見捨てることはできそうにないと、命までも惜しくなる」と（私が）申し上げると、「たいそうたわいもないことにも心が安らぐようだなあ。（歌で有名なあの）姨捨山の月は、どのような（気持ちの）人が見たのだろうか」などと（中宮様は）お笑いになる。お仕えする人々も、「たいそう簡単な息災の願掛けであるようだ」などと言う。

そうしてその後しばらくして、心の底から思い悩むことがあって、里下がりをして実家に（私が）いる頃、素晴らしい紙、二十枚を包んで（中宮様が）下さった。お言葉としては、「早く参上せよ」などとおっしゃって、「これはお聞きになっていたことがあったからである。よくない（紙）のようなので、寿命経も書くことができそうにもないけれど」とおっしゃったのは、たいへんすばらしい。（こちらで）忘れてしまったことを（中宮様が）覚えていらっしゃったのは、やはり普通の身分の人でさえすばらしいことに違いない。まして、（この場合は相手が中宮様なのだから、私の感激は）並ひと通りであるはずもない。（感激のあまり）心が動揺して、中宮様に申し上げる方法もないので、ただ、

「口に出して言うのも恐れ多い神様の御利益、つまりいただいた紙のおかげで、（私は）きっと鶴のように長寿になるに違いありませんよ。

大げさでございましょうか（けれども本心なのです）と申し上げてください」と書いて、（お返事を）差し上げた。台盤所の下級女官がお使いとしてやってきた。（禄として）青い綾の単衣を取らせなどして（帰らせた）。

本当に、この紙を冊子に仕立て上げる等して大騒ぎしていると、気が晴れないこともまぎれるような気持ちがして、素晴らしいと心の中でも思われる。

【語注】

①色紙…色のついた紙。「二月、官の司に」（百二十七段）にも「ゑなどやうなる物を、白き色紙につつみて」とある。白い色のついた紙ということになる。通常、紙は白いものではない。

②みちのくに紙…陸奥紙。陸奥で生産した良質で厚手の紙。二百五十八段「うれしきもの」に「みちのくに紙、ただのも、よき得たる」とある。

③高麗ばし…畳の縁の一種で、白地の綾に菊や雲の文様を黒く織り出したもの。

④筵…藺草《いぐさ》や竹・藁等を編んで作った敷物。そのうち、縁をつけたものを畳という。

⑤姨捨山の月…「わが心慰めかねつ更級や姨捨山に照る月を見て」（『古今集』雑上・八七八、よみ人知らず）を踏まえた表現。定子は、あの美しい姨捨山の月を見ても心の慰められない人がいるのに、あなたは簡単に気が晴れることねえ、という意味で用いている。

⑥息災…仏教語で、仏の力で災いを防ぐこと。平穏無事であること。

⑦里にあるころ…「殿などのおはしまさで後、世の中に事出で来」（百三十七段）と同じ時点を指すのであれば、長徳二（九九六）年のこととなる。

⑧仰せ言…定子の言葉は二箇所に分かれて記述されるが、可能性として次の三通りある。（1）すべてが口伝え、（2）すべてが手紙文、（3）ひとつめが口伝えでふたつめが手紙文。「のたまふ」と「仰せらる」を使い分けているので、（3）と考えておく。

⑨のたまはせて…「のたまはせで」と打消とする理解もある。そうであれば、清少納言がこのまま出仕しない理由もわかる。しかし、「殿などのおはしまさで後、世の中に事出で来」（百三十七段）に「「まゐれ」など度々ある仰せ言をも過ぐして」とあり、定子から度重なる出仕の催促が来ていたことが確認できる。したがって打消とはしない。

⑩これは…包んである「めでたき紙、二十」を指す。

⑪わろかめれ…「わろかるめれ」の撥音便「わろかんめれ」の音便無表記。定子自ら贈り物を「粗品」のように言うのは、現代にまで通じる感覚であろう。

⑫寿命経…仏説一切如来金剛寿命陀羅尼経といい、延命を祈るお経。七百五十字と短いのに書けそうにないということを問題視す

る指摘もあるが、ここはあくまで紙の質の問題である。写経用紙は染めるのが原則であったので、白い紙は適さないということもある。以前清少納言が良い紙を手に入れることで「かくてしばしも生きてありぬべかんめり」と言ったことを踏まえた冗談。
⑬をかしかべし…「をかしかるべし」の撥音便「をかしかんべし」の音便無表記。「をかし」に「べし」が接続して表現されることは珍しい。定子の心遣いを強調するために、比較対象である普通の人を持ち上げておく表現方法。
⑭かけまくも…「かけまくもかしこき」は「神」にかかる常套表現。「神」と「紙」が掛詞となっており、「しるし」はご利益・効果の意味で、千年の長命を保つ「鶴の齢」につなげる。
⑮あまりにや…下に「侍らむ」が結びの省略となっている。「鶴の齢」を誇大表現とする意味にとるが、率直な表現すぎるとの指摘もある。しかし、以前の発言である「しばしも生きてありぬべかんめり」「命さへ惜しくなむなる」さえ、定子には「いみじくはかなき事にもなぐさむなるかな」と笑われた。それを踏まえて、さらに大げさにすることで、定子への感謝の気持ちを表そうとしている表現と理解しておく。
⑯台盤所の雑仕…台盤所は食器を載せる台である台盤を置く所で、この場合は中宮御所のそれか。雑仕は、雑役や使い走りに従事する下級女官。
⑰青き綾…綾は色々な模様を織り出した絹織物。清少納言が雑仕への禄として与えた単衣を指す。本章段の後半、教科書では省略されていて**資料A**に後掲した部分において、この出来事の二日ほど後にやってきた使者が「赤衣」を着ているのは、色による対照を意識したものであろう。
⑱草子…紙を重ねて綴じたもの。綴じ本。定子から下賜された紙を冊子にしているので、『枕草子』成立と関係づけて考えるむきもある。しかし、確定的な証拠はなく、また暗示的な記述もない（「跋文」参照）。

◆◇鑑賞のヒント◇◆

❶清少納言が世の中に対して抱いている感情はどのようなものだろうか。
❷前半のようなおしゃべりができた理由は何だろうか。
❸清少納言が感じている紙の魅力はどのようなものだろうか。
❹清少納言が感じている筵の魅力はどのようなものだろうか。

❺中宮定子はどのような意図をもって、「姨捨山」の歌を引用したのだろうか。
❻後半の中宮定子と清少納言の遣り取りから、どのような意味合いが読み取れるだろうか。

◆◇鑑賞◇◆

本章段は日記的章段に分類されるが、話の中心は掲載部分の後半にあり、前半は伏線となっている。なお、本章段には、この二日ほど後の出来事も含まれるが、教科書では省略されることが多いため、**資料A**として掲載するにとどめた。

前半において、清少納言は何気ないおしゃべりの中で、厭世的な思いを吐露している。一般には積極的で前向きな性格とされている清少納言だけに、その内容は気になるところである。「世の中」という表現は男女関係のこととも取れなくはない。しかし「かた時あるべき心地もせで、ただいづちもいづちも行きもしなばや」のように、死や出家を匂わせて強い感情を表現しているようではあるが、むしろ厭世的な態度としては一般化して表現しているところから、具体的な問題を念頭に置いての感情ではないと思われる。もちろん、いくら前向きな人でも、日常の些細なことに傷つかないわけはないし、そのようなことが積み重なればなおさらである。しかし、後半でも心が乱れた具体的な理由は明らかにされていない。また、前後半を対照する構成からも、前半の厭世的な気分はあくまで抽象的なものとしておいた方が良かろう❶。

何気ない日常において、このような気持ちを率直に口にできるのは、定子や周辺女房との間に信頼関係が成立していたからである。清少納言にとっては一番良かった頃の思い出のひとつであろう❷。しかし、このような信頼関係が崩れたことで、後半の里下がりの状況が生まれる。従来、伏線を紙と筵という話題の問題としてとらえがちであったが、人間関係の変質こそがコミュニケーションの背後にあることをおさえておきたい。

そして話題は心を慰められるものとして紙と筵に及んでいく。紙について、文章家・歌人としての思い入れという指摘もあるが、筵と合わせて考えると、そのような特性と合わせて考える必要はないだろう。単なる実用的な価値とは異なる美意識で、このような身近な小物に魅力を感じるのは、一般的なことである。現在でも、趣味は様々ではあるが、筆記用具等の小物に安らぎを見出す人は少なくない。それでは、清少納言はそのような小物のどこに魅力を感じたのだろうか。紙については**語注**①②でも分かるように、清少納言に強い嗜好がある。あげられているのは「ただの紙のいと白う清げなる」・「白き色紙」・「みちのくに紙」である。「ただの紙」は他の紙より劣るので、「紙」の中に混じっていて、記述として落ち着かない「よき筆」とセットなのだという指摘もある。そうであれば、後半の定子の贈り物は「めでたき紙」ではあるが、筆が含まれていても良いはずである。特に気にしなくても良いだろう。三種類の紙について、白さが共通点として指摘されてきた。この頃に官庁の用紙として使われ、最高級品とされた紙屋紙《かみやがみ》は黄蘗《おうばく》で染めたものなので、黄色がかっている。『源氏物語』「蓬生」に「うるはしき紙屋紙、陸奥紙」と並列されているが、色については言及していない。**語注**⑫で述べたように、写経用紙は染められており、その多くは黄色だった。また、漉き返しの紙はもとの紙の墨色が残ってしまうので、浅黒くてムラがある。陸奥国紙は黄ばみやすかった。他にも、装飾加工した豪華な紙もあった。やはり清少納言は白という色にこだわったとみてよいだろう❸。

筵についても、座るという実用的な価値ではなく、広げて見ることに意義を見出している。現代でもペルシャ絨毯等は観賞の対象だが、そのような美意識であろう。筵が青いのだから、繝草や竹の素材が新しいもので、細かく厚く編まれており、それと高麗端《ばし》の黒白のコントラストを楽しんでいる❹。豪華で派手な繧繝錦《うんげん》を使った端と比較して清少納言の趣味とする指摘もある。しかし繧繝端は、当時天皇・摂関家など身分の高い人や神社などで使われるものだったので、清少納言は身近に使えないのだから比較する必要はないであろう。

「姨捨山の月」は**語注⑤**にあげた『古今集』歌を引用した表現で、いわゆる引き歌表現である。この歌には、「他の人なら心を慰められるはずの姨捨山の月を見ても、私の心は慰められない」と、深い悩みを抱えた人の気持ちが表現されている。生きる気もしない清少納言が、紙や筵で慰められるなら、その人はいったいどのような悩みを抱えていたのだという文脈で、清少納言の悩みの小ささや楽天的な様子をからかっている。このような些細な会話にも、定子周辺で当然とされた和歌の知識が前提となっていることには注意が必要である。当時としても、題知らずの『古今集』より、歌物語である『大和物語』の方が享受されやすかったと思われる。『大和物語』（百五十六段、以下、姨捨伝説とする）は教科書に収録されることが多いから、複合教材の読み合わせとして格好の材料であろう（**資料B**参照）。

「姨捨山の月」について、いわゆる引き歌表現と先述したが、歌の一節をそのまま引用したものではないところには注意が必要である。つまり、五音七音の句ではなく、まるで物語の見出しのような言い回しとなっているところから、歌だけではなくて付属する説話と一体となって享受されていたと想像される。そこで、説話を引用していない『古今集』ではなく、歌物語である姨捨伝説を複合教材として格好の材料としたのである。

複合教材として扱う場合、それぞれの資料を正確に読み解くことが前提となる。そこで本章段についてはよいとして、姨捨伝説について、注意すべき点を補っておく。食料不足などの生活の困窮を原因として棄老という行為が行われてきたことは良く知られている。その際、地名起源説話として姨捨伝説が誤解されがちなことに注意したい。つまり「姨を捨てたから姨捨山」なのではないということである。資料Bでは、中心となる歌のあとに、「それよりのちなむ、をばすて山といひける」とある。つまり、この歌で「さらしなやをばすて山」としたことにより、更級地方にあるこの山を「をばすて山」と呼ぶようになったとしている。姨捨伝説における理解としてはこれで良い。しかし、同時代の理解や他資料との関係を考えるのであれば、これは地名起源譚の方法を利用した創作された話であることをおさえておく必要があろう。なぜなら姨捨伝説における主張やテーマが、そのまま当時の「さらしなや」の歌の共通理解とは限らないからである。あくまで当時の共通理解をおさえた上で、他資料との読み合わせを行うべきであろう。

「更級や」の歌が本来は地名起源ではないという理由のひとつは、姨捨伝説が歌によむことによって地名が決定されるという地名起源譚の話型を利用しているからである。しかもここではすでに「姨捨山」と固有名詞のように表現しており、以前からの呼び名であったことも想像される。本当に地名起源というのであれば、この山の属性として姨捨が行われていることに関して、もっと因果関係が分かるような説明が歌の中でされるべきであろう。さらにふたつめの理由として「なぐさめがたし」とは、これがよしになむありける」と、姨捨山の月を見ても慰めがたいという言い回しの由来として説明しているからである。この説明が成立するためには、この山の月が美しいことが前提としてなければならない。美しいことで有名なこの山の月を見ても気が晴れないとしてはじめて、この表現が成立するのである。したがって「この山に出る月は美しくて有名だ」が前提となるのだが、そのような山に地名がないというのも考え難い。そもそも「をばすて山」と呼ばれていた月の名所が、その名前への関心から地名起源譚の方法を使って説話化されたとするのが穏当なところであろう。

本章段での理解を改めて確認したい。「姨捨山の月は、いかなる人の見けるにか」という発言は定子のものである。この場面では、和歌や漢詩の知識による遣り取りには広がっていかない。しかし、定子の表現や発想は和歌や漢詩などの知識を下敷きにしており、それをもとにした場の雰囲気づくりを意図していたことが、このような場面においても読み取れる。そしてその発言の中で「いかなる人の見けるにか」とあることにも注意が必要である。言葉だけを取れば、定子は姨捨伝説を知らず、『古今集』のように歌一首だけを知識として持っており、あの美しいことで有名な姨捨山の月を見ても心が晴れない人がいるのだという認識だけを持って清少納言の悩みと比較していることになる。しかし、博識の定子が姨捨伝説を知らなかったとは考えにくい。知っているのであれば、あれはどんな悩みだったかと素知らぬふりをしていることになるが、それがどのような表現効果を生むだろうか。親にも等しい姨の命を粗末に扱った男は、美しい姨捨山の月を見ても悩みが尽きなかった。それから比べれば、単なる紙で気が晴れるあなたの悩みなんて大したことないわねと言い切ってしまえば、身も蓋もない表現になってしまう。それで定子は「いかなる人の見けるにか」と言いさしのようにして、余情を持たせたのである❺。

このように考えてくると、その後に続く「いみじうやすき息災の祈りななり」という同僚女房の発言はあまりに露骨なものであったとしかいいようがない。もしもこの話が他の女房についてのもので、定子の発言を受けて清少納言の出番が来たというのであれば、「姨捨山の月」から発想してもっと気の利いたことを言い、文芸的な面での展開が可能となったであろう。そのような意味で考えれば、一見和やかな前半の場面においても、清少納言の本心や定子の発言の意図を真に理解している女房は周辺にはいないことになる。あるいは、このような状況が、後半場面におけるすれ違いや誤解の伏線となっていると考えることもできよう。確かに「いみじうやすき息災の祈りなり」という発言は前半の終わりとしては唐突なのである。

さて、定子の謎掛けのような問いかけは、「雪のいと高う降りたるを」（二百八十段214ページ）でも触れるように、日記的章段の中で話の端緒となる重要な役割を負っていることが多い。しかし、この章段では、そのような文芸的な面としては展開せずに終わっている。もちろん、章段として描こうとするテーマが異なっているということはある。それでも定子の意識のあり方として取り上げ、他章段との比較をすることも可能であろう❺。

さて、後半冒頭だが、悩みの内容は具体的に述べられていないものの、前半の抽象化された表現と違い、かなり重く深いものであったことが分かる。多くの研究は、「殿などおはしまさで後、世の中に事出で来」（百三十七段）等を参考にして、長徳二（九九六）年以降の里下がりを指すとしている（跋文228ページ）。定子の父である関白道隆が没した後、兄の伊周と弟の隆家が不敬事件により配流され、中関白家の没落は著しく、定子も出家してしまう。この頃、里下がりしていた清少納言は、定子周辺の女房から道長方についたのではと疑われるようになっていた。本章段後半だけ読むと、定子は積極的に清少納言に再出仕を誘っているように思えるが、常にそのような状況であったわけではないようだ。このあたりのことについては、この章段の省略部分を含め、**探究のために**で考える。

定子は、伏線を踏まえた気遣いを見せて、清少納言に再出仕を要請する。寿命経の件やそれに対する清少納言の大げさな返歌等、以前の二人と変わらない遣り取りに見える。しかし、そのようなコミュニケーションと進行していく状況にはギャップが生じており、ここでは清少納言は再出仕しない。その理由を記さずに、紙を草子にする作業を描くことによって、清少納言は自分の気持ちを表現するのである。その作業は、気は紛れるものであっても、「をかし」とは「心のうち」で思うだけで、他者と共有できなかった。前半最後で笑い合う定子や周辺女房の不在は、この作業で埋められるものではなかったのである。そのような意味で「いみじうやすき息災の祈り」にはならなかった。一方、再出仕しない清少納言を、定子はどのように思ったであろうか。この部分にそれに関する記述はないが、やはり不満に感じたであろうことは確認しておきたい❻。

◆◇探究のために◇◆

▼本章段の省略部分　本章段には、教科書では省略されている部分がある。**資料A**を参考にして欲しい。二日ほど後、高麗端の畳が届けられる。これは前半の筵の話を踏まえたもので、紙と同様に定子から贈られたものであろうと推測される。しかし使者は話もろくにできない男で、結局清少納言が右京の君という女房に定子からのものかどうか問い合わせをすることになる。ここでは前半はもちろん、紙の件にもなかったコミュニケーションの欠如を指摘しなければならない。清少納言が問い合わせをためらうこと、そしてまた定子も清少納言への気遣いを知られないようにしていることを考えると、当人同士というよりも周囲の人間によってこのような不如意な状況が生じているという表現なのだと読まなければならない。そこには使者も含まれており、定子からの使者の男が要領を得なかったように、清少納言の使者もまた返事を定子に渡すことができないのである。使者という、一番確実に橋渡しをしなくてはいけない存在によって、それが妨げられている。しかも清少納言は自分の返事が定子に届いていないことを知っていながら、それ以上のことはしない。離れていく主従関係を、自分の力では修復のできないものとして諦観している清少納言の意識が感じられる。階段の下に落ちたままになっている手紙の様子は、実際の描写としてはなぜ拾わないのかが

分からず不自然である。これについて、一風変わったコミュニケーションを楽しんでいるとの見方もあるが、そのような余裕は感じられない。何しろ定子は隠しているし、右京の君にも口止めをしているほどの緊張感のある状況なのである。落ちたままの手紙は、むしろ孤絶した清少納言を象徴する存在として理解できるのではないだろうか。

このように考えてくると、教科書採録部分だけでこの章段を読み進めることの問題点が明らかとなろう。『枕草子』は、中宮定子を中心とした宮廷生活を華やかに描くところに中心があるとされる。そして類聚的章段が美意識を概念的に描いており、随想的章段が比較的緩やかな構想によって美意識をより生活に密着した場面で描こうとしているのに対して、日記的章段は、中宮定子を讃美し、貴族や女房たちとの交流の中で、より具体的に宮廷生活を描いているとの印象を持ちがちである。しかし丹念に読むと、この章段でも明らかなように、宮仕えに苦悩する清少納言の姿が読み取れる。ことは『枕草子』に限らないが、文学作品を教科書で取り上げても、全編を読むことはほとんどできない。そのため、限られた部分から形成された印象を持つことになり、またそのような印象を当てはめて理解することにもなる。梗概によって知識を得ることは便利ではあるが、それに囚われてしまうと生きた理解にはつながらない。次項とも関連してくるが、テキストを丹念に読むことによって、それを出発点として主体的に関心と理解を広げていくことが肝要であろう。

▼清少納言の美意識を探る 独自の感性を持っていると評価される清少納言だが、特定の章段内の記述だけでその詳細を明らかにすることは難しい。特に、本章段は日記的章段なので、日常生活における小物や人間が描かれるから、それがどのように概念化されるのかを、随想・類聚的章段で確認できる場合がある。つまり、**語注**でも指摘してきたが、本作品の中での用例を検討することによって、清少納言の価値観や美意識がさらに詳しく理解できるということ

である。例えば、次のような例がある。

「心ゆくもの」（二十九段）には、「白く清げなるみちのくに紙に、いといと細う書くべくはあらぬ筆して、文書きたる」という項目があげられている。「心ゆくもの」とは「満足するもの・気持ちの良いもの」である。そのひとつとして「白く清らかで美しい陸奥紙に、とてもとても細くて書けそうにはないくらいの筆で、手紙を書いたの」とある。**鑑賞**で述べたように、黄ばみがちである陸奥紙にも、清らかな白さを求めていたことが分かる。

「たとしへなきもの」（六十九段）には、「白きと黒きと」という項目がある。「たとしへなきもの」は「違いすぎて比較しようがないもの」である。その中に「夏と冬と」という季節の対照、「夜と昼と」という時間の対照と同列に、白と黒という色の対照があげられており、このコントラストに注目していたことがわかる。さらに、色の対照について調べてみるのも良いだろう。例えば、辞書などには「赤↔明し」と「黒↔暗し」の対照が取り上げられている。現在のファッションやカラーコーディネートの世界と比較するのも面白い。

「ありがたきもの」（七十二段）には、「女どちも、契り深くて語らふ人の、末までなかよき人かたし」という項目がある。この章段には「めったにないもの」があげられているのだが、人間関係に関する項目が多い。その中で最後のひとつに女友達のことがあげられている意味を考えるのも良いだろう。

作品内の用例を探すことは探究の一方法であり、また他の用例と合わせて検討し、考察を深めることは複数資料の操作である。このような作業をすることが、全編に目を通すことにもつながる。安易に検索を使うのではなく、頁を繰って目を通すという経験を、ぜひしてもらいたいものである。

（中島輝賢）

【資料】

A　本章段省略部分

二日《ふつか》ばかりありて、赤衣《あかぎぬ》着たる男《をとこ》、畳を持《も》て来《き》て、「これ」と言ふ。「あれは誰《た》ぞ。あらはなり」など、ものはしたなく言へば、さし置きていぬ。「いづこよりぞ」と問はすれど、「まかりにけり」とて取り入れたれば、ことさらに御座《ござ》といふ畳のさまにて、高麗《かうらい》など、いときよらなり。心のうちにはさにやあらむなんど思へど、なほおぼつかなさに、人々出だして求むれど、失《う》せにけり。あやしがり言へど、使《つかひ》のなければ、言ふかひなくて、所たがへなどならば、おのづからまた言ひに来《き》なむ、宮の辺《へん》に案内《あない》しにまゐらまほしけれど、さもあらずは、うたてあべしと思へど、なほ誰《たれ》か、すずろにかかるわざはせむ。仰《おほ》せ言《ごと》なめりと、いみじうをかし。

二日ばかり音《おと》もせねば、うたがひなくて、右京《うきやう》の君のもとに、「かかる事なむある。さる事やけしき見たまひし。しのびてありさまのたまへ。さる事見えずは、かう申したりと、な散らしたまひそ」と言ひやりたるに、「いみじう隠させたまひし事なり。ゆめゆめまろが聞えたると、な口《くち》にも」とあれば、さればよと思ふもしるく、をかしうて、文《ふみ》を書きて、またみそかに御前《おまへ》の高欄《かうらん》に置かせしものは、まどひけるほどに、やがてかけ落して、御階《みはし》の下《しも》に落ちにけり。

（現代語訳：二日ほどして、（検非違使の服装である）赤い狩衣を着た男が、畳を持ってきて、「これ」と言う。「あれは誰だ。丸見えではないか」と（清少納言の家の人が）相手が間の悪さを感じるような言い方をすると、そのまま置いて行ってしまった。「どこよりか」と（清少納言が）尋ねさせるが、「行ってしまいました」といって（畳を）取り入れたところ、格別に御座（貴人の御座所のたたみの上に重ねて使う畳）という畳の様子で、高麗端なども、たいへん美しい。心の中ではそう（中宮様からの贈り物）であろうなどと思うのだが、やはりはっきりしないで気がかりなので、人々を出して（使いの男を）探すのだが、いなくなってしまった。不思議に思って話もするが、使いがいないので、何を言ってもしようがなくて、もし（届ける）場所を間違っているのなら、自然にきっとまた言いに来るだろう、中宮様の周辺に問い合わせに参上したいが、そうでなかったら、具合が悪いに違いないと思うが、やはり（他の）誰が、理由もなくこのようなことをするだろう。（中宮様の）お言葉であるようだと、たいへん素晴らしく感じる。

二日ほど何の音沙汰もないので、間違いなくて、（中宮様に仕えている女房のひとりである）右京の君のところに、「（私のところで）このような出来事がある。そのようなことの様子を（中宮様の周辺で）ご覧になったか。こっそり様子をお知らせください。もしそのようなことが見えないなら、（私が）このように申し上げたと言いふらさないでください」と言ってやると、「（中宮様が）たいそうお隠しになったことです。決して決して私が（あなたに）申し上げたと、口に出さないでください」と（返事が）あるので、やはりそうだよと予想通りで、素晴らしく感じて、手紙を書いて、またこっそりと中宮様の御前の高欄に置かせたものは、（使いの者が）あれこれしているうちに、そのまま下に落として、御階段の下に落ちてしまったのだった。）

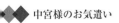

B　『大和物語』「姨捨山の月」（百五十六段）

信濃の国に更級といふ所に、男すみけり。若き時に、親は死にければ、をばなむ親のごとくに、若くよりそひてあるに、この妻《め》の心憂きことおほくて、この姑《しうとめ》の、老いかがまりてゐたるを、つねに憎みつつ、男にもこのをばの御《み》心のさがなくあしきことをいひ聞かせければ、むかしのごとくにもあらず、おろかなることおほく、このをばのためになりゆきけり。このをば、いといたう老いて、ふたへにてゐたり。これをなほ、この嫁、ところせがりて、今まで死なぬことと思ひて、よからぬことをいひつつ、「もていまして、深き山に捨てたうびてよ」とのみ責めければ、責められわびて、さしてむと思ひなりぬ。月のいとあかき夜《よ》、「嫗《おうな》ども、いざたまへ。寺にたうときわざすなる、見せたてまつらむ」といひければ、かぎりなくよろこびて負はれにけり。高き山のふもとにすみければ、その山にはるはると入りて、高き山の峰の、おり来《く》べくもあらぬに、置きて逃げて来《き》ぬ。「やや」といへど、いらへもせで、逃げて家に来て思ひをるに、いひ腹立《はらだ》てけるをりは、腹立ちてかくしつれど、年ごろ親のごと養ひつつあひ添ひにければ、いと悲しくおぼえけり。この山の上《かみ》より、月もいとかぎりなくあかくいでたるをながめて、夜《よ》ひと夜《よ》、いも寝《ね》られず、悲しうおぼえければ、かくよみたりける。

　わが心なぐさめかねつさらしなやをばすて山に照る月を見て

とよみてなむ、またいきて迎へもてきにける。それよりのちなむ、をばすて山といひける。なぐさめがたしとは、これがよしになむありける。

（現代語訳：信濃の国の更級というところに、男が住んでいたそうだ。若い時に、親は死んでしまったので、おばさんが親のようにして、若い時から近くにいるのだが、この男の妻の気持ちには嫌なことが多くて、このおばさんが、年を取って腰が曲がっているのを、いつも憎らしく思っては、男にもこのおばさんの御心や性格が悪く、良くないことを言い聞かせたので、昔のようではなく、このおばさんにとっては、おろそかに扱うことが多くなっていった。このおばさんは、たいそう年を取って、体が折れるように腰が曲がっていた。これをやはり、この嫁は、邪魔だと思って、よくも今まで死なないでいたものだと思って、良くないことを言っては、「持っていらっしゃって、深い山にお捨て下さいよ」とばかり責め立てたので、（男は）責められて困って、そのようにしてしまおうと思うようになった。月がたいそう明るい夜に、「おばあさん、さあいらっしゃい。お寺で尊い法会をするというから、お見せいたしましょう」と（男が）言ったので、（おばさんは）この上もなく喜んで（男に）背負われた。高い山の麓に住んでいたので、その山に深々と入って、高い山の峰の、降りてくることができそうもないところに、置いて逃げてしまった。「おい、おい」と言うが、答えもしないで、逃げて家に帰って来て考えていると、悪口を言い腹を立てていた時は、腹が立ってこのようにしたが、長年親のように養っては一緒にいたので、たいそう悲しく思われた。この山の上から、月もたいそうこの上なく明るく出たのを眺めて物思いにふけり、一晩中、まんじりともできず、悲しく思われたので、このようによんだ。

　私の心は慰めることができない。更級のおばすて山に照る（美

しい）月を見ても
とよんで、また行って迎えて連れて帰った。それから後は、（その山を）おばすて山といったそうだ。「慰めることができない」というのは、この話が由来になっているのであった。）

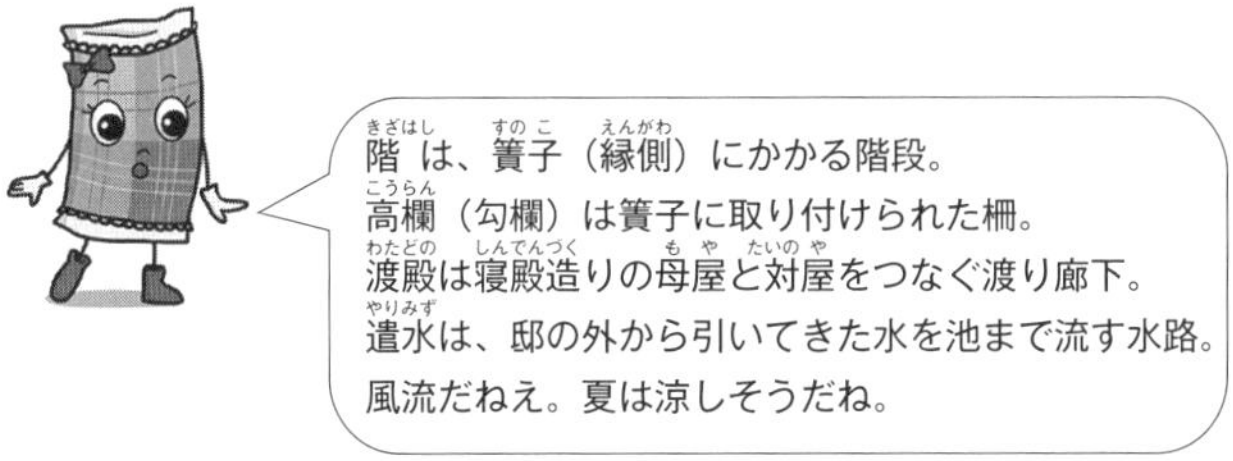

あの雪の日の「たいへんよくできました」

雪のいと高う降りたるを・二百八十段

①雪のいと高う降りたるを、②例《れい》ならず御格子《みかうし》まゐりて、③炭櫃《すびつ》に火おこして、④物語などして⑤あつまりさぶらふに、「⑥少納言よ、香炉峰《かうろほう》の雪いかならむ」と仰せらるれば、⑦御格子上げさせて、⑧御簾《みす》を高く上げたれば、⑨笑はせたまふ。人々も「⑩さる事は知り、歌などにさへうたへど、⑪思ひこそよらざりつれ。⑫なほこの宮の人にはさべきなめり」と言ふ。

【現代語訳】

雪がとても高く積もるほど降っているので、いつもと違って御格子をお下ろしして、炭櫃に火を起こして、話しなどして集まりお控え申し上げるところに、「少納言よ、香炉峰の雪はいかがなものだろうか」とおっしゃられるので、御格子を上げさせて、御簾を高く上げたところ、（中宮様は）お笑いになられる。人々も「そのようなことは知っており、歌などにまで歌うものだけれど、ちっとも思いもよらなかった。やはりこの中宮にお仕えする人としては、ふさわしいようだ」と言う。

【語注】

①雪のいと高う降りたるを…雪がいつも以上に降り積もったのである。平安朝のこの頃は平均して気温が高く降雪は珍しい。「高う」は形容詞連用形「高く」のウ音便化。「を」は逆接とする説もあるが、原因・理由の接続助詞とする。**探究のために**参照。

②例《れい》ならず御格子《みかうし》まゐりて…「例ならず」はいつもと違って。「御格子」は寝殿造りの建具の一つで、細い角材を縦横に細かく組み、黒塗りにした戸。建物の四面の柱と柱との間に上下二枚をはめる。上部は金具で外側へ釣り上げて開き、下部は掛け金で留め、無用のときは取りはずす。「御格子まゐり」は後文の「御格

子上げさせて」と対比して下げる意。この上げ下ろしは毎日、日の出と日の入りを基準に一定の時刻に下級女官の掃司《かもんのつかさ》の女孺《にょじゅ》によって行われた。85ページ**図**参照。

③炭櫃《すびつ》に火おこして…炭櫃は暖を取るため部屋に据えたもの。立方体や直方体、設置するものや可動式があった。27ページ参照。

④物語などして…「物語す」は主にうちとけた気持ちで言葉を交わす意のサ変動詞。「など」は婉曲の副助詞であり、話すことに限定せず、後文の集まることにつなげる書き方。

⑤あつまりさぶらふに…お仕えする女房たちが一箇所に寄り合う。「さぶらふ」はお側にお仕えする意。

⑥「少納言よ、香炉峰の雪いかならむ」と仰せらるれば…「少納言」の由来は父・兄弟・夫などの官職による説があるが、周辺には該当者がなく、定子の発案によって側近の任務であった清少納言に与えられた命名といわれる。「香炉峰の雪」は『白氏文集《はくしぶんしゅう》』の一節を引用している。**資料A**参照。

⑦御格子上げさせて…その場に仕えていた女官に格子を上げさせたのである。定子の言葉を受けて、清少納言が女官に命じた。

⑧御簾《みす》を高く上げたれば…御殿《ごてん》の母屋《もや》と廂《ひさし》の間《ま》との間《あいだ》に目隠しとして垂らす簾《すだれ》。定子の発問に関連した『白氏文集』の一節「簾《すだれ》を撥《かか》げて看《み》る」をふまえた清少納言の行為。

⑨笑はせたまふ…主語は定子。自らの発問の意味（外の雪の様子はどうなのか）を理解して、見事に応じてみせた清少納言に満足した思いによる。

⑩さる事は知り、歌などにさへうたへど…直前の「人々」と文末の「言ふ」が呼応し、ここは同席した女房の言葉。「さる事」とは『白氏文集』の一節「香炉峰の雪は簾《すだれ》を撥《かか》げて看《み》る」をさす。この「歌など」は『枕草子』の「歌」の用例から和歌の中でも「古歌」や「歌謡」を意味するといわれる。周囲の女房たちは定子の発問から漢詩の一節「簾を撥げて看る」を翻案して和歌を詠むことを予想していた。

⑪思ひこそよらざりつれ…清少納言の行為が周囲の女房たちにとっては予想を上回ったための驚きと反省の思い。

⑫なほこの宮の人にはさべきなめり…「さべき」は「さるべき」の撥音便化「さんべき」の「ん」の無表記。「さんべき」と読み、現代語の「しかるべき」に当たる「ふさわしい・似つかわしい」の意。定子の発問に対して予想以上の応対をした清少納言に対し、定子に仕える女房として適任であると賛辞を送った。

◆◇鑑賞のヒント◇◆

❶「雪のいと高う降りたる」とはどのような意味をもつと考えられるだろうか。
❷「例ならず御格子まゐりて」とはどのような意味をもつと考えられるだろうか。
❸「炭櫃に火おこして、物語などしてあつまりさぶらふに」とはどのような意味をもつと考えられるだろうか。
❹定子の「少納言よ、香炉峰の雪いかならむ」にはどのような意味があり、清少納言や周囲の女房たちにどのように受け取られたのだろうか、それぞれ考えてみよう。
❺定子の発問に対して清少納言が「御簾を高く上げ」たのはどのような意味をもつと考えられるだろうか。
❻「笑はせたまふ」とは誰が、どのような思いから、笑ったと考えられるだろうか。
❼人々の「さる事は知り、歌などにさへうたへど、思ひこそよらざりつれ。なほこの宮の人にはさべきなめり」とはどのような思いから発せられたと考えられるだろうか。

◆◇鑑賞◇◆

この日は雪が多く降り積もった。定子の居所にある格子はいつもと違って下げられたままで、炭櫃の火を起こして女房たちが集まって語らっていた。この冒頭は、本章段の場面を雪・格子・炭櫃・物語などを用いて説明する。それは天候（雪）から建具（格子）へ、さらに部屋の調度（炭櫃）から女房の語らい（物語）へと対象を遠景から近景へ、あるいは自然から人事へと焦点を絞り込むように展開し、当座の中心となる定子が清少納言に向けて言葉を投げかける場面へと続く。この後の定子の問いかけに応じた清少納言の対応は、結果として定子を笑いへと導き、女房たちからは讃美の言葉を引き出すものとなった。この定子と清少納言の問答をどのように読み取るかが学習上の中心となり、その周辺の叙述にも目を向けながら読み進めたい。さて、**語注**に述べたように雪が珍しい当時の都において、大雪となれば、それだけで何か特別な展開を予感させる。表現上では雪の降り積もるさまを「いと高う」とし、さらに格子の下がっていることを「例ならず」と修飾したことで、通常との違いが強調され、特別な空間が構成されていく。この雪と格子の関係は「降りたるを」の「を」や「例ならず」の「例」などを理解する上で問題となろう。ここでは、いつもと異なる大雪のために寒さが増してきた、それを避けるためにいつもと違い格子を下げていた、という因果関係がまずは考えられよう。しかし、従来は「例ならず」の「例」（いつもの状況）の解釈が、（1）雪が降ったときはいつも格子を上げるがこの日は下がっている、（2）朝にはいつも格子を上げるがこの日は下がっている、（3）夕方にはいつも格子を下げるがこの日は早めに下がっている、といった三説に分かれてきた❶❷。**探究のために**参照。

　この雪から格子へと連続する叙述に違和感を抱く読者もいるかもしれない。その理由のひとつは「いつ」（雪の日）に続く内容が、たとえば「中宮様の御前で」というように、具体的な「どこ」（居所）が明らかにされていないためであろう。このために当時の降雪に関する記事や記録などから推定し、初出仕の後、一年ほど経った中関白家《なかのかんぱくけ》絶頂期の正暦《しょうりゃく》五（九九四）年ころの登花殿《とうかでん》でのこと（萩谷朴・今井久代他）や、中関白家没落後の長徳《ちょうとく》四（九九八）年ころの職御《しきのみ》曹司《ぞうし》でのこと（高橋和夫・山田利博他）などの説がある。たしかに、定子の父・道隆の生存や一族の繁栄の度合いと章段の時代背景を重ねて読むことは『枕草子』の中でも、特に日記的章段へのアプローチにおいては必要な観点であろう。しかし、女房たちの反応から、清少納言の初出仕の時と比べれば経験を経ていることは推測されるが、日記的章段と位置づけることや正確な時と場を断定することは難しい（❶❷）。

このように時や場を具体的に示さず省筆することは、炭櫃に集まる女房たちの「物語」が具体的に何を話したかを明らかにしないことへと続き、本章段前半部分の叙述の特徴である。このため、後文の定子が発した清少納言への呼びかけが相対的に具体性をもった会話として浮かび上がってくる。なお、このときの炭櫃は、冬の寒さの象徴であるとともに、そこに人々が集い対話を生む場の基点ともいえる。『枕草子』においては冬の暖を取る道具として火桶・炭櫃・地火炉（囲炉裏）がみられ、「当時炭火はきわめて貴重なものであったから、炭火の暖かさは定子後宮の豊かさと余裕を印象づける」（三田村雅子）ともいわれる。本書にも載る初段では冬に炭を持ち運ぶ様子として火桶（木製で円筒形の暖房器具）が白い灰のさまとともに述べられているし（12ページ）、「すさまじきもの（がっかりするもの）」（二十三段24ページ）には「火おこさぬ炭櫃（火を起こさない炭櫃や囲炉裏）」があり、必ずしも直接的に暖を取る場面とは限らないことからも清少納言の幅広い事物の捉え方を読者に教えてくれる。また、「宮にはじめてまゐりたるころ」（百七十七段152ページ）の本書省略部分には「御前近くは、例の炭櫃に火こちたくおこして、それにはわざと人もゐず」（中宮様の近くには、いつもどおり囲炉裏に火をたくさんおこして、それにはあえて誰も座っていない）という清少納言の初出仕の際に定子の御前にあった炭櫃が述べられるが、このときの炭櫃は本章段の炭櫃と同じ場のものという指摘もある（三保忠夫）。なお、本章段の直前（二百七十九段「節分違へなどして、夜深く帰る」）にも「炭」や「火」のさまへの言及があるため、本章段との読み比べに適していよう❷❸。

ここで、定子は複数の女房たちの中からわざわざ「少納言よ」と指名をして「香炉峰～」と尋ねたことで、場面の展開は大きく変化する。まずはその叙述を確認しよう。このとき定子から発せられた言葉は、直後の「～と仰せらるれば」から明らかなように、直接の会話文として再現されている。清少納言にすれば、この問いかけは他の女房たちの中で、自分だけに向けられて印象が強く記憶に残った言葉となろうが、この言葉をどのように感じたのかは示されていない。このため学習上ではぜひとも考えてみたいところである。周囲を意識すればこの単独の指名は驚きや気恥ずかしさ、あるいは戸惑いもあっただろう。さらに、尊敬する定子からの呼びかけであれば喜びや誇りを感じたことも推測される。一方で周囲の女房たちはどうだっただろうか。自分には向けられなかったことに安堵した者や、むしろ嫉妬を抱いた者もいたかもしれない。ここに定子のもとに仕える名も無き女房とはいえ、清少納言との人間関係を想像したり、『枕草子』の他章段の女房の言動などを確認したりするのもよいだろう。そして、いずれの立場にしてもその根底には定子に向けられた敬意があり、つねに定子が何をおっしゃるのか、何が求められたのか、などに意識が向けられたのがこの時代の女房といえよう❹。**探究のために**参照。

さて、定子の言葉にあった「香炉峰の雪」とは『枕草子』にも「文は　文集」（百九十八段）と載る、当時の女房たちであれば、おそらくは広く知られていた『白氏文集』の一節である（**資料A**）。平安中期の漢詩集『千載《せんざい》佳《か》句《く》』や、定子の死後十年余り後の寛弘《かんこう》九（一〇一二）年前後に成立した『和漢朗詠集』にも同様の一節が採録され（**資料B**）、いわば定子サロンに仕えるものにとっては当然の教養であり常識であった。この定子の問いにどのように清少納言が応じるのか、周囲の女房たちも注目と期待を寄せたことであったろう（❹）。

定子の発した「香炉峰の～」によって清少納言をはじめ女房たちは、多少の差はあっても、白居易の漢詩を思い出したり、その世界を想像したりしたことであろう。このとき、同じ詩句のもとでありながら、女房たちはそれぞれが決して一致することのない異なる想像をしながら、一方で、清少納言はどう答えるのかなどを考えたことであろう。

結果として、清少納言は女官に格子を上げさせ、自らは簾を掲げてみせたのである。それは漢詩の一節「簾《すだれ》を撥《かか》げて看《み》る」をこの場に相応しいようにアレンジしたものであったが、その要となったのは定子の要求が雪を見ることにあると理解したことによるだろう。ここで即座に雪が見えるようにしたことで、眼前の雪は漢詩の世界の「香炉峰の雪」に見立てられ、定子が想起していた漢詩の世界を、清少納言が現実の場に再現してみせたのである。ただし、「簾を撥げて看る」は必ずしも素直に問いに答えたのではなく、まずは格子を上げさせたことで、清少納言は漢詩の一節に場に応じた自らの判断を加え、「原詩世界とは異なる今この場面ならではの新たな表現」（圷美奈子）として独自に御簾を高く上げてみせたことになる。結果として、定子の求めによって見られたこの場の雪は、白居易が眺めたであろう「香炉峰の雪」に見立てられ、「文学的な雰囲気」（古瀬雅義）のある世界へと転じさせたのが清少納言であった❹❺。

ちなみに、後文まで読んだ読者にすれば、冒頭で下げられていた格子は、後の定子の問いから清少納言の対応に至る布石となっていたことが理解されるだろう。女房たちの談笑の内容や、炭櫃の火のさまなどにはふれずに、無駄のない言葉選びによって伏線が張られ、布石が置かれていたことを確認したい（❷）。

この清少納言の対応が示されるまで、女房たちは定子の問いかけをさほど難問とは思わなかったかもしれない。なぜなら、当時はすでに著名であった漢詩であり、この日の大雪を「香炉峰の雪」に見立てる機知は女房たちにも想定されたと考えられるからである。しかし、清少納言は言葉では応じなかったことで女房たちの予想を見事に裏切り、雪を眺める定子の期待には応えたのである。ここでも余計な筆遣いはなく、雪を見た感想や、雪景色の描写などの代わりに定子の笑いが述べられる。この笑いは、発問の意図を理解し、白居易の世界観を保ちつつ、雪を眺めることができた「我が意を得たり」の満足の思いとともに、予想を上回る出来栄えへの喜びによるものであろう。さらに続く女房の言葉は、安易に作歌や作詩によって応じるだろうと予想した反省とともに、清少納言こそ伺候に相応しい人物であるという、称賛の叙述であり、これによって章段はやや唐突に終わる。このため、清少納言の行為から派生した、定子の笑いや女房の言葉が余韻を残し、清少納言にとっての至福の時間の残響があることを読み取りたい❻。

なお、ここにいう「うた（ふ）」とは（1）「漢詩を朗詠する」・（2）「和歌を詠む」の二説で対立していたが、中島和歌子がさらに「（白詩句を）歌に（詠んでそれを）うたふ」とした。単に漢詩を翻案して和歌を詠む（2）説にとどまらず声に出す返答を丁寧に読み取る中島説を支持したい。また、『白氏文集』を翻案した表現は『枕草子』にいくつかみることができる。たとえば、藤原公任が「すこし春ある心地こそすれ」と清少納言に送ったのに対して「空寒み花にまがへて散る雪に」と返した「二月つごもりごろに」（百二段）が有名である（90ページ）。ちなみに「香炉峰の雪」を翻案した和歌には後世の例として鎌倉時代初期の『朗詠百首』に例がある（**資料C**）。また、後世にも絵画の一場面として享受されてきた（**資料D**）。なお、堺本に本章段は採録されていない❼。

◆◇探究のために◇◆

▼本章段の表現―「雪の～降りたるを」と「例ならず御格子まゐりて」のつながり―　冒頭の雪が降り積もったさまから御格子が下げられているさまへの文脈を理解しようとすると、実はなかなか難しい。その要因は、すでに**鑑賞**にも示したように接続助詞「を」の解釈が従来から分かれており、はっきりと決めにくいことにある。たとえばここに「寒さ除けのため」とか「雪の日は雪を見るのに」とか、あるいは「定刻には格子が上げられるのに」といった具体

的な裏付けがあれば問題はないのだが、これらが明らかに示されていない。今一度確認をすれば、ここでは雪から格子へと叙述が連続する。このため、まずは雪がふだんとは異なる降りようであることをおさえ、さらに格子が下がることとはどのような状況かを確認した上で、屋外と室内の世界が遮蔽されることによって外界が見えていないことを具体的にイメージさせたい。さらに、なぜ「例ならず」（いつもと違って）格子が閉じられていたのかについて考えると、いつもと異なるのは雪が降り積もったことにほかならず、ここに因果関係を導くことができるとよいだろう（このため「降りたるを」の「を」を「ために／ので」と理解する）。また、後文の「炭櫃に火おこして」も、いつもと異なる雪のため寒さが増し、その寒さを除ける文脈の中で読み取ることとなるだろう。一方で、「雪の日には雪見をする」という当時の習慣などは、後文の定子と清少納言の問答で雪を眺める話題となるところまで読み終えたときに初めて推察される読み方であろう。この遡った読み方のときに接続助詞「を」は逆接としての「のに」として理解される。しかし、雪見の習慣があったことを即座に否定はできないものの、遡って二度目以降の読みをもとに解釈をすることは必ずしも容易ではない。ただし、さまざまな理解の仕方を考えることは奨励されるべきであり、その点では格子が下げられていた理由を雪からの寒さ除け以外に考え、定刻の上げ下げをする業務という外的な要因や、さらに、別の視点を考え合うことをしてもよいだろう。中でも松田武夫の説などは魅力的なものである。松田は定子が「香炉峰の雪〜」と尋ねたことは「座興の意味」、つまりは場を楽しませようという理由から清少納言の「機知をためそう」としたことであり、「最初から計画されていて、格子をあげさせないでおかれた」という。この見方によれば、接続助詞「を」は「のに」と解釈することになろうが、定子が仕掛けたことを清少納言が見抜いていたか否かを含め、文末の笑いの描写から想像はできるものの、断定することはやはり難しい。とはいえ、読みの広がりを示す興味深い説であり、無闇に否定することもできないだろう。

さて、『枕草子』に登場する格子は十六章段十七箇所にあらわれ、居所の建具であるが、外部と内部を隔てる機能を中心にして格子の上げ下げにかかわる人々の様子を描くきっかけや、その時と場や意味合いを示すために効果的にかかわってきた。たとえば「つとめて、いととく御格子まゐりわたして」(「淑景舎、春宮にまゐりたまふほどの事など」百段)では早朝に格子を上げる場面によって、定子が東宮后の妹・原子や父道隆を迎える日を演出したり、「女官どもまゐりて、『これはなたせたまへ』など言ふを聞きて、女房のはなつを」(「宮にはじめてまゐりたるころ」百七十七段152ページ)には外側から女官が格子を上げるために内側の女房に声をかけ、連携して上げたりすることで、後宮の人々のつながりを示している。中でも「まだ大殿籠りたれば、まづ御帳にあたりたる御格子を碁盤などかき寄せて、一人念じあぐる、いとおもし」(「職の御曹司におはしますころ、西の廂に」八十三段)は中宮様がまだお休みの中、清少納言が一人で格子を上げ、それが重かったと思いを述べる叙述は、本章段と比べて読むことで、漢詩文を下敷きにした文化的空間を導くふるまいとは異なる、一女房として宮廷生活にお仕えするふるまいを確認できるだろう。

▼本章段の構造―『白氏文集』の世界を演じる―　本章段は冒頭に語り手の語りのように雪から御格子へと場面が示され、続けて人物が登場し、主従のことばと行動を通して章段が展開していく。この点は一幕の舞台を鑑賞するような演劇的な章段という見方もできそうである。具体的には主人の定子が発問をし、そこに仕える清少納言が周囲の視線をあびながら、余計な言葉は抑え、さっと定子に応じるための行動に移るのである。この結果に清少納言を称賛し感想を述べた周囲の女房たちは、無名の集団であると同時に、そのために清少納言の引き立て役となり、さらにいえば、定子の発問以来清少納言の行為を見守りつつ、その答えを期待する読者にも通じている。また、場面を効果的に

演出する道具立てとして格子・炭櫃・御簾など、適度な建具や調度が配置され、中でも格子の下げ／上げによる変化は、白雪に照らされて明るさを伴い、明暗のコントラストを演出する。そして、何よりも現実の場面に空想された別世界を取り上げる見立ての手法は、限られた空間ながら、想像力によって無限に広がるひとつの舞台としての役割を果たしている。このように一場面としてコンパクトにまとまったエピソードと道具立て、さらに無駄のない人物たちの言動は、第三者の鑑賞にたえる演劇的な性格をもつといえよう。ちなみに、この場面は絵画化されて後世に受容されており、定子の発問に的確に御簾を上げて応じたエピソードが印象強く示されたことを証明しているといえよう（**資料D**）。このような本章段は、『白氏文集』の「香炉峰の雪は簾を撥げて看る」とかかわることは定子の問いからも明らかである。だが、定子がなぜ「香炉峰の雪〜」を持ち出して尋ねたのだろうか。ひとつは双方ともにこの日に雪が降っていたことが詩の世界に共通したことがきっかけとなったといえるだろう。このことに加え、たとえば、漢詩の冒頭にある、「日高く睡《ねむ》り足りて猶《な》ほ起《お》くるに慵《ものう》し、小閣衾《しょうかくふすま》を重ねて寒さを怕《おそ》れず。」をふまえ、格子が下げられていたのはこの朝、定子が寝過ごしたために周囲が気遣った結果であることや、清少納言への問いかけが「香炉峰の雪〜」となったのは朝寝坊をしたわが身を、つい白居易に重ね、なぞらえてしまったため、という説もある（三保忠夫）。当該の漢詩は、白居易が左遷された地において厳しい寒さの中に置かれながらも遺愛寺の鐘の音や、香炉峰の雪を眺めることによって生きぬいた姿が投影されたものである。朝寝坊をしたかどうかの真意は断定しにくいが、従来の頸聯をふまえること以上に他の部分に目を向けた指摘として即座に否定することはできない。その上で、清少納言をあえて指名したことから、定子の期待の高さを読み取ることも必要であろう。また、雪との関連では百七十七段にも定子の御前への初出仕の緊張を退出後の雪見によって緩和させた記述があるように、初出仕の思いを象徴する雪があるが、本章段と清少納言の新人時代の雪の叙述などを読み比べてみるのもよいだろう。

（中田幸司）

【資料】

A　『白氏文集』巻第十六　律詩

香炉峰下《かうろほうか》、新たに山居《さんきょ》を卜《ぼく》し、草堂《さうどう》初めて成り、偶東壁《たまたまとうへき》に題す。

日高く睡《ねむ》り足りて猶《な》ほ起くるに慵《もの》うし、小閤衾《しょうかくふすま》を重ねて寒さを怕《おそ》れず。

遺愛寺《いあいじ》の鐘《かね》は枕を欹《そばだ》てて聴き、香炉峰の雪は簾《すだれ》を撥《かか》げて看《み》る。

匡廬《きょうろ》は便《すなは》ち是《こ》れ名を逃《のが》るるの地《ち》、司馬《しば》は仍《な》ほ老《らう》を送るの官為《くわんた》り。

心泰《ゆた》かに身寧《やす》きは是《こ》れ帰処《きしょ》なり、故郷　何ぞ独《ひと》り長安《ちょうあん》に在《あ》るのみならんや。（原漢文）

（現代語訳：香炉峰のふもと、新しく山の中に住居を構えるのにどこがよいか占い、草庵が完成したので、思いつくままに東の壁に題した。

日はすでに高くのぼり、睡眠は十分とったのに、それでもまだ起きるのが億劫である。小さな家で布団を重ねて寝るので、寒さは心配ない。近くの遺愛寺の鐘の音は、枕を斜めに高くして横になったまま耳をすまして聴き、眼前の香炉峰に降る雪は、簾を撥《は》ね上げて眺める。廬山は（俗世間の）名利（名誉と利益）から離れるにはふさわしい隠遁地であり、おまけに司馬（という私の官職）は、やはり老後を送るのにふさわしい官職である。心が落ち着き、体も安らかでいられる所こそ、安住の地であろう。故郷というものは、どうして長安だけにあろうか、いや長安だけではない。）

B　『白氏文集』「香炉峰」の受容

『千載佳句』巻下・隠逸部・山居／『和漢朗詠集』巻下・山家五五四

遺愛寺《いあいじ》の鐘《かね》は枕を欹《そばだ》てて聴き香炉峰の雪は簾《すだれ》を撥《かか》げて看《み》る（原漢文）

C　『白氏文集』「香炉峰」の翻案歌

ここながらやどの簾を巻きあげてみるおもしろき山のすゑなり

（『朗詠百首』冬・三五「香炉峰雪撥簾看」）

（現代語訳：ここにいながらにして宿の簾を巻き上げてみるのが、あの風情のある山の末なのだ。）

D　絵画としての受容

土佐光起『清少納言図』（十七世紀）東京国立博物館蔵

上村松園『清女褰簾之図』（一八九五年）・北野美術館蔵他

尼なのに、中宮？

内裏の奥には天皇や東宮《とうぐう》の后妃たちが住む「後宮」がある。中宮定子は後宮の登花殿《とうかでん》や梅壺《うめつぼ》（104ページ）を使用したが、内裏の外にある職御曹司《しきのみぞうし》にも住んでいた。職御曹司は中宮付きの役人の事務所だ。中宮が内裏に出入りする時の一時滞在所としてもよく使われたが、長期滞在は異例である。なぜ中宮の定子はこんなところで暮らしたのだろうか。

長徳《ちょうとく》二（九九六）年、定子の兄伊周《これちか》と弟隆家《たかいえ》一行は、花山《かざん》上皇一行と乱闘事件を起こした。上皇への不敬行為に対し、一条天皇は伊周を内大臣から大宰権帥《だざいのごんのそち》に、隆家を中納言から出雲権守《いずものごんのかみ》に降格させ、配流の刑に処すという厳しい態度を取る（長徳の変）。前年に父関白道隆《みちたか》を亡くし、兄弟が罪人となって後見《こうけん》を失った定子は、一条天皇の子を身ごもっていたにもかかわらず、自ら髪を切り、尼になってしまった。

道隆、伊周、隆家らの家を、中関白家《なかのかんぱくけ》と呼ぶ（246ページ）。この中関白家と権勢を争ったのが、道長である。伊周・隆家の配流、そして定子の出家は、権勢を掌握しようとする道長にとって、またとない好機だった。

天皇家の重要な職掌は神事であり、天皇の後継者を産むことが后妃、とくに中宮にとっての大切な役割だ。だが、出家した者は神事に携われないし、戒律で男女の肉体関係は禁じられている。中宮の役割を果たせなくなった定子が内裏に住むことを、世間は許さなかった。この年の冬、母を病で失い、放火で実家を失った定子は、伯父のもとで一条天皇の第一皇女・脩子《しゅうし》内親王を生む。むろん世間は尼となった中宮の出産を歓迎しなかった。

ところが、翌、長徳三年、恩赦によって伊周・道隆の赦免が決まると、一条天皇は定子を職御曹司に呼び寄せた。後宮に入れることが無理なら、せめて内裏のすぐ近くにある職御曹司にと考えたのだろう。定子を愛するがゆえの苦肉の策だったのかもしれない。やがて天皇は世間の非難を押し切り、定子と復縁する。さらに長保元（九九九）年には定子を内裏に呼び寄せ、一週間をともに過ごした。十一月、定子はほかの女御たちに先んじて天皇の第一皇子・敦康《あつやす》親王を産み、さらに親王の百日《ももか》の祝いに合わせ、新内裏建造中の仮の内裏（今内裏《いまだいり》）にも参内した（102ページ）。

敦康親王の誕生は、中関白家に権勢を取り戻す可能性をもたらした。だが道長は敦康親王の誕生に先んじて自らの娘彰子を入内させており、敦康親王の百日の祝いの直後に彰子を中宮に立て、定子を皇后に横滑りさせた。本来同一人を指す中宮と皇后を敢えて二つに分け、史上初の二后並立を実現させたこの措置は、中関白家の復活を恐れ、彰子こそが一条天皇の正式な后であることを世間に知らしめようとする道長の焦りの表れだったろう。

翌年、第二皇女・媄子《びし》内親王を出産した定子は、後産《あとざん》が下りず二十五歳（二十四歳とも）で崩御してしまう。その崩御の時、道長のもとに道隆の物の怪が現れた、と、道長の側近の藤原行成は日記（『権記《ごんき》』）に記している。道長が定子を死に追いやり中関白家の未来を潰した。そういう人々の思いが、その光景を幻視させたのだろうか。

ところで『枕草子』には、その行成が職御曹司にいる清少納言を訪れ、漢籍を引用した彼女の和歌を殿上人に見せて誉めたという記事がある（106ページ）。すでに定子は尼となり、時流から見放されていたはずなのに、清少納言が定子後宮を以前と変らず明るく描くのはなぜなのだろうか。定子が一条天皇の子を儲けたことに希望を見出していたから、定子の芯のある美しさを書きとめたかったから、辛《つら》い時期だからこそ心弾むできごととして描きたかったから、いろいろな解釈の可能性を探ってみたい。また当時の尼がどのような存在であったかを調べてみるのも大事だ。

（咲本英恵）

お見せするようなものではないのですが……

この草子、目に見え心に思ふ事を・跋文《ばつぶん》

この草子《さうし》、目に見え心に思ふ事を、①人やは見むとすると思ひて、つれづれなる里居《さとゐ》のほどに、書きあつめたるを、あいなう人のために便《びん》なき言ひ過ぐしもしつべき所々もあれば、よう隠しおきたりと思ひしを、心よりほかにこそ洩《も》り出でにけれ。

宮の御前《おまへ》に、②内《うち》の大臣《おとど》の奉りたまへりけるを、「これに何を書かまし。上《うへ》の御前には③史記《しき》といふ文《ふみ》をなむ、書かせたまへる」などのたまはせしを、「枕《まくら》にこそは侍《はべ》らめ」と申ししかば、「さは得《え》てよ」とて給はせたりしを、④あやしきをこよや何やと、つきせずおほかる紙を書きつくさむとせしに、いと物おぼえぬ事ぞおほかるや。

おほかた、これは世の中にをかしき事、人のめでたしなど思ふべき、なほ選《え》り出でて、歌などをも、木、草、鳥、虫をも言ひ出だしたらばこそ、「思ふほどよりはわろし。心見えなり」とそしられめ、ただ心一つにおのづから思ふ事をたはぶれに書きつけたれば、物に立ちまじり、⑤人並《な》み並《な》みなるべき耳をも聞くべきものかはと思ひしに、「はづかしき」なんどもぞ、見る人はしたまふなれば、いとあやしうぞあるや。げに、そもことわり、人のにくむをよしと言ひ、ほむるをもあしと言ふ人は、心のほどこそおしはからるれ。ただ、人

に見えけむぞねたき。
⑥左中将まだ伊勢守《いせのかみ》と聞えし時、里におはしたりしに、端《はし》の方《かた》なりし畳⑦をさし出でしもの⑧は、この草子《さうし》載《の》りて出でにけり。まどひ取り入れしかど、やがて持ておはして、いと久しくありてぞ返りたりし。それよりあ⑨りきそめたるなめり、とぞほんに。

【現代語訳】

この草子は、目に見え心に思うことを、まさか人が見ることはあるまいと思って、手持ちぶさたな実家住いの間に、書き集めてあるのだが、むやみに人にとっては不都合な言い過しもしてしまいそうな箇所もあるので、うまく隠しておいたと思ったのだが、心ならずも世間に洩《も》れ出てしまったのだ。

中宮様に、内大臣伊周《これちか》様が御献上になったのを、（中宮様が）「これに何を書いたらよいかしら。主上《しゅじょう》におかれては、史記という書物をお書きになっていらっしゃる」などと仰せられたのを、（わたしが）「（では、こちらは）枕でございましょう」と申しあげたところ、「それならば、（そなたが）確かに受け取れ」ということでくださったのだが、奇妙なことを、あれや何やと、限りなく多くある紙を書き尽そうとしたので、（書いたことの中には）とても正気とは思えないことが多くあるよ。

大体これは、世の中でおもしろいこと、人がすばらしいなどと思うにちがいないことから、やはり選び出して、歌などをも、木や草や鳥や虫のことをも書き記してあるのならば、「思っているよりはよくない。心が見え透いている」とそしられるだろうが、（そうではなくて、）わたしの心の中だけで自然と思うことを、たわむれに書きつけてあるのだから、ほかの著作に立ちまじって、人並々に扱われるような評判をも聞くようなものであるはずがないと思ったのに、「すぐれているよ」などと、読む人はおっしゃるそうなので、ずいぶん奇妙なことだなあ。（でも、）なるほど、それももっともで、人のにくむものをよいと言い、ほめるものを悪いと言う人は、その心の程度こそおしはかられる。ただもう、この草子が人に見られたというのがいまいましい！

左中将経房《つねふさ》様をまだ伊勢の守とお呼びしていた時のこと、（経房様が）わたしの実家においでになった折に、端の方にあった薄縁《うすべり》を差し出したところが、なんとまあ、この草子が一緒に載って出てしまった。あわてて取り入れたけれど、そのまま持っていらっしゃって、たいへん長くたってから返ってきた。その時から世間に出回るようになったようだ、と原本にある。

【語注】

①人やは見むとすると思ひて…「やは」は反語。枕草子に「やは」はここ以外に二五例あるが、一例（「なほことよき人もかうやはおはしますらむとゆかしき（やはりもうお一人のすばらしいお方もこのようできっといらっしゃるのだろうかと、お目にかかりたい気持ちになる）」「淑景舎、春宮にまゐりたまふほどの事など」百段）を除いて、いずれも反語で使用されている。一般的に「やは」は反語で用いられる場合が多い。

②内の大臣…藤原伊周《これちか》。正暦三（九九二）年八月に権大納言《ごんだいなごん》、同五年八月に内大臣と順調に出世するが、長徳二（九九六）年正月に自分と弟隆家《たかいえ》の従者が花山法皇を射る事件を起こしたことなどの罪で、同年四月に大宰権帥《だざいのごんのそち》へ左遷される。しかし、翌三年四月には罪を赦され、同年十二月に入京する。長保五（一〇〇三）年に従二位、寛弘二（一〇〇五）年二月に座次が大臣の下・大納言の上と定まり、昇殿を許される。内大臣在職は正暦五年八月から長徳二年四月まで。

③史記といふ文…司馬遷《しばせん》が書いた中国最初の通史。平安時代の男性貴族の教養書であった。「文」はここでは漢文の意味。

④あやしきをこよや何や…「奇妙なことをあれやこれや何や」の意か。「こよや」がよくわからない。能因本には「あやしきをこじや何や」とあり、「こじ」を故事と解すれば「奇妙なことを故事や何や（と書き尽くそうとした）」となる。こちらの本文の方が意味は通る。

⑤人並み並みなるべき耳…「人並み並みなり」は「人並みなり」を強めた語。一般の人と同程度であるの意。「耳」は聞くこと、聞いた話。転じてうわさ、評判。

⑥左中将…源経房《つねふさ》。長徳元（九九五）年正月に伊勢権守《いせのごんのかみ》、二年七月に右近権中将《うこんのごんのちゅうじょう》（伊勢権守兼官か）、同三年正月に備中《びっちゅう》守（伊勢権守は退任）、同四年十月に左近《さこん》中将、長保三（一〇〇一）年八月に蔵人頭《くろうどのとう》（これ以降の職歴は省略）。伊勢（権）守在職は長徳元年正月から同三年正月まで、左（近）中将在職は長徳四年十月以降で、長保三年八月の蔵人頭就任時に左近中将職を解かれたかどうかは不明である。ただし、蔵人頭就任以降は呼称が「左中将」から「蔵人頭」に変化するはずと考えれば、この記事が書かれた時点は蔵人頭就任以前となる。

⑦畳…ござに縁をつけた敷物。薄縁《うすべり》。

⑧ものは…活用語の連体形に付き、接続助詞的に用いられる。……ところが、なんとまあ……。

⑨ありき…あちらこちらに移動して回る。ここは草子が出回ること。

◆◇鑑賞のヒント◇◆

❶この章段で作者が最も言いたいことは何か。
❷『枕草子』はどのような時期に執筆されたのか。
❸作者が「枕にこそは侍らめ」と答えたのはなぜか。
❹作者はどのような思いで「げに、そもことわり」と述べたのか。
❺『枕草子』はいつごろ流布し、この「跋文」はいつごろ書かれたのか。
❻「とぞほんに」という締め括りにはどんな意味があるか。

◆◇鑑賞◇◆

この章段には、『枕草子』執筆の契機、書名に関わる出来事、『枕草子』流布の事情という作品成立上重要な内容が含まれている。しかし、作者が最も強調するのは、思うがままに書きつけただけの文章を（「ただ心一つにおのづから思ふ事をたはぶれに書きつけたれば」）、他人に見られてしまったのは心外だ（「心よりほかにこそ洩り出でにけれ」）という恨み言（「ただ、人に見えけむぞねたき」）である。書き物用に大量の料紙が伊周から提供されたこと、定子とのやり取りによって「枕」と言う「草子」を書くことになったいきさつは、その膨大な料紙を書き尽くすために、わけのわからないことをいっぱい書く羽目になったこと（「あやしきをこよや何やと、つきせずおほかる紙を書きつくさむとせしに、いと物おぼえぬ事ぞおほかるや」）の口実として記述されているだけである。けっして『枕草子』執筆の協力者や書名決定の事情について述べることを目的としているわけでない。里下がり中の作者を尋ねてきた経房にこの草子が見つかり、そのまま持ち出されて流布してしまったと最後に付け加えているのも、「心よりほかにこそ洩り出で」た経緯を具体的に述べるためであって、流布の事情を積極的に説明しようとしているわけではない。むしろ、『枕草子』が載った敷物を誤って経房に出したために（「端の方なりし畳をさし出でしものは、この草子載りて出でにけり」）持っていかれたというのだから、自分の不注意で人目に触れてしまったことへの後悔が書きたかったのだろう。もちろん、中宮下賜《かし》の紙に書くよう命じられたのだから、実際のところ中宮の閲覧は前提だったのだろう。あるいは定子付き女房に読まれることくらいは考えていたのかもしれない。ただし、多くの人の目にさらされることはまったく想定していなかったのである。まずは、この章段の主張について以上のように確認しておきたい❶。

その上で、各段落ごとに注目すべき読みどころを探っていこう。まず、第一段落は、主張を端的にまとめて頭括型をかたちづくるが、そこにさらっと執筆時期の情報（「つれづれなる里居のほどに、書きあつめたる」）を紛れ込ます。宮仕えの女房にも休暇は与えられていたので、そのような折りに実家へ帰ることはあった。しかしここは手持ちぶさたな実家住いというのであるから、そのような一時的な帰省ではない。実家にいてもやることがなくてぶらぶらしていたのである。実は「里にまかでたるに」（八十段）、「殿などのおはしまさで後、世の中に事出で来」（百三十七段）、「御前にて人々とも、また物仰せらるるついでなどに」（二百五十九段）にも同じ時期の出来事が書かれている。その中の百三十七段（**資料A**参照）には、道隆没後に「世の中に事出で来、さわがしうなりて」（長徳二（九九六）年正月に伊周・隆家の従者が花山法皇を射る事件を起こし、伊周が同年四月に大宰権師へ左遷されたことを指す（**語注**②参照））、そのころ清少納言に、中の関白家へ圧力をかけてきた左大臣道長側の人と知り合いの者（「左の大殿方の人知る筋にてあり」）との噂が立ったため、不愉快になってしばらく里に下がっていたと記されている。ここから、『枕草子』はこの不如意な里居の時期に執筆したことがわかる❷。

第二段落では「枕」という「草子」を書くことになったいきさつが記される。「枕にこそは侍らめ」という作者の発言により、本作品は「枕草子」と呼ばれるようになったといわれている。それほど重要な部分であるが、ここの「枕」が何を指すのか未だに解明されていない。後に「つきせずおほかる紙」とあるので、伊周が定子に献上した紙の量は相当なものであったとわかる。冊子にすればかなり分厚かったはずだ。その分厚い冊子を寝具の枕に見立てたというわけだが、「中納言まゐりたまひて」（九十八段）で、手に入れた見事な扇の骨組みを「さらにまだ見ぬ骨のさまなり（まったく、まだ見たことがない骨の様子だ）」と自慢する家隆に対して、「さては扇のにはあらで、くらげのななり（それならば、扇の骨ではなくて、海月の骨なのですね）」とジョークで返している清少納言なら、さもありなんといったところ。ただし、帝のところでは『史記』という文《ふみ》を書いているが、自分のところでは何を書いたらよいかという定子の問いかけに対して、それなら枕でございましょうと答えたというのであるから、たんに分厚い冊子を寝具の枕に喩えたという単純なジョークではなかったであろう。それゆえ様々な解釈が飛び交うわけだが、残念ながら決定打といえるものはない。ただ、帝のところは『史記』という「文」（ここでは漢文の意。「めでたきもの」（八十四段）で、漢学に長けた博士が天皇の「御書《ふみ》の師」として仕えることを「めでたし」と評価している。）を書いているという中宮の発言に対するジョークだから、漢文に対抗できる和文の書物を意識しているのは間違いあるまい。漢文の反対語として真っ先に思い浮かぶのは和歌である。和歌と関わりの深い「枕」といえば、やはり「歌枕《うたまくら》」であろう。「歌枕」は一般的に和歌によく詠まれる題材や名所を指す語として説明されるが、平安時代中期ごろは和歌によく詠まれる言葉や地名を集め

た書物のことを指していた。さらに、

わが恋を人知るらめやしきたへの枕のみこそ知らば知るらめ

（『古今集』恋一・五〇四、よみ人知らず）

しきたへの枕の下に海はあれど人をみるめは生ひずぞありける

（『古今集』恋二・五九五、紀友則）

など、「枕」を導き出す枕詞「しきたへの」は有名であった（**資料B**参照）。『史記（しき）』から「枕」を連想するよすがもまた和歌に見出せるのである。これらのことから、伊周が献上した分厚い冊子を冗談で寝具の枕に見立てると同時に、帝のところが『史記』という漢籍を書くのであれば、中宮のところで書くものは「しきたへの枕」ならぬ「歌枕」という和書でございましょうと冗談を重ねたというのが、最もありそうな話ではある❸。

第三段落には、世間受けをねらわず思いつくままに書いた『枕草子』が意外にも好評だったことに対する作者のとまどいが、次のようにやや屈折したかたちで表れている。もしこの草子が、世間的に―といっても宮中という狭い世界のことだが―おもしろいことやすばらしいことを綴った書物なら、他人に今ひとつだとか、まあまあだとけなされても仕方はない。しかし、思いつくまま戯れに書いたのだから、そもそも世間並み（普通の書き物として）の評価の対象になるはずはない。このような持って回った言い方をすることで、酷評された場合の逃げ道を作っているのだろう。世間受けが悪いのはそもそも受けをねらっていないからだと言い逃れできるよう先手を打っているわけだ。ところが読者からは意外にも「はづかしき」との好評を得た。「見る人はしたまふなれば」と尊敬語が使われているのだから、この読者は作者にとって敬意を払うべき人だったのであろう。「はづかし」には、（1）気がひける、きまりが悪い（自分の劣っている点が思われて恥ずかしい）と、（2）すぐれている、立派だ（こちらが恥ずかしくなるほど相手がすぐれている）の二つの意味がある。このときの評価について作者は「あやし」と奇妙に感じる。草子への好評価について、おかしなことだわと照れているのである。したがって、作者の文章を読んだ人は(2)の良い意味で「はづかしき」と言ったと解釈するのが正解である。ところが、この他人からの評価を奇妙に感じると述べた後に、「げに、そもことわり」と述べる。ここの解釈は実に厄介である。「げに」の意味の取り方次第で「そも」の指す内容が変わってくるからである。「げに」は本当に・なるほどなど前からの知識や人の意見に同調する意と、まことに・実になど感動をこめて下の語を強調する意がある。前者の場合、「そも」はすぐれているという人の評価を指して、他者からの称賛を「なるほど、それも当然」と自画自賛したという解釈になる。逆に後者の場合は、他者の称賛を奇妙だといって照れる自分の気持ちを、「私がそう思うのもまことにもっともでしょ?」と強調していることになる。いずれの解釈も成立してしまうので実に厄介なのだが、ここでは第三の解釈を提案してみたい。作者は「げに、そもことわり」に続けて、人がにくむものをよいと言い、ほめるものを悪いと言うようなひねくれ者は、その心の程度がおしはかられると述べる。天の邪鬼の書く文章などはすぐ底が知れるというのである。しかし、この段の冒頭では、逆に人がほめるものをほめただけの文章について低く評価しているような口ぶりであった。これら二種類の文章—世間一般の評価に難癖を付ける文章と世間受けをねらった文章—は対極の位置にある。そのいずれにも与せず、ただ心の中に自然と思い浮かんだことを素直に書くという方針をとった作者は、どちらの書き方もよく思っていなかったのだろう。そんなときに自分の書いたものが尊敬する人に認められて、我が意を得たりと思わず本音を洩らしてしまったのかもしれない。しかし、このくだりを単純に自画自賛したと解するだけでは不十分だと思う。「はづかし」という言葉に対する作者の語感を考慮する必要があるのではないか。百二十段「はづかしきもの」(資料C参照)では、男とは、内心では自分好みでなく気に入らない女だと見ていても、面と向かっているときは機嫌を取って頼みに思わせるので、男の内心は「はづかし」と述べている。自分の弱点や落ち度が相手に見えてしまっている点を「はづかし（(1) 気がひける）」と感じているのである（逆に、自分を思っている男の心は、どうせはかないものだとこちらにも見えているから、恥ずかしくないと言う）。作者にとって「はづかし」という他者からの評価は、嬉しい反面、自分の心の底が見透かされているようで恥ずかしくもあったのだろう。つまり、作者は「はづかし」の多義性を利用して、他者から受けた「はづかし（すぐれている）」との好評を、「はづかし（心が見透かされているようで恥ずかしい）」の意に捉え返して、人からの「はずかしき（すぐれている）」という言葉も「恥ずかしいという意味ではなるほどもっともね」とひねりを加えたのではないか。そのように考えれば、この後で再度「ただ、人に見えけむぞねたき」と見られたことを悔やんでいることも理解しやすくなる❹。

第四段落は、『枕草子』が経房によって持ち出され流布してしまった経緯を簡潔に述べる。こうして『枕草子』は世間の知るところとなり、第三段落のような世評も生まれたわけだが、では、その経緯を書いているこの跋文はいつ書かれたのか。それを知るヒントは「左中将まだ伊勢守と聞えし時」にある。『枕草子』に登場する人物はたいてい官職名で記されるが、この官職名によって、出来事が起こった時期や執筆時期を推定できる場合がある。なぜなら、別の史料によって、いつごろどんな官職に就いていたのかがある程度明らかにされている人たちがいるからだ。経房もその一人である（**語注**⑥参照）。流布したのは経房がまだ伊勢守（**語注**にある「伊勢権守」の権は仮の意で、定員外の就任ということ。定員外でも守であることには変わりない）の任にあったとき、そして、この跋文を書いているのは伊勢守よりも高い役職の左中将へ出世して以降となる❺。

さて、この跋文は「……と書き写した元の本にはある（とぞほんに）」という変わった言い方で締め括られている。

これは、この本文を書き写した者による注記で、自分が写した元の本文にはこうなっているという意味である。したがって、文字通りに解釈すれば、これまで読んできた『枕草子』は、作者自筆のオリジナル本ではなく、別人による書写本ということになる。ただし、こうした終わり方は他の作品にも時々見られる。

……京のはてなれば、夜いたう更けてぞたたき来《く》なる、とぞ本に。（『蜻蛉日記』）

……宮の上御文書き、女御殿の御ことば、さしもあらじ、書きなしなめり、と本に。（『和泉式部日記』）

右の例に見られるように、当時は、書写者の注記で終わったように書くのが本文を締めくくる際の一つの方法であったらしい。それゆえ、この注記も作者自身が書いた可能性がある。作品の終わりを書写本のように装う理由についてはっきりしたことは言えない。たぶん、それぞれに事情があったと思われるが、清少納言に関してはどうだろうか。元の本にはこうであったという書きぶりは、書写者が作者本人でなく別人であることを暗示している。著作権などの存在しない当時は、書写者がオリジナルを勝手に書き換えることもあった。もし作者自身が「とぞほんに」と書いたとすれば、そこにはどんな思いが込められているのだろうか。自分の書き物が人目にさらされ、自分の心の底が知れてしまうのをあれほど嫌がっていた作者である。書写者による書き換えの可能性を示唆することで、少しでも本心を隠したかったのかもしれない❻。

◆◇ 探究のために ◇◆

▼**初稿本流布の影響**　**鑑賞**でも説明したように、この章段で最も言いたかったことは、自分の書き物が他人に見られてしまったのは心外だという恨み言である。なぜ心外かといえば、世間受けをねらったのではなく、ただ思うがまま

戯れに書きつけただけの代物（しかも他人にとって不都合な内容を含む）だからであり、それゆえに己の心の底が見透かされてしまうことを恐れているためでもある。しかしその一方で、予想外の好評にとまどいつつもまんざらではないご様子。他人に読まれたくはないが読者の評価はやはり気になる「複雑な心境」と言ったところか。この「複雑な心境」は他の章段にも、やや言い訳がましい言い回しでちょいちょい顔を出す。たとえば、「説経の講師は」（三十一段）では、説経の講師はイケメンがよいとか、醜男《ぶおとこ》の話は罪を得てしまいそうだなどと書いた直後に「このことはとどむべし。すこし年などのよろしきほどは、かやうの罪得方《えがた》のことは書き出でけめ、今は罪、いとおそろし（このことは書かないでおこう。もう少し年が若いころは、こうした罪を得るような筋のことも書き表しただろうが、今のわたしの年では、仏罰がたいへん恐ろしい）」と言い過ぎを少し後悔する。また、「中納言まゐりたまひて」（九十八段74ページ）では、隆家が手に入れた扇の骨を自慢して「まだ見たこともないくらいすごい骨だ」と言うと、すかさず「それはで扇ではなくてくらげの骨ですね」と返してうけたという話の最後に「かやうの事こそは、かたはらいたき事のうちに入れつべけれど、「一つなおとしそ」と言へば、いかがはせむ（このようなことは「聞いちゃいられないこと」の部類に入ってしまうにちがいないのだが、「ひとつも書き落としてはいけない」と言うので、いったいどうしようか、どうしようもない。）」と加える。いずれも読者を意識した物言いであろう。とりわけ後者において、「一つなおとしそ」と周囲からリクエストされているのは、作者が書き物をしていることを前提にした記述と考えざるを得ない。この書き物はおそらく経房が持ち出した『枕草子』の初稿（以下「初稿本」と記す）であろう。そうであれば、この記述は初稿本の流布以降に書かれた可能性が高い。同様の記述は「九月ばかり」（百二十五段120ページ）にも見受けられる。この段は、露の重さでしなった萩の枝が、露が落ちるとひとりでに跳ね上がるさまを「いみじうをかし」と言う作者に対して、「と言いたる事どもの、人の心には、つゆをかしからじと思ふこそ、またをかしけれ（とことんなふうに私の言ってきたことが、他の人の心には、少しもおもしろく感じないだろうと思うのは、またおもしろいことだ。）」と、他人から受けた批判に上書きして批判そのものを相対化するような込み入った書き方をする。これなど多分に世評を意識した書きぶりであるが、こうした込み入った書きぶりについても、初稿本の流布が背景にあったと想定すれば理解しやすい。そして、このように読者の目を気にする作者のコメントがときどき入り交じるのは、今私たちが読んでいる『枕草子』が、最初に流布した初稿本ではなく、初稿本に対するさまざまな世評を受けて加筆した本、いわば増補本だからである。それゆえ、他の章段を読み解く際にも、跋文の内容をふまえて考えると理解の深まる場合がある。とりわけ他人の目を気にしたり、妙に自意識が表出している章段はそうだ。たとえば「ふと心おとりとかするものは」（百八十六段）では、男も女も下品な言葉遣いはみっともないと批判した後で、「さるは、かう思ふ人、ことにすぐれてもあらじかし。いづれをよしあしと知るにかは。されど、人をば知らじ、ただ心地にさおぼゆるなり（そのくせ、実はこのように思う人自身が、特別にすぐれているわけでもないのである。いったいどれをよい、悪いと判断できようか。そうだとしても、人のことは知らないが、ただ自分の気持ちとしてはそう感じられるのだ。）」とやや弁解がましい記述が差し込まれる。ここなどには、自己の見解に対する他者の評価を強く意識している様子がうかがえるとともに、跋文の「ただ心一つにおのづから思ふ事をたはぶれに書きつけたれば」と同じ執筆態度も表れている。『枕草子』はこのように同時代の読者を多分に意識して書かれた作品なのである。「人に見られたくなかったのに……」という作者のことばを鵜呑みにしない方がよい。また、その方が断然面白く読める。

（井実充史）

【資料】

A　「殿などのおはしまさで後、世の中に事出で来」（百三十七段）

殿《との》などのおはしまさで後《のち》、世の中に事出《い》で来《き》、さわがしうなりて、宮もまゐらせたまはず、小二条殿といふ所におはしますに、何《なに》ともなくうたてありしかば、久しう里にゐたり。御前《おまへ》わたりのおぼつかなきにこそ、なほえ絶えてあるまじかりける。

右中将おはして物語したまふ。……（中略）……『御里居《さとゐ》、いと心憂《こころう》し。かかる所に住ませたまはむほどは、いみじき事ありとも、かならず候ふべきものにおぼしめされたるに、かひなく』とあまた言ひつる。語り聞かせたてまつれとなめりかし。まゐりて見たまへ。あはれなりつる所のさまかな。台の前に植ゑられたりける牡《ぼう》丹《た》などの、をかしき事」などのたまふ。「いさ。人のにくしと思ひたりしが、またにくくおぼえはべりしかば」といらへきこゆ。おいらかにも笑ひたまふ。

げにいかならむと思ひまゐらする御けしきにはあらで、候ふ人たちなどの、「左の大殿方《おほとののがた》の人知る筋《すぢ》にてあり」とて、さしつどひ物など言ふも、下《しも》よりまゐる見ては、ふと言ひやみ、はなち出《い》でたるけしきなるが、見ならはずにくければ、「まゐれ」など度々《たびたび》ある仰《おほ》せ言《ごと》をも過ぐして、げに久しくなりにけるを、また宮のへんには、ただあなたがたに言ひなして、そら言《ごと》なども出《い》で来《く》べし。

（現代語訳：関白殿などがおなくなりになってのち、世の中に事件が起こり、騒がしくなって、中宮様も宮中にお入りあそばされず、小二条殿という所においでになるのだが、何ということもなくいやな気分だったので、長い間実家にじっとしていた。でも、中宮様の御前のあたりが気がかりで、やはり関係を切ることができそうになかった。

右中将（源経房）様がおいでになって物語をなさる。……（中略）……「『ご実家住まいは、たいへんつらく思われる。（中宮様が）こうした所にお住まいあそばされるような折には、たいへんなことがあったとしても、必ず伺候すべきものとお思いでいらっしゃるのに、そのかいもなく』と、たくさんの女房たちが言いました。（わたしがそのことをあなたに）話してお聞かせ申し上げよということのようですね。参上して御覧ください。趣深い所のご様子ですよ。台の前に植えられていた牡丹などが、おもしろいこと」などとおっしゃる。「さあどうですか。人がわたしをにくらしいと思っていたことが、またわたしにもにくらしく思われましたので」とお返事申しあげる。穏やかにお笑いになる。

まことに（中宮様は）どうなのだろうかと思い申し上げるような御様子ではなくて、おそばにお仕えする人たちなどが、「（あの人は）左大臣（道長）様側の人と知り合い筋だ」と言って、集まって話などをする時も、（わたしが）下局《しもつぼね》から御前に参上するのを見ては、急に話をやめて、わたしを遠ざけているような態度であるのが、見なれないことでにくらしいので、「参上せよ」などとたびたびある仰せ言をもやりすごして、本当に長い間たってしまったのを、また中宮様のあたりでは、ただもう左大臣側の者と言いなして、作り話なども出てきそうである。）

B 『古今和歌集』・恋歌

わが恋を人知るらめやしきたへの枕のみこそ知らば知るらめ

（『古今集』恋一・五〇四、よみ人知らず）

（現代語訳：私の恋心をあの人が知っていようか。私の涙で濡れた枕だけが、もし知っているならば知っているだろうが。）

しきたへの枕のしたに海はあれど人をみるめは生ひずぞありける

（『古今集』恋二・五九五、紀友則）

（現代語訳：枕の下に涙の海はあるけれども、人に逢う「見る目」という名の「海松布《みるめ》」は生えていない、それで逢えないのであった。）

C 「はづかしきもの」（百二十段）

はづかしきもの　男の心のうち。……（中略）……男は、うたて思ふさまならず、もどかしう、心づきなき事などありと見れど、さし向ひたる人をすかしたのむるこそいとはづかしけれ。……（中略）……すこしも思ふ人にあへば、心はかなきなめりと見えて、いとはづかしうもあらぬぞかし。

（現代語訳：気がひけるもの　男の心のうち。……（中略）……男が、（内心では女のことを）「いやなことに、自分の思うようではなく、気にくわないし、不愉快な点などがある」と見るけれど、面と向かっている女をあざむいて期待させるのはひどく気がひける。……（中略）……少しでも自分を愛してくれる男に出会うと、（その男の）気持ちは頼みにならないようだと見えて、（逆に）それほど気がひけることはないものなのだ。）

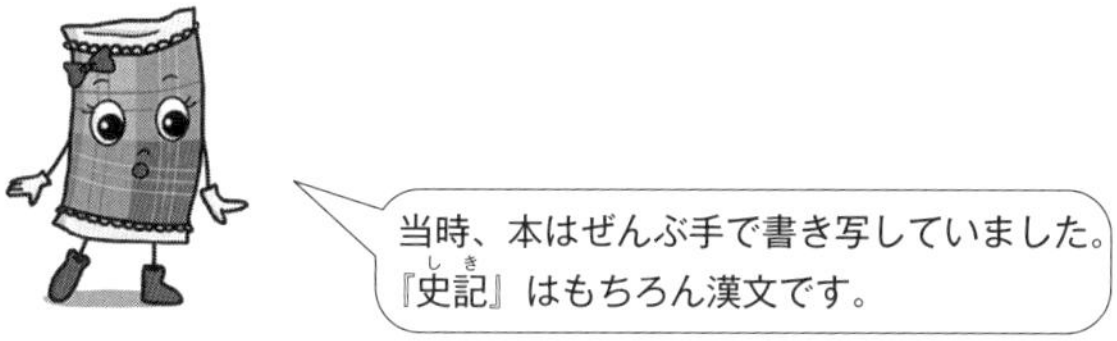
当時、本はぜんぶ手で書き写していました。
『史記《しき》』はもちろん漢文です。

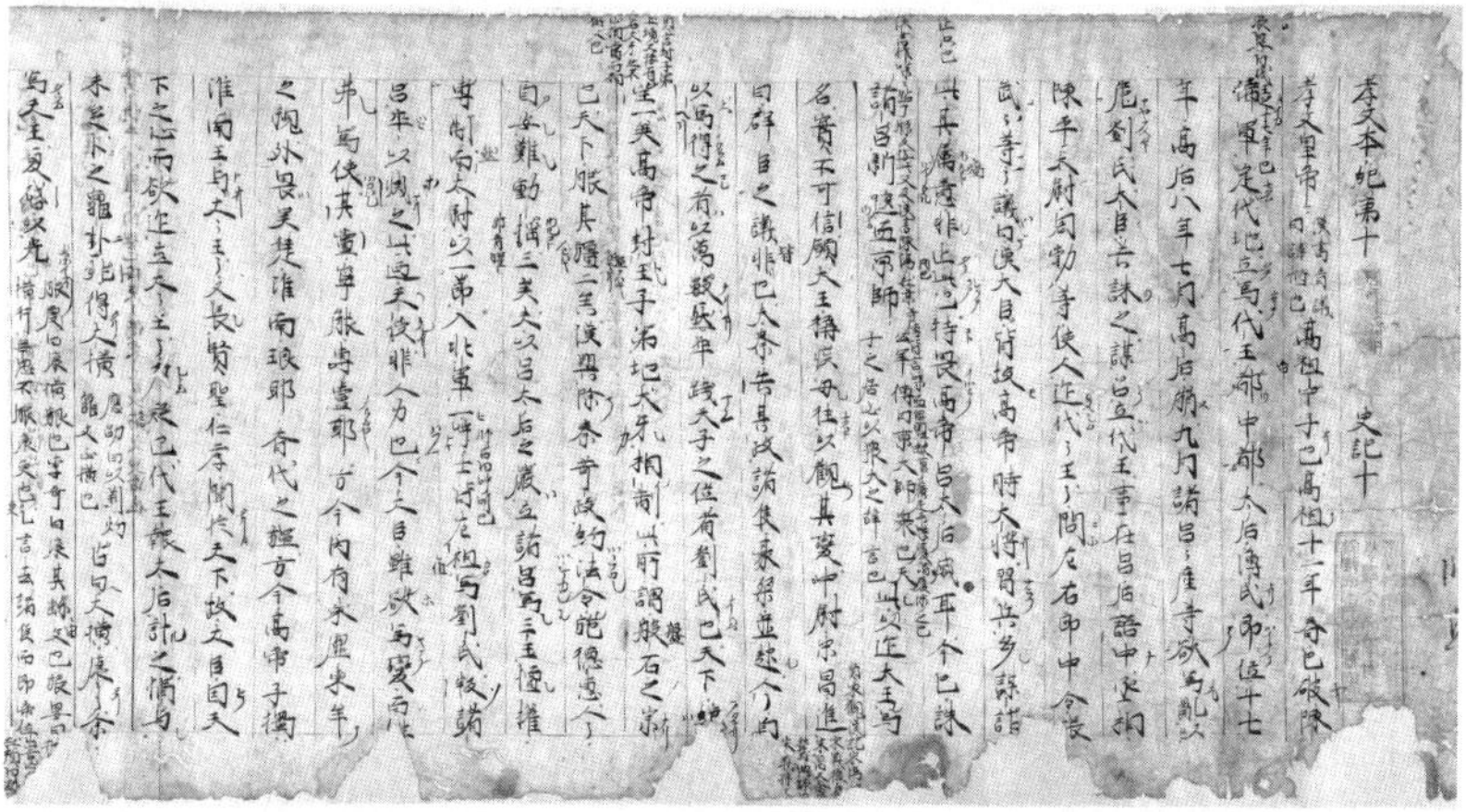

『史記』（『史記　孝文本紀第十』東北大学附属図書館所蔵）

付録

◆参考文献

※文献末尾に掲出章段番号（「初段」は「初」、「跋文」は「跋」）を付した。なお、章段外の解説文「『枕草子』について」は「枕」、コラム「『枕草子』の現代における受容」は「現」、コラム「紫式部のコダワリ」は「紫」として示した。

赤間恵都子「「殿などのおはしまさで後」の段年時考」（『枕草子日記的章段の研究』三省堂、二〇〇九年）跋

圷美奈子「「中納言殿まゐらせたまひて」の段―「くらげのなり」の意味―」（『新しい枕草子論　主題・手法　そして本文』新典社、二〇〇四年）98

圷美奈子「枕草子の本文―典拠引用における能因本と三巻本の表現差―」（『新しい枕草子論　主題・手法　そして本文』新典社、二〇〇四年）280

浅田彰「もうひとつのイルミネーテッド・ブック」『ピーター・グリーナウェイの枕草子』（『ＣＩＮＥＭＡ　ＲＩＳＥ』一九九七年七月）現

天野紀代子「平安時代の短連歌」（『法政大学文学部紀要』一九九四年三月）102

安西奈保子「大斎院選子サロン考―徽子・定子・彰子サロンとの比較を中心に―」（『平安文学研究』一九八三年七月）102

池田亀鑑「清少納言枕草子の異本に関する研究」（『国語と国文学』一九二八年一月）枕

池田亀鑑「美論としての枕草子」（『研究枕草子』至文堂、一九六三年）145

伊東倫厚「『枕草子』「少し春ある心ちこそすれ」と『白氏文集』「二月山寒少有春」と―又名「少有春」小考」（『竹田晃先生退官記念東アジア文化論叢』汲古書院、一九九一年）102

稲賀敬二・上野理・杉谷寿郎『枕草子入門』（有斐閣、一九八〇年）259

今井久代「『枕草子』「雪のいと高う降りたるを」段を読む」（『日本文学』二〇一六年一月）280

上野理「『春曙』考」（『文芸と批評』一九六九年四月）207

上野理「枕草子「木の花は」考」（『日本文学研究資料新集4　枕草子　表現と構造』有精堂、一九九四年）35

上野理「枕草子「見るにことなることなきものの文字にかきてことごとしきもの」考―「―もの」型類聚章段の諸相―」（『日本文学研究資料新集4　枕草子　表現と構造』有精堂、一九九四年）35・145

上野理「枕草子―見たことの記録」（『国文学　解釈と鑑賞』一九七二年四月）207

上野理「枕草子初段の構想と類書の構造」（『国文学研究』一九七三年六月）初

大野晋編『古典基礎語辞典』（角川学芸出版、二〇一一年）125

岡部隆志『言葉の重力　短歌の言葉論』（洋々社、一九九九年）初

岡村繁『新釈漢文大系100　白氏文集四』（明治書院、一九九〇年）

初
片桐洋一「『枕草子』の基盤は和歌」（『百舌鳥国文』二〇〇六年三月）枕
勝亦志織「『枕草子』「中納言まゐりたまひて」の海月」（鈴木健一編『鳥獣虫魚の文学史―日本古典の自然観4魚の巻』三弥井書店、二〇一二年）98
河添房江「『枕草子』の唐物賛美―一条朝の文学と東アジア」（『源氏物語越境論』岩波書店、二〇一八年）145
神野藤昭夫「『花散里』巻をどう読むか―その和歌的発想と表現―」（『源氏物語の鑑賞と基礎知識』二〇〇三年六月）紫
岸上慎二「うつくしきものの段」（『枕草子研究』大原新生社、一九七〇年）145
久米康生『和紙文化研究事典』（法政大学出版局、二〇一二年）259
倉田実「『枕草子』の庭と前栽」（『大妻国文』二〇一七年三月）189
車田直美「山里の風景―『枕草子』「五月ばかりに山里にありく」の段をめぐって―」（『語文』一九九三年六月）207
小森潔「枕草子の始発―「宮にはじめてまゐりたるころ」の段をめぐって―」（『枕草子　逸脱のまなざし』笠間書院、一九九八年）177
佐々木孝浩「定家本としての『枕草子』―安貞二年奥書の記主をめぐって」（『平安文学をいかに読み直すか』笠間書院、二〇一二年）枕
沢田正子「枕草子の時間と美意識」（『枕草子の美意識』一九八五年）125
島内裕子『枕草子　上』（筑摩書房、二〇一七年）枕
新間一美「桐と長恨歌と桐壺巻―漢文学より見た源氏物語の誕生―」（『甲南大学紀要』文学編、一九八三年三月）35
鈴木日出男「『枕草子』と詩歌」（『古代和歌史論』東京大学出版会、一九九〇年）125
鈴木宏子『「古今和歌集」の創造力』（ＮＨＫ出版、二〇一八年）初
高橋和夫「枕草子回想章段の事実への復原　その一」（『群馬大学教育学部紀要』人文社会科学編、一九九〇年七月）280
武久康高「「明かりて」か「赤りて」か―「春はあけぼの」の表現方法を探る―」（『日本文学』二〇一九年七月）初
武山隆昭「「けざやか」の語義攷」（『椙山女学園大学研究論集』一九七八年二月）125
田中重太郎『前田家本枕冊子新註』（古典文庫、一九七一年）枕
田畑千恵子「枕草子日記的章段の方法―中関白家盛時の記事をめぐって―」（『中古文学』一九八六年三月）枕
たられば「「角田源氏」が繋ぐ、千年前と今と千年後」（『文藝』二〇二〇年七月）現
鄭順粉「枕草子「二月つごもりころに」段の和歌をめぐって」（『中古文学』一九九七年五月）102
塚原鉄雄「清少納言と枕草子―いつ、どんなふうにして、成立したか―」（『枕草子研究』新典社、二〇〇五年）跋
津島知明「秀句のある「対話」―『枕草子』九七段から一〇二段までの日記回想章段群―」（『国学院大学紀要』二〇一六年一月）98
津島知明「『枕草子』執筆と流布の経緯―「跋文」の解釈から」

（『国学院大学紀要』二〇一八年一月）跋
土屋博映「『枕草子』の「すさまじ」の位置」（『跡見学園短期大学紀要』一九九二年一月）23
土屋博映「『枕草子』の「かたはらいたし」の位置」（『跡見学園女子大学短期大学部紀要』二〇〇三年三月）123
東京ゲンジボタル研究所『ホタル百科』（丸善出版、二〇〇四年）初
永井和子「清少納言―基点としての「宮にはじめてまゐりたるころ」」（『国文学　解釈と鑑賞』二〇〇一年八月）177
中島輝賢「友だちとセンチメンタルジャーニー」（久喜の会編『学びを深めるヒントシリーズ伊勢物語』明治書院、二〇一九年）123
中島和歌子「総体としての和歌の捉え方と〈よみ人〉概念の変遷―一条朝を中心として―」（『国文学研究』二〇一九年一〇月）102
中島和歌子「枕草子「香炉峯の雪」の段の解釈をめぐって―白詩受容の一端―」（『国文学研究ノート』一九九一年三月）280
中島和歌子「『枕草子』初段「春は曙」の段をめぐって―和漢の融合と、紫の雲の象徴性―」（『むらさき』紫式部学会、二〇〇四年一二月）初
中田幸司「『枕草子』「宮にはじめてまゐりたるころ」章段攷―交渉の〈ウラ〉から〈オモテ〉へ―」（『平安宮廷文学と歌謡』笠間書院、二〇一二年）枕・177
中田幸司「『枕草子』風土攷―〈雪〉の叙述と機能―」（『平安宮廷文学と歌謡』笠間書院、二〇一二年）177・280
中田幸司「『枕草子』類聚章段と作者の手法―「すさまじきもの」章段の叙述を中心に―」（『平安宮廷文学と歌謡』笠間書院、二〇一二年）145
中田幸司「『枕草子』「うつくしきもの」の〈落とし穴〉―類聚的章段の〈読みのベクトル〉―」（『論叢　玉川大学文学部紀要』二〇一九年三月）145
西山秀人「枕草子随想章段の一考察―自然把握の方法―」（『語文』一九九〇年一一月）125・207
野村精一「枕草子の文体」（『枕草子講座』第一巻、有精堂、一九七五年）280
萩谷朴「第一段　四季のころおい」（『枕草子解環一』同朋舎、一九八一年）初
萩谷朴「第三段　言語の社会性」（『枕草子解環一』同朋舎、一九八一年）枕
橋本不美男『原典をめざして―古典のための書誌』（笠間書院、一九七四年）102
八條忠基『素晴らしい装束の世界―いまに生きる千年のファッション―』（誠文堂新光社、二〇〇五年）189
浜口俊裕「『枕草子』「中納言まゐりたまひて」章段新考」（『枕草子の新研究―作品の世界を考える』新典社、二〇〇六年）98
原岡文子「『枕草子』の美意識」（『源氏物語　両義の糸―人物・表現をめぐって―』有精堂出版、一九九一年）189
針本正行「枕草子の自讃譚〈二〉」（『江戸川女子短期大学紀要』一九九〇年三月）102
土方洋一「蓬のある風景―『枕草子』の文体―」（『日本文学』二〇

○四年八月）207
平田喜信・身﨑壽『和歌植物表現辞典』（東京堂出版、一九九四年）35
服藤早苗「童殿上の成立と変容―王権と家と子ども（下）」（『史学』一九九七年九月）145
藤本宗利「空白への視点―「春は曙」の読みをめぐって」（『むらさき』一九八五年七月）初・207
藤本宗利「「〜もの」型章段における「ずれ」の方法」（『枕草子研究』風間書房、二〇〇二年）145
藤本宗利「『枕草子』と『源氏物語』―文字による絵画と文字による映画」（『枕草子研究』風間書房、二〇〇二年）189
藤本宗利「漢才の家風」（『枕草子をどうぞ―定子後宮への招待―』新典社、二〇一一年）92
古瀬雅義「「香爐峯の雪いかならむ」への対応と展開」（『枕草子章段構成論』笠間書院、二〇一六年）280
松本昭彦「験者のあくび―『枕草子』「すさまじきもの」段小考―」（『三重大学教育学部研究紀要』二〇〇九年三月）23
三田村雅子「〈名〉と〈名〉を背くもの―「〜は」章段の性格―」（『枕草子　表現の論理』有精堂出版、一九九五年）35
三田村雅子「〈語り〉と〈笑ひ〉―伝達と距離―」（『枕草子　表現の論理』有精堂、一九九五年）98・280
三田村雅子「〈モノ〉の裂目―「〜もの」章段の位相」（『枕草子　表現の論理』有精堂出版、一九九五年）145
三田村雅子「枕草子の視線構造―見る／見られる」「回想の論理―「職の御曹司におはします頃」章段の性格―」（『枕草子　表現の論理』有精堂、一九九五年）177
三田村雅子「枕草子「雪のいと高う降りたるを、例ならず、御格子参りて」段を教材として読む」（『〈新しい作品論〉へ、〈新しい教材論〉へ―古典編〈3〉文学研究と国語教育研究の交差』右文書院、二〇〇三年）280
三保忠夫「枕草子「香炉峰の雪」（上）・（下）」（『国語教育論叢』一九九一年八月・一九九一年九月）280
室伏信助「『枕草子』一―一〇〇段」（『王朝日記物語論叢』笠間書院、二〇一四年）92
森雄一「列叙法の二面性とその周辺」（『成蹊國文』二〇一四年三月）145
山田利博「『枕草子』「雪のいと高う降りたるを」段の年次」（『宮崎大学教育文化学部紀要』二〇〇一年九月）280
山中悠希『堺本枕草子の研究』（武蔵野書院、二〇一六年）枕
山本淳子『枕草子のたくらみ「春はあけぼの」に秘められた思い』（朝日新聞出版、二〇一七年）初
李暁梅『枕草子と漢籍』（渓水社、二〇〇八年）35
渡辺実「清少納言の不快経験―「すさまじ」とその周辺―」（『ソフィア』一九八七年四月）23
渡辺実「枕草子心状語要覧」（『新日本古典文学大系　枕草子』岩波書店、一九九一年）92

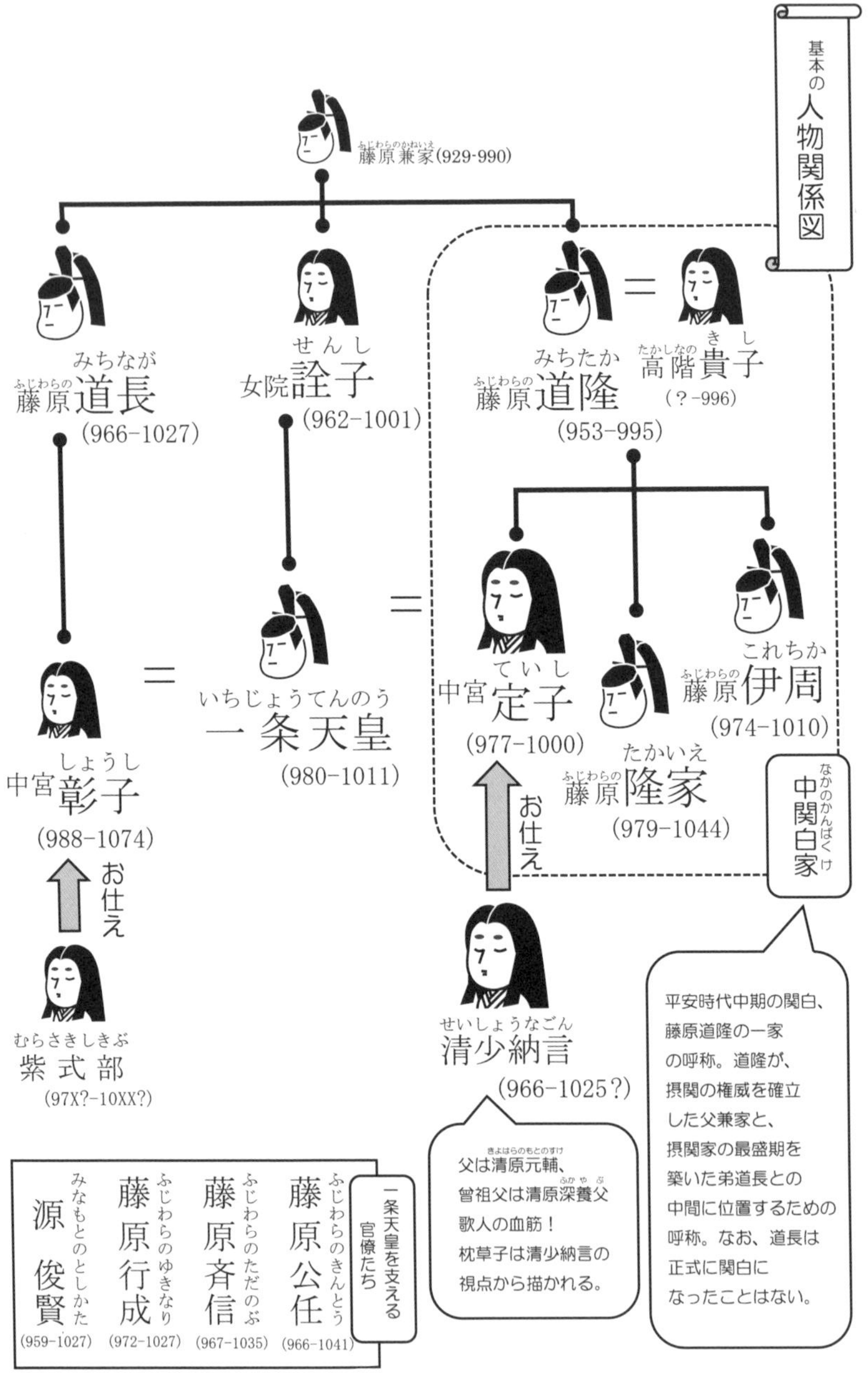
基本の人物関係図
藤原兼家《ふじわらのかねいえ》(929-990)
藤原《ふじわらの》道長《みちなが》
(966-1027)
女院詮子《せんし》
(962-1001)
藤原《ふじわらの》道隆《みちたか》
(953-995)
高階《たかしなの》貴子《きし》
(?-996)
中宮彰子《しょうし》
(988-1074)
一条天皇《いちじょうてんのう》
(980-1011)
中宮定子《ていし》
(977-1000)
藤原《ふじわらの》伊周《これちか》
(974-1010)
藤原《ふじわらの》隆家《たかいえ》
(979-1044)
中関白家《なかのかんぱくけ》
お仕え
お仕え
紫式部《むらさきしきぶ》
(97X?-10XX?)
清少納言《せいしょうなごん》
(966-1025?)
父は清原元輔《きよはらのもとすけ》、曾祖父は清原深養父《ふかやぶ》 歌人の血筋！ 枕草子は清少納言の視点から描かれる。
平安時代中期の関白、藤原道隆の一家の呼称。道隆が、摂関の権威を確立した父兼家と、摂関家の最盛期を築いた弟道長との中間に位置するための呼称。なお、道長は正式に関白になったことはない。
一条天皇を支える官僚たち
藤原公任《ふじわらのきんとう》 (966-1041)
藤原斉信《ふじわらのただのぶ》 (967-1035)
藤原行成《ふじわらのゆきなり》 (972-1027)
源俊賢《みなもとのとしかた》 (959-1027)

(注)生没年は主に『和歌文学大辞典』によった。

基本の枕草子年表

〈西暦〉【年号】おもなできごと

九六六【康保三】清少納言《せいしょうなごん》生まれるか　道長《みちなが》・公任《きんとう》生まれる
九六七　村上天皇㊷崩御　冷泉天皇⑱即位
　道隆《みちたか》⑮従五位下　斉信《ただのぶ》生まれる
九六九【安和二】円融天皇⑪即位
九七二【天禄三】行成《ゆきなり》生まれる
九七四【天延二】伊周《これちか》生まれる　道隆㉒五位蔵人右少将
九七七【貞元二】定子《ていし》生まれる
九七八【天元元】道隆㉖右中将
九七九　隆家《たかいえ》生まれる
九八〇　懐仁親王（一条）誕生
九八一　清少納言、橘則光と結婚か
九八四【永観二】道隆㉜従三位　花山天皇⑰即位
九八六【寛和二】道隆㉞権大納言　一条天皇⑦即位
九八八【永延二】彰子《しょうし》生まれる
九八九【永祚元】道隆㊲内大臣
九九〇【正暦元】一条天皇⑪元服　定子⑭入内、中宮となる
　道隆㊳摂政
九九一　道長㉖権大納言　伊周⑱権中納言
九九二　公任㉗参議　俊賢㉞蔵人頭　伊周⑲権大納言
　隆家⑭左少将
九九三　隆家⑮左中将　道隆㊶摂政を辞し関白となる
九九四　清少納言㉘定子のもとに出仕
　＊「宮にはじめてまゐりたるころ」（百七十七段）
九九五【長徳元】伊周㉑内大臣　斉信㉘蔵人頭　隆家⑯従三位
　道隆㊸薨　道長㉛右大臣　隆家⑰権→正中納言
　俊賢㊲参議　行成㉔蔵人頭
　＊「はしたなきもの」（百二十三段）＊「中納言まゐりたまひて」（九十八段）
九九六　伊周㉓大宰権帥、隆家⑱出雲権守
　斉信㉚参議　道長㉜左大臣　行成㉕左中弁
　定子⑳第一皇女脩子御産
　＊「御前にて人々とも、また物仰せらるるついでなどにも」（二百五十九段）
九九九【長保元】定子㉓第一皇子敦康親王御産　彰子⑫入内
　＊「頭弁の、職にまゐりたまひて」（百三十段、九九七～九九九）
　＊「二月つごもりごろに」（百二段）
一〇〇〇　定子㉔皇后　彰子⑬中宮
　定子第二皇女媄子御産のち崩御
　＊「上に候ふ御猫は」（七段）
一〇〇一　行成㉙参議　公任㊱中納言　斉信㉟権中納言
　清少納言㊱宮仕えを辞去か
一〇〇五【寛弘二】紫式部、彰子⑱のもとに出仕（寛弘三年説も）
一〇〇八　媄子内親王⑨薨　彰子㉑、敦成（後一条）御産
一〇〇九　彰子中宮、敦良（後朱雀）御産
一〇一〇　伊周㊲薨
一〇一一　一条天皇㉜崩御

（田原加奈子）

（注）人物名のあとの○付き数字は年齢を表し、＊はこの年の出来事を記した本書掲載章段である。

早稲田久喜の会【編著】

早稲田大学上野理研究室出身者を中心とする研究者グループ。母体である久喜の会は平成23年に『『古今和歌集』巻二十―注釈と論考―』（新典社）を刊行。早稲田久喜の会としては平成30年に『学びを深めるヒントシリーズ 伊勢物語』（明治書院）を刊行。

井実充史（いじつ みちふみ）（福島大学教授） 跋文担当
岩田久美加（いわた くみか）（共立女子大学非常勤講師） 百二段担当
遠藤耕太郎（えんどう こうたろう）（共立女子大学教授） 二百七段担当
岡田ひろみ（おかだ ひろみ）（共立女子大学教授） 二十三段・百七十七段担当
咲本英恵（さきもと はなえ）（共立女子短期大学専任講師） 初段・百二十三段担当
田原加奈子（たばる かなこ）（早稲田大学大学院博士後期課程満期退学） 九十八段担当
中島輝賢（なかじま てるまさ）（跡見学園中学校高等学校教諭・跡見学園女子大学兼任講師） 三十五段・二百五十九段担当
中田幸司（なかだ こうじ）（玉川大学教授） 百四十五段・二百八十段担当
宮谷聡美（みやたに さとみ）（東京経営短期大学准教授） 九十二段・百八十九段担当
吉見健夫（よしみ たけお）（早稲田大学講師） 百二十五段担当

学《まな》びを深《ふか》めるヒントシリーズ 枕草子《まくらのそうし》
令和2年9月10日　初版発行

編著者　早稲田久喜の会《わせだくきのかい》

発行者　株式会社明治書院　代表者　三樹蘭
印刷者　精文堂印刷株式会社　代表者　西村文孝
製本者　精文堂印刷株式会社　代表者　西村文孝

ブックデザイン・人物顔イラスト　町田えり子
まくらちゃん（吹き出しキャラクター）
・手書きイラスト　遠藤みなみ

発行所　株式会社 明治書院
〒169-0072　東京都新宿区大久保1-1-7
TEL　03-5292-0117　FAX03-5292-6182
振替　00130-7-4991

Printed in Japan　ISBN 978-4-625-62454-4　C0391